初岸
Chu
an

与美同栖

·沈从文文集·

虎 雏

沈从文 ◎著

民主与建设出版社

·北京·

图书在版编目（CIP）数据

虎雏 / 沈从文著 . --北京：民主与建设出版
社，2018.3

（沈从文文集；4）

IBSN 978-7-5139-2037-7

Ⅰ.①虎…　Ⅱ.①沈…　Ⅲ.①小说集－中国－现代

Ⅳ.① I246

中国版本图书馆 CIP 数据核字（2018）第 050057 号

虎雏

HU CHU

出 版 人	李声笑	
著　　者	沈从文	
责任编辑	刘树民	
封面设计	白砚川	
出版发行	民主与建设出版社有限责任公司	
电　　话	（010）59417747　59419778	
社　　址	北京市海淀区西三环中路 10 号望海楼 E 座 7 层	
邮　　编	100142	
印　　刷	三河市天润建兴印务有限公司	
版　　次	2018 年 6 月第 1 版	
印　　次	2018 年 6 月第 1 次印刷	
开　　本	880mm×1230mm　1/32	
印　　张	10 印张	
字　　数	302 千字	
书　　号	ISBN 978-7-5139-2037-7	
定　　价	40.00 元	

注：如有印、装质量问题，请与出版社联系。

目录
contents

虎
雏

《虎雏》1932 年 1 月由新中国书局初版。

原目收入小说作品：《中年》《三三》《虎雏》《医生》《黔小景》。

中　年

因为在北京 ×× 大学里办事的一个朋友，来信寄给久蹑在上海的我，那来信上说的是：

> ……快来吧，你这个疑心重不知自爱的人，别担心到了北京会有什么不吉利事情。你来看看我们如何过日子，这就很可以给你开心了！你不高兴注意我们俗人，我为你预备得有一个好地方，去俗人同熟人都很远，白天同你作伴的是芦苇，晚上陪你谈话的是蛤蟆，还有……你别让我这学科学的人，为了形容一个住处还来费力描写，这天气本还不必令人出汗，可是我因为写这个信，手心已全是汗了。……你来吧，莫要我再写信好了！

我虽被上海方面人说到"很从容"的留在上海过日子，实际上人并不从容，我的表面生活沉静，心上却十分暴躁。因为任何人皆只见到我一个倦于生存的外表，所以任何人皆不知道我的心如何跳跃。久留在上海，我在糊涂中，也许终会做出一些朋友们认为很糊涂的事情。所以北京一方面来信要我去，上海一方面熟人就劝我走。都以为不妨到北京看看，到后另一个朋友且为我把钱筹好，把一切全预备好了。

因此我坐了两整天的火车，同一个据说是将军的人物，在一个车箱里谈了两整天的空话。车到了正阳门后，从正阳门站下车，白白的太阳还仍然像四年前我所见到的太阳，我跳上一辆多灰的洋车，这洋车向大车过处烟尘骤起的前门拱洞跑去。第四天，我就来到前次给我写信的那个朋友为我预备的空屋里住下了。

朋友夏君把我款待到这个幽僻无人的地方，真使我十分满意。这地方虽为学校安置了许多办事教书人，邻近我住处的却很少。他们住的是闹热地方，我这里，却同旁的屋子相去很远，独立在这宽大花园一角的。

我住的是一个亭子，这亭子据说原从圆明园搬移来的，刻镂极精细的白石亭基，古怪的撑柱横梁，可以使人想象到一些已成为精灵了的故事人物。亭子太大了，故已用白木板壁隔离成两间，我住的是左边的一间，右边却没有人。

亭子外边的景色，诚如朋友所说，是十分美的。芦苇同蛤蟆都在我眼底耳边，不久即完全熟习了。每到黄昏时，我把晚饭吃过后，就爬到亭子外栏杆上去，抱膝看天上的云，并且不久我就知道有两只灰鹤每天照例的休息地方，我知道我屋顶承簷柱上空隙处，有许多麻雀蹲到上面休息，我知道一个小小的黑影在空中晃过时，不是燕子却是一只蝙蝠。

芦苇在我面前展开，这时看来便如一个湖，风过时，偃伏成细碎而长条的波浪。我不是诗人，望到这个照例是无话可说的。亭子前面有一段缺少芦苇处，全是种有细秧的水田，日里只能见到白腹青羽的燕子，掠水贴地飞去，到了晚上，许多藏在芦苇里的水鸡，皆追逐出来了。朦胧里望到这些黑色小小东西的游戏，这几天又正是真珠梅开放的时节，坐在栏杆上的我，隐约嗅到花香，常常一坐下来就很久很久。

到这个地方来我的确安静多了。上海我住的是地当法租界电车总厂的要道，每日从早到晚我耳朵里都是隆隆的车声，作事总作不好，性情就变成特别容易生气的人了。这几日，上海大致更热了，如果我还留在上海，窗上的西晒使房子像一个甑子，我的文章一定是写不出的。如今我到了这里，每天总能很安静的作我所要作的事情，朋友来看望我时，见到我桌上的成绩，都觉得十分高兴。有时我们坐到栏杆上去谈天，谈到两人平生所经历的地方，谈到六月时清风的可爱，这亭子，实在就是园中一个最好迎受晚凉的亭子，朋友的科学态度，给我的印象，同到这亭子给我的浪漫情绪相纠结，我照例是要发笑的。这地方，使我的确安静多了。

不过，因为这地方是个幽僻无人的地方，我将在我的分上，见到一些关于年青男女觉得极新鲜的事情。这些事情到这里的二十天内，在黄昏里我一共就见过了五次。有两次我看到人家在我常坐的栏杆上接吻。有两次我看到一对人并肩坐在那栏杆上，或者已接过吻了，或者正在等候方便接吻。另外一次我看到一个女人，傍着在那里哭泣。那照例是我初从外边回来，又照例是这些年青人知道我不会在房里，才有这种事情发生的。到后我还是重新跑去，远远的跑到亭子背后松树编成的排道里去了。我将在那里散步，看黄昏里包围的天地，估计到两个人已应当分手时我才敢回去。

回去时，望到刚才有人坐处，我常常只能作苦笑，来到这里的女人，也许就正是一个生来最丑的女人，但同男子来到这无人地方，恰恰在这黄昏里，能够伴着所爱悦的人，默默的，把这一个微抖的嘴唇，贴到那一个微抖的嘴唇上去，两人什么也不说，只默默的拥抱，又默默的离开，这些事，是人生的诗。即或这女子同男子是两个如何卑俗的灵魂，他们到这里来所作的事情，还是像一首诗的。

想起这些情形时，我很觉得软弱了。因为我不是那种读诗的人，我的性情，我的习惯，都不能如一个老人那么冲澹温和，这"人生的诗"有时是很恼怒到我的。诗句已消失了，人已不见了，依约里有时还闻到一种余香，在无风的黄昏里散布。我有点难受了，便躺到床上去。可是不久我仍然又起来了。我仍然出去，坐到适间年青女人所坐处，静静的遐想一切，到后便使我笑起来了。一个中年人的情怀，心情上的"小小罪孽，那不消说是常常存在意识里，而又常常要作一些希奇的估计，免不了使自己看来也很惊讶的。

我遇到这些时节，坐到那里常常比平时更久，忘了我晚上工作的时间，也忘了我其他事情。

因为这类事，并不为朋友所知道，所以朋友来时，有时带了一个新的同学过来，总问我："在这里是不是觉得寂寞，觉得吓怕？"我照例将说："这里不是使人寂寞的地方，我也并不觉得可怕。我是一个见过许多日头月亮的人，所以你们受不了的我总能忍受下去。"我说到这样话时，朋友听到的意义，却并不同我自己听到的意义一样，因为我这里还包含有一种秘密，这些能够明白"定性分析"或"社会学"或"英国国会之制度"一类学问的年青人。全不知道我这秘密的。

天气渐渐热了，在房中做事，也不大方便了，有时我便移了桌椅出去，茶壶茶杯同墨水瓶之类也得带出去。早上同下午，既不会有人来玩，我都觉得在外面做事，一面望到微风里的芦苇偃伏，一面写些什么时，比枯坐房中尽盘旋到一个故事为方便多了。有时我过 ×× 去了，听差忘了为我把一切东西搬进屋里去，回来时，茶壶照例常常是干了的。在去 ×× 学校的大路上，我总可以碰到一些 ×× 大学的女人，我想象到我茶壶中的茶最后一滴干在谁个口里时，我便仿佛得到了说不分明的东西。也许用我的茶杯喝茶的人，正是那几个成天在园子里收拾花木的粗人，但我曾听到朋友说过，他有一个女同学，喝过亭子里的苦茶。我以为一定不止一个。在我处照料茶水的听差，见到我喝水好像特别喝得多，总得说"天气很热"。我从没有说那茶不是我一个人喝尽的，因为我不愿意他去洗那杯子。

让我从记事册里，检查一下日子，这一天是不是二十七。正是那一天，西山的日头沉到山后背去了，远望西山只剩一抹紫，天上填满了夜云，屋里的灯应当发光了，我因为想起一个可纪念的朋友，心中有点烦乱。晚饭业已吃过了，不知如何心上觉得十分狼狈。平常时节我在这样情形，正同一般故事上常常提到的中年人一样，我是要故意虐待我自己，勉强来工作的。寂寞了，我就作事，我有许多许多文章，就那么写成印好分散到国内各处去了。但另外一时节，心上纷乱了，我一件小事也作不下去，即呆在桌边也觉得无益，就各处跑去。我的住处外边是通西山的大道，历史上很在点名气的圆明园遗址又在附近不远，我毫无目的向任何方向走去，也不至于迷途。西郊附近的地方既是一片平原，当地小村落人家的狗又从不随便咬人，走夜路没有土匪也没有野狼，故我无目的底走了许久，有时不知不觉走了极远的路，到后觉得不行了，才向一个附近人家雇了一匹小驴回家，回到住处时，大门大致已掩上多时了。

那时我既不能作事，也不打量出去，只好躺在床上，静静的思索一切。从窗口望到外边黄昏的景色，望到为黄昏所侵蚀的亭子上纵横木梁，仿佛有些精灵在我身边。我想起一切人事哀乐的分野。

记起另一时在一个朋友家里吃酒，主人多喝了一杯，稍稍觉得过量了，这朋友拉了我的手，大声的教训我，告我说，他的未婚妻说过我是"永远寂寞的男子"，且说"即或同一个人做一些不规矩的事情，也仍然要想到另外一个事上去，而显得当前行为无聊的。"这人到后结了婚又离婚，那"一言中的"的女子，如今又嫁了一个人了。在我记忆里，却长有这样一个逗人动心的温暖的感觉。那女人的一句话成了我忧郁生活的粮食，我重复念到这一句话时，心中激动的十分厉害。这中年衰弱的心，不为当前生活而注意，却尽在想象中得失里而盘旋。但是，虽想到那些生命的过去，眼前使我心跳的事还是很多！

　　我的住处的屋外水阁，原是平常时节××学生谈话最好的一处，绕屋的长廊，铺得是极整齐的方砖，这时节长廊一带的真珠梅，开放得正是十分动人，黄昏里，照例常有即或是从脚步声音同微微的气息里也知道是年轻的女人们，伴着她姊妹朋友，来到这地方。她们从窗外过身时，隐约苗条的身影，以及她们的笑谑，她们的低声谈话，都给我一种动摇，搅起我心上一些暧昧的不端庄的欲望。这些声音渐渐的远了，投在我心上所起的微波，也渐渐的平静了，注目到窗外的黄昏，我似乎得到了什么同时也失掉了什么。有时这些年青人立在我的窗外，坐到我作事的椅子上去，轻轻的谈着一切儿女们事情，或只适宜于两个人商量到的事情，在这情形下，我便重新记起了我朋友那个太太说及的一句话，我很沉郁，但我还仍然不惊动这些不速之客，仍然凝视到窗外的黄昏。我很羡慕这个黄昏里的一切，本来这黄昏，应当是一个能领略黄昏的人所占有的，但那时节我仿佛与黄昏无分。一只蝙蝠或一只蝶类，在我的纱窗上作声，听到窗外人为了小小惊讶说出的笑话，本来以为房里没有人的她们，其中一个正要回去了，就常常说，"好像有人在偷听我们的话，我们应当走了"的话时，我心中总十分感动。到后人就当真走了，我那时，很愿意打谁一掌，又仿佛被人打了一掌。

在给一个朋友的信里，我曾经说过那种意思的话：这世界有一些人在"生活"里"存在"，有一些人又在"想象"里"生活"。我自然应属于后面的一种人。坐到水阁前椅子上或栏杆上，与最知心的朋友，捏着手挨着身子，消受这平静美丽的黄昏的人走去了，我一个人便到适间有女人所在处，慢慢的散步来回的走着，把自己分成两个人，谈论到一切问题。我把那最美的词辩给我想象里的另一个人，我自己说的话，总是虽诚实却并不十分聪明的话。到后"我们"就坐下了，"我们"在黄昏里终于沉默了。到那时，我眼睛湿了。我向虚空微笑，向虚空点头，向虚空伸出瘦瘦的手儿，什么也没有捏到。一个大水鸟之类，振动翅膀在我头上飞过去，即刻又消失了，抬起头来搜寻那声音时，才知道天上已有了许多小小星子，正如比喻中女人的眼睛，凝视到我，也不害羞，也不旁瞬。

我这时躺在床上并不爬起，另一个日子里的黄昏使我出神。

已经夜了，应当使灯发亮了，我还得把一个短短的文章趁到夜里灯下来写完，好明早便可寄发出去。但我并不注意这件事，也不打量出去。我躺在床上，听到园外大路上有大车过身，慢慢的，钝重而闷人的，转动到那两个轮子，我想了好一会保留在我记忆里一切形象的马匹，那些马匹仿佛是我朋友一样，我们有一种真实的友谊。

这塌车到后远去了，于是听到廊的一端有人说话的声音。于是听到有两个人走路脚步的声音，这声音，由于习惯虽还隔得很远，我就明白是一对年青男女了。我知道他们所取的路线，一定要经过我的窗下。我算定他们见到这地方的僻静，要由于男子的提议，稍稍耽搁一会。这两人将在无意中为我带来一点喜悦，同时也带来一点忧愁。

长廊到了我的窗下，因为一个水阁的位置，忽然宽阔展开了。这两人不久就从窗下过身，到了水阁前面，那男的一个，如我可想象的神气，温柔的说：

"不要走了，到这里坐坐吧。"

女的轻轻的说："这里有人住。"

虽这样说两人似乎仍然停下了。

两人似乎就并肩立在栏杆前面，眺望园中的暮景，沉默了很久时间。

到后什么话也不说，大约女的先走了，男的也跟着走去了。听到声音去远以后，我想爬起来在窗边望望。本来还打算到外面去坐坐，忽然又觉得这样一来便触着了别人的忌讳，也即刻中止了。

过了一会，听到又有了第二种脚步声音，在廊下方砖上响着，从声音上我知道这是一个男子的脚步。原来这是我的朋友，这人到了窗下，想从纱窗里瞧望里面，看我是不是留在房里。因为无灯望不分明，就试着问我在不在里面。问了两声我还是静静的躺在床上，默不作答，这朋友到后就又向回路上走去了。

我正觉得我作的事不甚得体，想起来去追回那个朋友，又听到廊下另一端有了声音。我明白是先前那两个人。大约先一时因为恐怕我在房中，所以走到长廊尽头小亭子坐下，到后见到这里有人喊问，也不见屋中有人答应，以为我一定不在住处，所以又同女人来到窗外水阁前面了。

我听到这两个人坐到栏杆上，那个女的把鞋后跟敲着柱子，剥剥的响着。坐了许久，才听到男的说话，男的说了，女的也说，他们似乎在讨论到另一个人另一回事。

说些什么话我先还没有听得清楚，但久了一点，我才知道他们是讨论他们自己，也正如一般人那么在不甚习熟的情人面前，因为谁也没有即刻敢放肆的用那个微抖的嘴唇贴近另一个嘴唇的勇气，所以他们使用一些两人皆知道是废话的言语，支持到这当前不变的形式。他们把言语稍稍加重一点时，我便听到男的说，他自己近来"重了三磅"，女的说医生劝她"吃盐"。这分明全是空话，两人皆非常明白，因为这暮色笼罩一切，这平静美丽的黄昏，不是说盐说肉的时节！到后两人果然沉默了。再过了一会儿时节，我仿佛就听到有些声音，仿佛两人之间有了些小小争持。

这两人之间，一定发生了一种沉默的战争，譬如一只手想悄悄的搂着一样东西，那另外一只手便抗拒着，一个头想渐渐的并拢到那一个头，头也可以扭着偏着。或者这战争不是一只手的事，各人将使用两只手，各人皆脸儿发烧心儿急跳。

我打量爬起来看看，自然是办不到的，只躺在床上，猜想这战争的结局。我想到女的一定退到柱旁去，先是用手抵拒到一件新的事情，到后手便在意料以内情形下失败了，到后那男的两手，占领了应占领的地方，把女人的腰如一根带子围定，两张灼热的口搜寻到后便合拢去了。这估计，使我全身发抖，然而事实却正如我所估计，我听到嘴唇分离的声音，听到女的轻轻的一个叹息，听到那男子作每一个男子在这情形皆得作到的说明。那男子说：

"××，我先是站在天堂的门边，如今又到过天堂的里面了。"

女的似乎什么也没有说的，只数着自己心儿的跳跃。或者她想起的是这一个天堂的事，或者她还想起另外一个她自己也还不曾到过的天堂。

男的又说："我幸福得想哭了，信我说的话，我保留到这个平生最美的印象，一定同我生命一样长，一样久。"

女的说："我不相信，你们的口能欺侮人也能谎人。"

"我向你赌咒。我可以……"

"照例又都会赌咒发誓！"

重新起了战争，两人默默的，在我想象里所估计的情形下沉默了。大致长久的拥抱中，一只手的形势，是不是甘于维持在既得的现状下，我是不甚明白的。我猜想那些有教育的人，为了"好奇"，在一种方便中，他一定要用手旅行到一个新的地方去。他一定为一些新的发现所惊奇，也正如那个女子为了一些新的行为而害羞一样。仍然是手与手的抵拒，仍然是抵拒而投降了，我重复听到那个女子低低的一声叹息。

只仿佛听到男子说："我手如今镀了金。"

我的心，我的一切官觉，皆为这一个分量沉重的事情而压迫着。

人事的雷雨过去以后，我到后听到两人低低的笑了。

××学校的大钟响了几下，两人沉默的从长廊走去了，我数着那个女子的鞋底声音，我似乎跟着他们出了口园的大门，我似乎在路旁的电灯下，望到一个秀美苍白的脸子。我似乎听到那个女子在心上计算到自己的行为，把自己的身子，紧傍着那另一个男子。

好久好久我才爬起身来，开了门走出去，傍着那亭柱，站了半天不动。望到深蓝的天空，嵌满了小小星子，我似乎读了一首以人生作题材的诗，这诗的内容，保留到我记忆里，永远不能消失，也永远使我想到这诗的某一章，在脸上作着苦笑。

第二天，听差扫地时，拿了一条小小绸巾来，问是不是我掉下的。我说不是，听差便说一定是昨天女先生们玩时掉下的了，便预备拿回去，但我又把听差叫回来，告他手巾是我的。

听差好像看透了我心上的事，又好像以为正因为他猜准了我的心事，怕我生他的气，故告给我这手巾是在廊下拾起的。他见我不作声，俨然我的墨水瓶即刻就要抛掷到他头上去了，就忙把手巾放到桌上，忙退出去了。

望到手巾好像如露水湿透了的样子，我说："你倒一点水来吧，我有用处。"

水来后，本为预备把这手巾洗洗，到后却又想起了什么事情，不愿意洗了。

朋友口君来谈天,当笑话似的,说我黄昏时节,如到外边去跑跑,则这个地方,会有年青人赏识它的幽僻无人,作一些新鲜事情。我记到昨天的事,同另外那一条收藏在箱子里的手巾,我不愿理会我那个朋友的疯话,只坐到栏杆上去,要朋友告我这时芦苇里树林里有多少种鸟声。

我心想,这个五月结束,六月还刚开始!过了一会,忽然问朋友,到暑假时,是不是有许多年青男女学生都得回去,朋友大致这时正在考虑到一种黄昏里叫得动人的雀儿,想明白这鸣声同它的性生活有何等关系,所以就回答我说:

"凡是大声的叫,如杜鹃播谷一类,它的伴侣一定同它隔得很远。"

我说:"我问你的是人,不是鸟。"

朋友还是不明白,就说:"人自然不同。人并不叫,因为比鸟进步多了。"

听到朋友这答非所问的错误处,我只能皱了眉头望那博学朋友,什么话也不说了。

朋友走后我躺到床上去,等候黄昏的重来,黄昏终于又悄悄的来了。

上海关心到我生活的人,来信问,是不是人到了北京好一点?回信却说,很愿意再回上海。

廿年① 六月廿一写于北京西郊十月改于青岛

---

① 即民国二十年,1931。——编者注

三　三

　　杨家碾坊在堡子外一里路的山嘴路旁。堡子位置在山弯里，溪水沿到山脚流过去，平平的流到山嘴折弯处忽然转急，因此很早就有人利用到它，在急流处筑了一座石头碾坊，这碾坊，不知从什么时候起，就叫杨家碾坊了。

　　从碾坊往上看，看到堡子里比屋连墙，嘉树成荫，正是十分兴旺的样子。往下看，夹溪有无数山田，如堆积蒸糕，因此种田人借用水力，用大竹扎了无数水车，用椿木做成横轴同撑柱，圆圆的如一面锣，大小不等竖立在水边。这一群水车，就同一群游手好闲的人一样，成日成夜不知疲倦的咿咿呀呀唱着意义含糊的歌。

　　一个堡子里只有这样一座碾坊，所以凡是堡子里碾米的事都归这碾坊包办，成天有人轮流挑了仓谷来，把谷子倒到石槽里去后，抽去水闸的板，枧槽里水冲动了下面的暗轮，石磨盘带着动情的声音，即刻就转动起来了。于是主人一面谈着一件事情，一面清理到簸箩筛子，到后头上包了一块白布，拿着个长把的扫帚，追逐着磨盘，跟着打圈儿，扫除溢出槽外的谷米，再到后，谷子便成白米了。

到米碾好了，筛好了，把米糠挑走以后，主人全身是灰，常常如同一个滚到豆粉里的汤圆。然而这生活，是明明白白比堡子里许多人生活还从容，而为一堡子中人所羡慕的。

凡是到杨家碾坊碾过谷子的，都知道杨家三三。妈妈十年前嫁给守碾坊的杨，三三五岁，爸爸就丢下碾坊同母女，什么话也不说死去了。爸爸死去后，母亲作了碾坊的主人，三三还是活在碾坊里，吃米饭同青菜小鱼鸡蛋过日子，生活毫无什么不同处。三三先是望到爸爸成天全身是糠灰，到后爸爸不见了，妈妈又成天全身是糠灰，……于是三三在哭里笑里慢慢的长大了。

妈妈随着碾槽转，提着小小油瓶，为碾盘的木轴铁心上油，或者很兴奋的坐在屋角拉动架上的筛子时，三三总很安静的自己坐在另一角玩。热天坐到有风凉处吹风，用包谷秆子作小笼，冬天则伴同猫儿蹲到火桶里，剥灰煨栗子吃。或者有时候从碾米人手上得到一个芦管作成的唢呐，就学着打大傩的法师神气，屋前屋后吹着，半天还玩不厌倦。

这磨坊外屋上墙上爬满了青藤，绕屋全是葵花同枣树，疏疏的树林里，常常有三三葱绿衣裳的飘忽。因为一个人在屋里玩厌了，就出来坐在废石槽上洒米头子给鸡吃。在这时，什么鸡欺侮了另一只鸡，三三就得赶逐那横蛮无理的鸡，直等到妈妈在屋后听到鸡声代为讨情时才止。

这磨坊上游有一潭，四面有大树覆荫，六月里阳光照不到水面。碾坊主人在这潭中养得有几只白鸭子，水里的鱼也比上下溪里多。照一切习惯，凡靠自己屋前的水，也算是自己财产的一份。水坝既然全为了碾坊而筑成的，一乡公约不许毒鱼下网，所以这小溪里鱼极多。遇到有不甚面熟的人来钓鱼，看到潭边幽静，想蹲一会儿，三三见到了时，总向人说："不行，这鱼是我家潭里养的，你到下面去钓罢。"人若顽皮一点，听到这个话等于不听到，仍然拿着长长的竿子，搁到水面上去安闲的吸着烟管，望到这小姑娘发笑，使三三急了，三三便喊叫她的妈，高声的说："娘，娘，你瞧，有人不讲规矩，钓我们的鱼，你来折断他的竿子，你快来！"娘自然是不会来干涉别人钓鱼的。

母亲就从没有照到女儿意思折断过谁的竿子，照例将说："三三，鱼多咧，让别人钓吧。鱼是会走路的，上面总爷家塘里的鱼，因为欢喜我们这里的水，都跑来了。"三三照例应当还记得夜间做梦，梦到大鱼从水里跃起来吃鸭子，听到这个话，也就没有什么可说了，只静静的看着，看这不讲规矩的人，究竟钓了多少鱼去。她心里记着数目，回头好告给妈妈。

有时因为鱼太大了一点，上了钓，拉得不合式，撅断了钓竿，三三可乐极了，仿佛娘不同自己一伙，鱼反而同自己是一伙了的神气，那时就应当轮到三三向钓鱼人咧着嘴发笑了。但三三却常常急忙跑回去，把这事告给母亲，母女两人同笑。

有时钓鱼的人是熟人，人家来钓鱼时，见到了三三，知道她的脾气，就照例不忘记问："三三，许我钓鱼吧。"三三便说：

"鱼是各处走动的，又不是我们养的，怎么不能钓。"

钓鱼的是熟人时，三三常常搬了小小木凳子，坐到旁边看鱼上钩，且告给这人，另一时谁个把钓竿撅断的故事。到后这熟人回到磨坊时，把所得的大鱼分一些给三三家。三三看着母亲用刀剖鱼，掏出白色的鱼脬来，就放到地下用脚去踹，发声如放一枚小爆仗，听来十分快乐。鱼洗好了，揉了些盐，三三就忙取麻线来把鱼穿好，挂到太阳下去晒。到有客时，这些干鱼同辣子炒在一个碗里待客，母亲如想到折钓竿的话，将说："这是三三的鱼。"三三就笑，心想着："怎么不是三三的鱼？潭里的鱼若不是我照管，早被看牛小孩捉完了。"

三三如一般小孩，换几回新衣，过几回节，看几回狮子龙灯，就长大了。熟人都说看到三三是在糠灰里长大的。一个堡子里的人，都愿意得到这糠灰里长大的女孩子作媳妇，因为人人都知这媳妇的妆奁是一座石头作成的碾坊。照规矩，十五岁的三三，要招郎上门也应当是时候了。但妈妈有了一点私心，记得一次签上的话语，不大相信媒人的话语，所以这磨坊还是只有母女二人，不曾有谁添入。

三三大了，还是同小孩子一样，一切得傍着妈妈。母女两人把饭吃过后，在流水里洗了脸，望到行将下沉的太阳，一个日子就打发走了。有时听到堡子里的锣鼓声音，或是什么人接亲，或是什么人做斋事，"娘，带我去看，"又象是命令又象是请求的说着，若无什么别的理由推辞时，娘总得答应同去。去一会儿，或停顿在什么人家喝一杯蜜茶，荷包里塞满了榛子胡桃，预备回家时，有月亮天什么也不用，就可以走回家。遇到夜色晦黑，燃了一把油柴！毕毕剥剥的响着爆着，什么也不必害怕。若到总爷家寨子里去玩时，总爷家还有长工打了灯笼送客，一直送到碾坊外边。只有这类事是顶有趣味的事。在雨里打灯笼走夜路，三三不能常常得到这机会，却常常梦到一人那么拿着小小红纸灯笼，在溪旁走着，好象只有鱼知道这会事。

当真说来，三三的事，鱼知道的比母亲应当还多一点，也是当然的。三三在母亲身旁，说的是母亲全听得懂的话，那些凡是母亲不明白的，差不多都在溪边说的。溪边除了鸭子就只有那些水里的鱼，鸭子成天自己哈哈哈的叫个不休，哪里还有耳朵听别人说话！

这个夏天，母女两人一吃了晚饭，不到黄昏，总常常过堡子里一个人家去，陪一个将远嫁的姑娘谈天，听一个从小寨来的人唱歌。有一天，照例又进堡子里去，却因为谈到绣花，使三三回碾坊来取样子，三三就一个人赶忙跑回碾坊来，快到屋边时，黄昏里望到溪边有两个人影子，有一个人到树下，拿着一枝竿子，好象要下钓的神气，三三心想这一定是来偷鱼的，照规矩喊着："不许钓鱼，这鱼是有主人的！"一面想走上前去看是什么人。

就听到一个人说："谁说溪里的鱼也有主人？难道溪里活水也可养鱼吗？"

另一人又说："这是碾坊里小姑娘说着玩的。"

那先一个人就笑了。

旋即又听到第二个人说，"三三,三三，你来，你鱼都捉完了！"

三三听到人家取笑她，声音好象是熟人，心里十分不平！

就冲过去，预备看是谁在此撒野，以便回头告给母亲。走过去时，才知道那第二回说话的人是总爷家管事先生，另外同一个从没见过面的年青男人。那男人手里拿的原来只是一个拐杖，不是什么钓竿。那管事先生是一个堡子里知名人物，他认得三三,三三也认识他，所以当三三走近身时，就取笑说："三三，怎么鱼是你家养的？你家养了多少鱼呀！"

三三见是总爷家管事先生，什么话也不说了，只低下头笑。头虽低低的，却望到那个好象从城里来的人白裤白鞋，且听到那个男子说："女孩很聪明，很美，长得不坏。"管事的又说："这是我堡里美人。"两人这样说着，那男子就笑了。

到这时，她猜到男子是对她望着发笑！三三心想："你笑我干吗？"又想："你城里人只怕狗，见了狗也害怕，还笑人，真亏你不羞。"她好象这句话已说出了口，为那人听到了，故打量跑去。管事先生知道她要害羞跑了，故说："三三，你别走，我们是来看你碾坊的。你娘呢。"

"娘不在。"

"到堡子里听小寨人唱歌去了，是不是？"

"是的。"

"你怎么不欢喜听那个？"

"你怎么知道我不欢喜？"

管事先生笑着说："因为看你一个人回来，还以为你是听厌了那歌，担心这潭里鱼被人偷尽，所以……"三三同管事先生说着，慢慢的把头抬起，望到那生人的脸目了，白白的脸好象在什么地方看到过，就估计莫非这人是唱戏的小生，忘了擦去脸上的粉，所以那么白……那男子见到三三不再怕人了，就问三三："这是你的家里吗？"

三三说："怎么不是我家里？"

因为这答话很有趣味，那男子就说：

"你住在这个山沟边，不怕大水把你冲去吗？"

"嗨，"三三抿着小小的美丽嘴唇，狠狠的望了这陌生男子一眼，心里想："狗来了，狗来了，你这人吓倒落到水里，水就会冲去你。"想着当真冲去的情形，一定很是好笑，就不理会这两个人，笑着跑去了。

从碾坊取了花样子回向堡子走去的三三，在潭边再上游一点，望到那两个白色影子还在前面，不高兴又同这管事先生打麻烦，于是故意跟到这两个人身后，慢慢的走着。听到两个人说到城里什么人什么事情，听到说开河，又听到说学务局要总爷办学校，因为这两人全都不知道有人在后面，所以自己觉得很有趣味。到后又听到管事先生提起碾坊，提起妈妈怎么人好，更极高兴。再到后，就听到那城里男人说："女孩子倒真俏皮，照你们乡下习惯，应当快放人了。"

那管事的先生笑着说："少爷欢喜，要总爷做红叶，可以去说说。不过这磨坊是应当由姑爷管业的。"

三三轻轻的呸了一口，停顿了一下，把两个指头紧紧的塞了耳朵。但仍然听到那两人的笑声，想知道那个由城里来好象唱小生的人还说些什么，所以不久就仍然跟上前去。

那小生说些什么可听不明白，就只听那个管事先生一人说话，那管事先生说："少爷做了磨坊主人，别的不说，成天可有新鲜鸡蛋吃，也是很值得的！"话一说完，两人又笑了。

三三这次可再不能跟上去了，就坐在溪边的石头上，脸上发着烧，十分生气。心里想："你要我嫁你，我偏不嫁你！我家里的鸡纵成天下二十个蛋，我也不会给你一个蛋吃。"坐了一会，凉凉的风吹脸上，水声淙淙使她记忆起先一时估计中那男子为狗吓倒跌在溪里的情形，可又快乐了，就望到溪里水深处，一人自言自语说："你怎么这样不中用！管事的救你，你可以喊他救你！"

到宋家时，宋家婶子正说起一件已经说了一会儿的事情，只听宋家妇人说："……他们养病倒希奇，说是养病，日夜睡在廊下风里让风吹，……脸儿白得如闺女，见了人就笑，……谁说是总爷的亲戚，总爷见他那种恭敬样子，你还不见到。福音堂洋人还怕他，他要媳妇有多少！"

母亲就说："那么他养什么病？"

"谁知道是什么病？横顺成天吃那些甜甜的药，什么事情不做在床上躺着。在城里是享福，到乡里也是享福。老庚说，害第三期的病，又说是痨病，说也说不清楚。谁清楚城里人那些病名字。依我想，城里人欢喜害病，所以病的名字特别多；我们不能因害病耽搁事情，所以除打摆子就只发烧肚泻，别的名字的病，也就从不到乡下来了。"

另外一个妇人因为生过瘰疬，不大悦服宋家妇人武断的话，就说："我不是城里人，可是也害城里人的病。"

"你舅妈是城里人！"

"舅妈管我什么事？"

"你文雅得象城里人，所以才生疬子！"

这样说着，大家全笑了起来。

母女两人回去时，在路上三三问母亲："谁是白白脸庞的人？"母亲就照先前一时听人说过的话，告给三三，堡子里总爷家中，如何来了一位城里的病人，样子如何美，性情如何怪。一个乡下人，对于城中人隔膜的程度，在那些描写里是分明易见的，自然说得十分好笑。在平常时节，三三对于母亲在叙述中所加的批评与稍稍过分的形容，总觉得母亲说得极其俨然，十分有味，这时不知如何却不大相信这话了。

走了一会，三三忽问：

"娘，娘，你见到那个城里白脸人没有呢？"

妈妈说："我怎么见到他？我这几天又不到总爷家里去。"

三三心想："你不见到怎么说了那么半天。"

三三知道妈妈不见到的，自己倒早见到了，便把这件事保守着秘密，却十分高兴，以为只有自己明白这件事情，此外凡是说到城里人的都不甚可靠。

两人到潭边，三三又问：

"娘，你见到总爷家管事先生没有？"

若是娘说没有见过，反问她一句，那么，三三就预备把先前遇到总爷家那两个人的一切，都说给妈妈听了。但母亲这时正想起别一个问题，完全不关心三三的话，所以三三把方才的事瞒着母亲，一个字不提。

第二天三三的母亲到堡子里去，在总爷家门前，碰到那个从城里来的白脸客人，同总爷的管事先生。那管事先生告她，说他们昨天曾到碾坊前散步，见到三三，又告给三三母亲说，这客人是从城里来养病的客人。到后就又告给那客人，说这个人就是碾坊的主人杨伯妈。那人说，真很同三小姐相象。那人又说三三长得很好，很聪敏，做母亲的真福气。说了一阵话，把这老妇人说快乐了，在心中展开了一个幻景，想起自己觉得有些近于糊涂的事情，忙匆匆的回到碾坊去，望到三三痴笑。

三三不知母亲为什么今天特别乐，就问母亲到了什么地方，遇到了谁。

母亲想，应当怎么说才好，想了许久才说："三三，昨天你见到谁？"

三三说："我见到谁？没有。"

娘就笑了，"三三你记记，晚上天黑时，你不看见两个人吗？"

三三以为是娘知道一切了，就忙说，"人是有两个的，一个是总爷家管事的先生，一个是生人……怎么？"

"不怎么。我告你，那个生人就是城里来的先生，今天我见到他们，他们说已经同你认识了，我们说了许多话。那少爷象个姑娘样子。"母亲说到这里时，想起一件事好笑。

三三以为妈妈是在笑她，偏过头去看土地上灶马，不理母亲。

母亲说："他们问我要鸡蛋，你下半天送二十个去，好不好？"

三三听到说鸡蛋，打量昨天两个男人说的笑话都为母亲知道了，心里很不高兴，说道："谁去送他们鸡蛋，娘，娘，我说……他们是坏人！"

母亲奇怪极了，问："怎么是坏人？什么地方坏？"

三三红了脸不愿答应，母亲说：

"三三，你说什么事？"

迟了许久，三三才说："他们背地里要找总爷做媒，把我嫁给那个白脸人。"

母亲听到这天真话什么也不说，笑了好一阵。到后看到三三要跑了，才拉着三三说："小报应，管事先生他们说笑话，这也生气吗？谁敢欺侮你？……"说到后来三三也被说笑了。

她到后来就告给娘城里人如何怕狗的话，母亲听到不作声，好久以后，才说："三三，你真是还象小丫头，什么也不懂。"

第二天，妈妈要三三送鸡子到砦子里去，三三不说什么，只摇头。妈妈既然答应了人家，就只好亲自送去。母亲走后，三三一个人在碾坊里玩，玩厌了又到潭边去看白鸭，看了一会鸭子，等候母亲还不回来，心想莫非管事先生同妈妈吵了架，或者天热到路上发了痧？……心里老不自在，回到碾坊里去。

但是过了一会，母亲可仍然回来了。回到碾坊一脸的笑，跨着脚如一个男子神气，坐到小凳上，告给三三如何见到那先生，那先生如何要她坐到那个用粗布做成的软椅子上去，摇着荡着象一个摇篮。又说到城里人说的三三为何不念书，城里女人全念书。又说到……三三正因为等了母亲半天，十分不高兴，如今听到母亲说到的话，莫名其妙，不愿意再听，所以不让母亲说完就走了。走到外边站到溪岸旁，望着清清的溪水，记起从前有人告诉她的话，说这水流下去，一直从山里流一百里，就流到城里了。她这时忖想……什么时候我一定也不让谁知道，就要流到城里去，一到城里就不回来了。但若果当真要流去时，她愿意那碾坊，那些鱼，那些鸭子，以及那一匹花猫，同她在一处流去。同时还有，她很想母亲永远和她在一处，她才能够安安静静的睡觉。

母亲看不见到三三，站在碾坊门前喊着："三三，三三，天气热，你脸上晒出油了，不要远走，快回来！"

三三一面走回来，一面就自己轻轻的说："三三不回来了！"

下午天气较热，倦人极了，躺到屋角竹凉床上的三三，耳中听着远处水车陆续的懒懒的声音，眯着眼睛望到母亲头上的髻子，仿佛一个瘦人的脸，越看越活，朦朦胧胧便睡着了。

她还似乎看到母亲包了白帕子，拿着扫帚追赶碾盘，绕屋打着圈儿，就听到有人在外面说话，提到她的名字。

只听到说："三三到什么地方去了，怎么不出来？"

她奇怪这声音很熟，又想不起是谁的声音，赶忙走出去，站在门边打望，才望到原来又是那个白脸的人，规规矩矩坐在那儿钓鱼。过细看了一下，却看到那个钓竿，是总爷家管事先生的烟杆，一头还冒烟。

拿一根烟杆钓鱼，倒是极新鲜的事情，但身旁似乎又已经得到了许多鱼，所以三三非常奇怪。正想去告母亲，忽然管事先生也从那边来了。

好象又是那一天的那种情景，天上全是红霞，妈妈不在家，自己回来原是忘了把鸡关到笼子里，因此赶忙跑回来捉鸡的。如今碰到这两个人，管事先生同那白脸城里人，都站在那石墩子上，轻轻的在商量一件事情。这两人声音很轻，三三却听得出，是一件关于不利于己的行为。因为听到说这些话，又不能嗾人走开，又不能自己走开，三三就非常着急，觉得自己的脸上也象天上的霞一样。

那个管事先生装作正经人样子说："我们是来买鸡蛋的，要多少钱把多少钱。"

那个城里人，也象唱戏小生那么把手一扬，就说，"你说错了，要多少金子把多少金子。"

三三因为人家用金子恐吓她，所以说，"可是我不卖给你，不想你的钱，你搬你家大块金子来，到场上去买老鸦蛋吧。"

管事先生于是又说："你不卖行吗，你舍不得鸡蛋为我做人情，你想想，妈妈以后写庚帖，还少得了管事先生吗？"

那城里人于是又说："向小气的人要什么鸡蛋，不如算了吧。"

三三生气似的大声说："就算我小气也行。我把鸡蛋喂虾米，也不卖给人！我们不羡慕别人的金子宝贝。你同别人去说金子，恐吓别人吧。"

可是两个人还不走，三三心里就有点着急，很愿意来一只狗向两个人扑去。正那么打量着，忽然从家里就扑出来一条大狗，全身是白色，大声汪汪的吠着，从自己身边冲过去，即刻这两个恶人就落到水里去了。

于是溪里的水起了许多水花，起了许多大泡，管事先生露出一个光光的头在水面，那城里人则长长的头发，缠在贴近水面的柳树根上，情景十分有趣。

可是一会儿水面什么也没有了，原来那两个人在水里摸了许多鱼，全拿走了。

三三想去告给妈妈，一滑就跌下了。

刚才的事原来是做一个梦。母亲似乎是在灶房煮午饭，因为听到三三梦里说话，才赶出来的。见三三醒了，摇着她问，"三三,三三，你同谁吵闹。"

三三定了一会儿神，望妈妈笑着，什么也不说。

妈妈说："起来看看，我今天为你焖芋头吃。你去照照镜子，脸睡得一片红！"虽然照到母亲说的，去照了镜子，还是一句话不说。人虽早清醒，还记得梦里一切的情景，到后来又想起母亲说的同谁吵闹的话，才反去问母亲，究竟听到吵闹些什么话。妈妈自然是不注意这些的，所以说听不分明，三三也就不再问什么了。

直到吃饭时，妈妈还说到脸上睡得发红，所以三三就告给老人家先前做了些什么梦，母亲听来笑了半天。

第二次送鸡蛋去时，三三也去了。那时是下午。吃过饭后，两人进了总爷家的大院子。在东边偏院里，看到城里来的那个客，正躺在廊下藤椅上，望到天上飞的鸽子。管事的不在家，三三认得那个男子，不大好意思上前去，就让母亲过去，自己站在月门边等候。母亲上前去时节，三三又为出主意，要妈妈站在门边大声说，"送鸡蛋来的了，"好让他知道。母亲自然什么都照到三三主意作去，三三听到母亲说这句话，说到第三次，才引起那个白白脸庞的城里人注意，自己就又急又笑。

三三这时是站在月门外边的。从门罅里向里面窥看，只见到那白脸人站起身来，又坐下去，正象梦里那种样子。同时就听到这个人同母亲说话，说到天气和别的事情，妈妈一面说话一面尽掉过头来，望到三三所在的一边。白脸人以为她就要走去了，便说："老太太，你坐坐，我同你说话很好。"

妈妈于是坐下了，可是同时那白脸城里人也注意到那一面门边有一个人等候了，"谁在那里，是不是你的小姑娘？"

看到情形不好，三三就想跑。可是一回头，却望到管事先生站在身后，不知已站了多久。打量逃走自然是难办到的，到后就被管事先生拉着袖子，牵进小院子来了。

听到那个人请自己坐下，听到那个人同母亲说那天在溪边见到自己的情形，三三眼望到另一边，傍到母亲身旁，一句话不说，巴不得即刻离开，可是想不出怎样就可以离开。

坐了一会儿，出来了一个穿白袍戴白帽装扮古怪的女人。

三三先还以为是男子，不敢细细的望。到后听到这女人说话，且看她站到城里人身旁，用一根小小管子塞到那白脸男子口里去，又抓了男子的手捏着，捏了好一会，拿一枝好象笔的东西，在一张纸上写了些什么记号。那先生问"多少豆，"就听到回答说："同昨天一样。"且因为另外一句话听到这个人笑，才晓得那是一个女人。这时似乎妈妈那一方面，也刚刚才明白这是一个女人，且听到说"多少豆"，以为奇怪，所以两人望望，都抿着嘴笑了起来。

看到这母女生疏的情形，那白袍子女人也觉得好笑，就不即走开。

那白脸城里人说，"周小姐，你到这地方来一个朋友也没有，就同这个小姑娘做个朋友吧。她家有个好碾坊，在那边溪头，有一个动人的水车，前面一点还有一个好堰坝，你同她做朋友，就可到那儿去玩，还可以钓些鱼回来。你同她去那边林子里玩玩吧，要这小姑娘告你那些花名草名。"

这周小姐就笑着过来，拖了三三的手，想带她走去。三三想不走，望到母亲，母亲却做样子努嘴要她去，不能不走。

可是到了那一边，两人即刻就熟了。那看护把关于乡下的一切，这样那样问了她许多，她一面答着，一面想问那女人一些事情，却找不出一句可问的话，只很稀奇的望到那一顶白帽子发笑。觉得好奇怪，怎么顶在头上不怕掉下来。

过后听到母亲在那边喊自己的名字，三三也不知道还应当同看护告别，还应当说些什么话，只说妈妈喊我回去，我要走了，就一个人忙忙的跑回母亲身边，同母亲走了。

母女两人回到路上走过了一个竹林，竹林里正当到晚霞的返照，满竹林是金色的光。三三把一个空篮子戴在头上，扮作钓鱼翁的样子，同时想起总爷家养病服侍病人那个戴白帽子的女人，就和妈妈说："娘，你看那个女人好不好？"

母亲说，"哪一个女人？"

三三好象以为这答复是母亲故意装作不明白的样子，因此稍稍有点不高兴，向前走去。

妈妈在后面说，"三三，你说谁？"

三三就说："我说谁，我问你先前那个女子，你还问我！"

"我怎么知道你是说谁？你说那姑娘，脸庞红红白白的，是说她吗？"

三三才停着了脚，等着她的妈。且想起自己无道理处，悄悄的笑了。母亲赶上了三三，推着她的背，"三三，那姑娘长得好体面，你说是不是？"

三三本来就觉得这人长得体面，听到妈妈先说，所以就故意说，"体面什么？人高得象一条菜瓜，也是体面！"

"人家是读过书来的，你不看她会写字吗？"

"娘，那你明天要她拜你做干娘吧。她读过书，娘近来只欢喜读书的。"

"嗨，你瞧你！我说读书好，你就生气。可是……你难道不欢喜读书的吗？"

"男人读书还好，女人读书讨厌咧。"

"你以为她讨厌，那我们以后讨厌她得了。"

"不，干吗说'讨厌她得了？'你并不讨厌她！"

"那你一人讨厌她好了。"

"我也不讨厌她！"

"那是谁该讨厌她？三三，你说。"

"我说，谁也不该讨厌她。"

母亲想着这个话就笑，三三想着也笑了。

三三于是又匆匆的向前走去，因为黄昏太美，三三不久又停顿在前面枫树下了，还要母亲也陪她坐一会，送那片云过去再走。母亲自然不会不答应的。两人坐在那石条上了，三三把头上的篮儿取下后，用手整理头发。就又想起那个男人一样短短头发的女人。母亲说："三三，你用围裙揩揩脸，脸上出汗了。"三三好象不听到妈妈的话，眺望到另一方，她心中出奇，为什么有许多人的脸，白得象茶花。她不知不觉又把这个话同母亲说到了，母亲就说，这就是他们称呼为城里人的理由，不必擦粉脸也总是很白的。

三三说："那不好看，"母亲也说"那自然不好看。"三三又说："宋家的黑子姑娘才真不好看。"母亲因为到底不明白三三意思所在，拿不稳风向，所以再不敢揍言，就只貌作留神的听着，让三三自己去作结论。

三三的结论就只是故意不同母亲意见一致，可是母亲若不说话时，自己就不须结论，也闭了口，不再作声了。

是另外一天，有人从大寨里挑谷子来碾坊的，挑谷子的男人走后，留下一个女人在旁边照料到一切。这女人具一种欢喜说话的性格，且不久才从六十里外一个寨上吃喜酒回来，有一肚子的故事，许多乡村消息，得和一个人说说才舒服，所以就拿来与碾坊母女两人说。母亲因为自己有一个女儿，有些好奇的理由，专欢喜问人家到什么地方吃喜酒，看到些什么体面姑娘，看到些什么好嫁妆。她还明白，照例三三也愿意听这些故事，所以就向那个人，问了这样又问那样，要那人一五一十说出来。

三三却静静的坐在一旁，用耳朵听着，一句话不说。有时说的话那女人以为不是女孩子应当听的，声音较低时，三三就装作毫不注意的神气，用绳子结连环玩，实际上仍然听得清清楚楚。因为听到那些怪话，三三忍不住要笑了，却别过头去悄悄的笑，不让那个长舌妇人注意到。

到后那两个老太太，自然而然就说到总爷家中的来客，且说到那个白袍白帽的女人了。那妇人说：她听人说，这白帽白袍女人，是用钱雇来的，雇来照料那个先生，好几两银子一天。但她却又以为这话不十分可靠，她以为这人一定就是城里人的少奶奶，或者小姨太太。

三三的妈妈意见却同那人的恰恰相反，她以为那白袍女人，决不是少奶奶。

那妇人就说，"你怎么知道不是少奶奶？"

三三的妈说，"怎么会是少奶奶。"

那人说："你告我些道理。"

三三的妈说，"自然有道理，可是我说不出。"

那人说："你又不看见，你怎么会知道。"

三三的妈说，"我怎么不看见？……"

两人争着不能解决，又都不能把理由说得完全一点，尤其是三三的母亲，又忘记说是听到过那一位喊叫过周小姐的话，来用作证据。三三却记到许多话，只是不高兴同那个妇人去说，所以三三就用别种的方法打乱了两人不能说清楚的问题。三三说，"娘，莫争这些事情，帮我洗头吧，我去热水。"

到后那妇人把米碾完挑走了。把水热好了的三三，坐在小凳上一面解散头发，一面带着抱怨神气向她娘说："娘，你真奇怪，欢喜同老婆子说空话。"

"我说了些什么空话？"

"人家媳妇不媳妇，管你什么事！"

……

母亲想起什么事来了，抿着口痴了半天，轻轻的叹了一口气。

过几天，那个白帽白袍的女人，却同总爷家一个小女孩子到碾坊来玩了。玩了大半天，说了许多话。妈妈因为第一次有这么一个稀客，所以走出走进，只想杀一只肥母鸡留客吃饭，但又不敢开口，所以十分为难。

三三则把客人带到溪下游一点有水车的地方去，玩了好一阵，在水边摘了许多金针花，回来时又取了钓竿，搬了凳子，到溪边去陪白帽子女人钓鱼。

溪里的鱼好象也知道凑趣，那女人一根钓竿，一会儿就得了四条大鲫鱼，使她十分欢喜。到后应当回去了，女人不肯拿鱼回去，母亲可不答应，一定要她拿去。并且听白帽子女人说南瓜子好吃，就又为取了一口袋的生瓜子，要同来的那个小女孩代为拿着。

再过几天，那白脸人同总爷家管事先生，也来钓了一次鱼，又拿了许多礼物回去。

再过几天那病人却同女人在一块儿来了，来时送了一些用瓶子装的糖，还送了些别的东西，使主人不知如何措置手脚。因为不敢留这两个尊贵人吃饭，所以到两人临走时，三三母亲还捉了两只活鸡，一定要他们带回去。两人都说留到这里生蛋，用不着捉去，还不行，到后说等下一次来再杀鸡，那两只鸡才被开释放下了。

自从这两个客人到来后，碾坊里有点不同过去的样子，母女两人说话，提到"城里"的事情就渐渐多了。城里是什么样子，城里有些什么好处，两人本来全不知道。两人只从那个白脸男子、白袍女人的神气，以及平常从乡下人听来的种种，作为想象的根据，摹拟到城里的一切景况，都以为城里是那么一种样子：一座极大的用石头垒就的城，这城里就有许多好房子。每一栋好房子里面住了一个老爷同一群少爷；每一个人家都有许多成天穿了花绸衣服的女人，装扮得同新娘子一样，坐在家里，什么事也不必作。每一个人家，屋子里一定还有许多跟班同丫头，跟班的坐在大门前接客人的名片，丫头便为老爷剥莲心去燕窝毛。城里一定有很多条大街，街上全是车马。城里有洋人，脚干直直的，就在这类大街上走来走去。城里还有大衙门，许多官如包龙图一样，威风凛凛，一天审案到夜，夜了还得点了灯审案。城里还有好些铺子，卖的是各样稀奇古怪的东西。城里一定还有许多大庙小庙，庙里成天有人唱戏，成天也有人看戏。看戏的全是坐在一条板凳上，一面看戏一面剥黑瓜子。坏女人想勾引人就向人打瞟瞟眼。城门口有好些屠户，都长得胖敦敦的。城门口还有个王铁嘴，专门为人算命打卦。

这些情形自然都是实在的。这想象中的都市，象一个故事一样动人，保留在母女两人心上，却永远不使两人痛苦。他们在自己习惯生活中得到幸福，却又从幻想中得到快乐，所以若说过去的生活是很好的，那到后来可说是更好了。

但是，从另外一些记忆上，三三的妈妈却另外还想起了一些事情，因此有好几回同三三说话到城里时，却忽然又住了口不说下去。三三问到这是什么意思，母亲就笑着，仿佛意思就只是想笑一会儿，什么别的意思也没有。

三三可看得出母亲笑中有原因，但总没有方法知道这另外原因究竟是什么。或者是妈妈预备要搬到城里，或者是作梦到过城里，或者是因为三三长大了，背影子已象一个新娘子了，妈妈惊讶着，这些躲在老人家心上一角儿的事可多着呐。三三自己也常常发笑，且不让母亲知道那个理由。每次到溪边玩，听母亲喊"三三你回来吧"，三三一面走一面总轻轻的说："三三不回来了，三三永不回来了。"为什么说不回来，不回来又到些什么地方来落脚，三三并不曾认真打量过。

有时候两人都说到前一晚上梦中到过的城里，看到大衙门大庙的情形，三三总以为母亲到的是一个城里，她自己所到又是一个城里。城里自然有许多，同寨子差不多一样，这个是三三早就想到了的。三三所到的城里，一定比母亲那个还远一点，因为母亲凡是梦到城里时，总以为同总爷家那堡子差不多，只不过大了一点，却并不很大。三三因为听到那白帽子女人说过，一个城里看护至少就有两百，所以她梦到的，就是两百个白帽子女人的城里！

妈妈每次进寨子送鸡蛋去，总说他们问三三，要三三去玩，三三却怪母亲不为她梳头。但有时头上辫子很好，却又说应当换干净衣服才去。一切都好了，三三却常常临时又忽然不愿意去了。母亲自然是不强着三三的。但有几次母亲有点不高兴了，三三先说不去，到后又去；去到那里，两人是都很快乐的。

人虽不去大寨，等待妈妈回来时，三三总很愿意听听说到那一面的事情。母亲一面说，一面望到三三的眼睛，这老人家懂得到三三心事。她自己以为十分懂得三三，所以有时话说得也稍多了一点，譬如关于白帽子的女人，如何照料白脸的男子那一类事，母亲说时总十分温柔，同时看三三的眼睛，也照样十分温柔，于是，这母亲，忽然又想到了远远的什么一件事，不再说下去；三三也想到了另外一件事，不必妈妈说话了，这母女就沉默了。

　　砦子里人有次又过碾坊来了，来时三三已出到外边往下溪水车边采金针花去了。三三回碾坊时，望到母亲同那个管事先生商量什么似的在那里谈话，管事一见到三三，就笑着什么也不说。三三望望母亲的脸，从母亲脸上颜色，她看出象有些什么事，很有点蹊跷。

　　那管事先生见到三三就说："三三，我问你，怎么不到堡子里去玩，有人等你！"

　　三三望到自己手上那一把黄花，头也不抬说，"谁也不等我。"

　　管事先生说："你的朋友等你。"

　　"没有人是我的朋友。"

　　"一定有人！想想看，有一个人！"

　　"你说有就有吧。"

　　"你今年几岁，是不是属龙的？"

　　三三对这个谈话觉得有点古怪，就对妈妈看着，不即作答。

　　管事先生却说："你不说我也知道，你妈妈还刚刚告我，四月十七，你看对不对？"

　　三三心想，四月十七,五月十八你都管不着，我又不希罕你为我拜寿。但因为听说是妈妈告的，三三就奇怪，为什么母亲同别人谈这些话。她就对母亲把小小嘴唇扁了一下，怪着她不该同人说到这些，本来折的花应送给母亲，也不高兴了，就把花放在休息着的碾盘旁，跑出到溪边，拾石子打飘飘梭去了。

不到一会儿，听到母亲送那管事先生出来了，三三赶忙用背对到大路，装着望到溪对岸那一边牛打架的样子，好让管事先生走去。管事先生见三三在水边，却停顿到路上，喊三姑娘，喊了好几声，三三还故意不理会，又才听到那管事先生笑着走了。

管事先生走后，母亲说："三三，进屋里来，我同你说话。"

三三还是装作不听到，并不回头，也不作答。因为她似乎听到那个管事先生，临走时还说，"三三你还得请我喝酒，"这喝酒意思，她是懂得到的，所以不知为什么，今天却十分不高兴这个人。同时因为这个人同母亲一定还说了许多话，所以这时对母亲也似乎不高兴了。

到了晚上，母亲因为见到三三不说话，与平时完全不同了，母亲说："三三，怎么，是不是生谁的气？"

三三口上轻轻的说："没有，"心里却想哭一会儿。

过两天，三三又似乎仍然同母亲讲和了，把一切事都忘掉了，可是再也不提到大寨里去玩，再也不提醒母亲送鸡蛋给人了。同时母亲那一面，似乎也因为了一件事情，不大同三三提到城里的什么，不说是应当送鸡蛋到大寨去了。

日子慢慢的过着，许多人家田堤的新稻，为了好的日头同恰当的雨水，长出的禾穗皆垂了头。有些人家的新谷已上了仓，有些人家摘着早熟的禾线，舂出新米各处送人尝新了。

因为寨子里那家嫁女的好日子快到了，搭了信来接母女两人过去陪新娘子。母亲正新为三三缝了一件葱绿布围裙要三三去住两天。三三没有什么理由可以说不去，所以母女二人就带了些礼物到寨子里来了。到了那个嫁女的家里，因为一乡的风气，在女人未出阁以前，有展览妆奁的习惯，一寨子的女人都可来看，就见到了那个白帽子的女人。她因为在乡下除了照料病人就无什么事情可作，所以一个月来在乡下就成天同乡下女人玩玩，如今随了别的女人来看嫁妆，所以就碰到了这母女两人。

一见面，这白帽子女人就用城里人的规矩，怪三三母亲，问为什么多久不到总爷家里来看他们；又问三三为什么忘了她。这母女两人自然什么也不好说，只按照到一个乡下人的方法，望到略显得黄瘦了的白帽子女人笑着。后来这白帽子的女人，就告给三三妈妈，说病人的病还不什么好，城里医生来了一次，以为秋天还要换换地方，预备八月里就回城去，再要到一个顶远的有海的地方养息。因为不久就要走了，所以她自己同病人，都很想母女两人，同那个小小碾坊。

这白帽子女人又说：曾托过人带信要她们来玩的，不知为什么他们不来。又说她很想再来碾坊那小潭边钓鱼，可是因为天气热了一点，不好出门。

这白帽子女人，望到三三的新围裙，裙上还扣了朵小花，式样秀美，就说："三三，你这个围腰真美，妈妈自己作的是不是？"

三三却因为这女人一个月以来脸晒红多了，就望到这个人的红脸好笑，笑中包含了一种纯朴的友谊。

母亲说，"我们乡下人，要什么讲究东西，只要穿得上身就好了。"因为母亲的话不大实在，三三就轻轻的接下去说，"可是改了二次。"

那白帽子女人听到这个话，向母女笑着，"老太太你真有福气，做你女儿的也真有福气。"

"这算福气吗？我们乡下人哪里比得城里人好。"

因为有两个人正抬了一盒礼过去，三三追了过去想看看是什么时，白帽子女人望着三三的背影，"老太太，你三姑娘陪嫁的，一定比这家还多。"

母亲也望那一方说，"我们是穷人，姑娘嫁不出去的。"

这些话三三都听到，所以看完了那一抬礼，还不即过来。

说了一阵话，白帽子女人想邀母女两人进砦子里去看看病人，母亲看到三三有点不高兴，同时且想起是空手，乡下人照例又不好意思空手进人家大门，所以就答应过两天再去。

又过了几天，母女二人在碾坊，因为谈到新娘子敷水粉的事情，想到白帽子女人的脸，一到乡下后就晒红了许多的情形，且想起那天曾答应人家的话了，所以妈妈问三三，什么时候高兴去寨子里看"城里人"。三三先是说不高兴，到后又想了一下，去也不什么要紧，就答应母亲不拘哪一天去都行。既然不拘什么时候，那么，自然第二天就可以去了。

因为记起那白帽子女人说的话，很想来碾坊玩，故三三要母亲早上同去，好就便邀客来，到了晚上再由三三送客回去。母亲却因为想到前次送那两只鸡，客人答应了下次来吃，所以还预备早早的回来，好杀鸡款客。

一早上，母女两人就提了一篮鸡蛋，向大砦走去。过桥，过竹林，过小小山坡，道旁露水还湿湿的，金铃子象敲钟一样，叮叮的从草里发出声音来，喜鹊喳喳的叫着从头上飞过去。母亲走在三三的后面，看到三三苗条如一根笋子，拿着棍儿一面走一面打道旁的草，记起从前总爷家管事先生问过她的话，不知道究竟是些什么意思。又想到几天以前，白帽子女人说及的话，就觉得这些从三三日益长大快要发生的事，不知还有许多。

她零零碎碎就记起一些属于别人的印象来了……一顶凤冠，用珠子穿好的，搁到谁的头上？二十抬贺礼，金锁金鱼，这是谁？……床上撒满了花，同百果莲子枣子，这是谁？……那三三是不是城里人？……若不是滑了一下，向前一窜，这梦还不知如何放肆做下去。

因为听到妈妈口上连作呸呸，三三才回过头来，"娘，你怎么，想些什么，差点儿把鸡蛋篮子也摔了。你想些什么？"

"我想我老了，不能进城去看世界了。"

"你难道欢喜城里吗？"

"你将来一定是要到城里去的！"

"怎么一定？我偏不上城里去！"

"那自然好极了。"

两人又走着，三三忽然又说："娘，娘，为什么你说我要到城里去？你怎么想起这件事？"

母亲忙分辩说，"你不去城里，我也不去城里。城里天生是为城里人预备的，我们有我们的碾坊，自然不会离开。"

不到一会儿，就望到大寨那门楼了，门前有许多大榆树和梧桐。两人进了寨门向南走，快要走到时，就望见榆树下面，有许多人站立，好象在看热闹，其中还有一些人，忙手忙脚的搬移一些东西，看情形好象是发生了什么事情，或者来了远客，或者还是别的原因。母女两人也不什么出奇，依然慢慢的走过去。三三一面走一面说："莫非是衙门的委员来了，娘，我在这里等你，你先过去看看吧。"妈妈随随便便答应着，心里觉得有点蹊跷，就把篮子放下要三三等着，自己赶上前去了。

这时恰巧有个妇人抱了自己孩子向北走，预备回家去，看到三三了，就问，"三三，怎么你这样早，有些什么事。"但同时却看到了三三篮里的鸡蛋了，"三三，你送谁的礼呢？"

三三说："随便带来的。"因为不想同这人说别的话，于是低下头去，用手盘弄那个盘云的绿围腰扣子。

那妇人又说，"你妈呢？"

三三还是低着头用手向南方指着，"过那边去了。"

那女人说，"那边死了人。"

"是谁死了？"

"就是上个月从城中搬来在总爷家养病的少爷，只说是病，前一些日子还常常出外面玩，谁知忽然就死了。"

三三听到这个，心里一跳，心想，难道是真话吗？

这时节，母亲从那边也知道消息了，匆匆忙忙的跑回来，心门冬冬跳着，脸儿白白的，到了三三跟前，什么话也不说，拉着三三就走，好象是告三三，又象是自言自语的说，"就死了，就死了，真不象会死！"

但三三却立定了，问，"娘，那白脸先生死了吗？"

"都说是死了的。"

"我们难道就回去吗？"

母亲想想，真的，难道就回去？

因此母女两人又商量了一下，还是到过去看看，好知道究竟是些什么原因。三三且想见见那白帽子女人，找到白帽子女人，一切就明白了。但一走进大门边，望见许多人站在那里，大门却敞敞的开着，两人又象怕人家知道他们是来送礼的，不敢进去。在那里就听到许多人说到这个白脸人的一切，说到那个白帽子女人，称呼她为病人的媳妇，又说到别的，都显然证明这些人并不和这两个城里人有什么熟识。

三三脸白白的拉着妈妈的衣角，低声的说"娘，走。"两人就走了。

到了磨坊，因为有人挑了谷子来在等着碾米，母亲提着蛋篮子进去了，三三站立溪边，望到一泓碧流，心里好象掉了什么东西，极力去记忆这失去的东西的名称，却数不出。

母亲想起三三了，在里面喊着三三的名字，三三说："娘，我在看虾米呢。"

"来把鸡蛋放到坛子里去，虾米在溪里可以成天看！"因为母亲那么说着，三三只好进去了。水闸门的闸板已提起，磨盘正开始在转动，母亲各处找寻油瓶，为碾盘轴木加油，三三知道那个油瓶挂在门背后，却不做声，尽母亲各处去找。三三望着那篮子，就蹲到地下去数着那篮里的鸡蛋，数了半天，到后碾米的人，问为什么那么早拿鸡蛋到别处去，送谁，三三好象不曾听到这个话，站起身来又跑出去了。

一九三一年八月五日至九月十七日作于青岛

虎　雏

　　我那个做军官的六弟上年到上海时，带来了一个小小勤务兵，见面之下就同我十分谈得来，因为我从他口上打听出了多少事情，全是我想明白终无法可以明白的。六弟到南京去接洽事情时，就把他暂时丢在我的住处，这小兵使我十分中意。我到外边去玩玩时，也常常带他一起去，人家不知道的，都以为这就是我的弟弟，有些人还说他很象我的样子。我不拘把他带到什么地方去，见到的人总觉得这小兵不坏。其实这小孩真是体面得出众的。一副微黑的长长的脸孔，一条直直的鼻子，一对秀气中含威风的眉毛，两个大而灵活的眼睛，都生得非常合式，比我六弟品貌还出色。

　　这小兵乖巧得很，气派又极伟大，他还认识一些字，能够看《三国演义》。我的六弟到南京把事办完要回湖南军队里去销差时，我就带开玩笑似的说："军官，咱们俩商量一下，打个交道，把你这个年轻人留下给我，我来培养他，他会成就一些事业。你瞧他那样子，是还值得好好儿来料理一下的！"

　　六弟先不大明白我的意思，就说我不应当用一个副兵，因为多一个人就多一种累赘。并且他知道我脾气不大好，今天欢喜的自然很有趣味，明天遇到不高兴时，送这小子回湘可不容易。

他不知道我意思是要留他的副兵在上海读书的，所以说我不应当多一个累赘。

我说："我不配用一个副兵，是不是？我不是要他穿军服，我又不是军官，用不着这排场！我要他穿的是学校的制服，使他读点书。"我还说及"倘若机会使这小子傍到一个好学堂，我敢断定他将来的成就比我们弟兄高明。我以为我所估计的绝不会有什么差错，因为这小兵决不会永远做小兵的。可是我又见过许多人，机会只许他当一个兵，他就一辈子当兵，也无法翻身。如今我意思就在另外给这小兵一种不同机会，使他在一个好运气里，得到他适当的发展。我认为我是这小兵的温室。"

我的六弟听到了我这种书生意见，觉得十分好笑，大声的笑着。

"那你简直在毁他！"他很认真的样子说。"你以为那是培养他，其中还有你一番好意值得感谢。你以为他读十年书就可以成一个名人，这真是做梦！你一定问过他了，他当然答应你说这是很好的。这个人不止是外表可以使你满意，他的另外一方面做人处，也自然可以逗你欢喜。可是你试当真把他关到一个什么学校里去看看，你就可以明白一个作了三年勤务兵在我们那个野蛮地方长大的人，是不是还可以读书了。你这时告诉他读书是一件好事，同时你又引他去见那些大学教授以及那些名人，你口上即不说这是读书的结果，他仍然知道这些人因为读了点书才那么舒服尊贵的。我听到他告我，你把他带到那些绅士的家中去，坐在软椅上，大家很亲热和气的谈着话，又到学校去，看看那些大学生，走路昂昂作态，仿佛家养的公鸡，穿的衣服又有各种样子，他乍一看自然也很羡慕，但是他正象你看军人一样。就只看到表面。你不是常常还说想去当兵吗？好，你何妨再去试试。我介绍你到一个队伍里去试试，看看我们的生活，是不是如你所想象的美，以及旁人所说及的坏。你欢喜谈到，你去详细生活一阵好了。等你到了那里拖一月两月，你才明白我们现在的队伍，是些什么生活。平常人用自己物质爱憎与自己道德观念作标准，批评到与他们生活完全不同的军人，没有一个人说得对。你是退伍的人，可是十年来什么也变了，如今再去看看，你就不会再写那种从容放荡的军人生活回忆了。战争使人类的灵魂野蛮粗糙，你能说这句话却并不懂它的真实意思。"

我原来同我六弟说的，是把他的小兵留下来读书的事，谁知平时说话不多的他，就有了那么多空话可说。他的话中意思，有笑我是十足书生的神气。我因为那时正很有一点自信，以为环境可以变更任何人性，且有点觉得六弟的话近于武断了。我问他当了兵的人就不适宜于进一个学校去的理由，是些什么事，有些什么例子。

六弟说："二哥，我知道你话里意思有你自己。你正在想用你自己作辩护，以为一个兵士并不较之一个学生为更无希望。

因为你是一个兵士。你莫多心，我不是想取笑你，你不是很有些地方觉得出众吗？也不只是你自己觉得如此，你自己或许还明白你不会做一个好军人，也不会成一个好艺术家。（你自己还承认过不能做一个好公民，你原是很有自知之明！）人家不知道你时，人家却异口同声称赞过你！你在这情形下虽没有什么得意。可是你却有了一种不甚正确的见解，以为一个兵士同一个平常人有同样的灵魂这一件事情。我要纠正这个，你这是完全错误了的。平常人除了读过几本书学得一些礼貌和虚伪世故外，什么也不会明白，他当然不会理解这类事情。但是你不应当那么糊涂。这完全是两种世界两种阶级，把他牵强混合起来，并不是一个公平的道理！你只会做梦，打算一篇文章如何下手，却不能估计一件事情。"

"你不要说我什么，我不承认的。"我自然得分辩，不能为一个军官说输。"我过去同你说到过了，我在你们生活里，不按到一个地方好好儿的习惯，好好儿的当一个下级军官，慢慢的再图上进，已经算是落伍了的军人。再到后来，逃到另外一个方向上来，又仍然不能服从规矩和目下的社会习俗谋妥协，现在成了个不文不武的人，自然还是落伍。我自己失败，我明白是我的性格所形成，我有一个诗人的气质，却是一个军人的派头，所以到军队人家嫌我懦弱，好胡思乱想，想那些远处，打算那些空事情，分析那些同我在一处的人的性情，同他们身分不合。到读书人里头，人家又嫌我粗率，做事马胡，行为简单得怕人，与他们身分仍然不合。在两方面都得不到好处，因此毫无长进，对生活且觉得毫无意义。这是因为我的体质方面的弱点，那当然是毫无办法的。至于这小副兵，我倒不相信他依然象我这样子悲剧性。"

"你不希望他象你，你以为他可以象谁？还有，就是他当然也不会象你。他若当真同你一样，是一个只会做梦不求实际只会想象不要生活的人，他这时跟了我回去，机会只许他当兵，他将来还自然会做一个诗人。因为一个人的气质虽由于环境造成，他还是将因为另外一种气质反抗他的环境，可以另外走出一条道路。若是他自己不觉到要读书，正如其他人一样，许多人从大学校出来，还是做不出什么事业来。"

"我不同你说这种道理，我只觉得与其把这小子当兵，不如拿来读书。他是家中舍弃了的人，把他留在这里，送到我们熟人办的那个××中学校去，又不花钱，又不费事，这事何乐不为。"

我的六弟好象就无话可说了，问我××中学要几年毕业。

我说，还不是同别的中学一个样子，六年就可以毕业吗？

六弟又笑了，摇着那个有军人风的脑袋。

"六年毕业，你们看来很短，是不是？因为你说你写小说至少也要写十年才有希望，你们看日子都是这样随便，这一点就证明你不是军人。若是军人，他将只能说六个月的。六年的时间，你不过使这小子从一个平常中学卒业，出了学校找一个小事做，还得熟人来介绍，到书铺去当校对，资格还发生问题。可是在我们那边，你知道六年的时间，会使世界变成什么样子？一个学生在六年内还只有到大学的资格，一个兵士在六年内却可以升到营连长。两件事比较起来，相差得可太远了。生长在上海，家里父兄靠了外国商人供养，做一点小小事情，慢慢的向上爬去，十年八年因为业务上谨慎，得到了外国资本家的信托，把生活举起，机会一来就可以发财，儿子在大学毕业，就又到洋行去做事，这是上海洋奴的人生观。另外不作外国商人的奴隶，不作官，宁愿用自己所学去教书，自然也还有人。但是你若没有依傍，到什么地方去找书教？你一个中学校出身的人，除了小学还可以教什么书？本地小学教员比兵士收入不会超过一倍，一个稍有作为的兵士，对于生活改变的机会，却比一个小学教员多十倍；若是这两件事平平的放在一处，你意思选择什么？"

我说："你意思以为六年内你的副兵可以做一个军官，是不是？"

"我意思只以为他不宜读书。因为你还不宜于同读书人在一处谋生活，他自然更不适当了。"

我还想对于这件事有所争论，六弟却明白我的意思，他就抢着说："你若认为你是对的，我尽你试验一下，尽事实来使你得到一个真理。"

本来听了他说的一些话，我把这小子改造的趣味已经减去一半了，但这时好象故意要同这一位军官斗气似的，我说"把他交给我再说。我要他从国内最好的一个大学毕业，才算是我的主张成功。"

六弟笑着："你要这样麻烦你自己，我也不好意思坚持了。"

我们算是把事情商量定局了，六弟三天即将回返湖南，等他走后我就预备为这未来的学士，找朋友补习数学和一切必需课程，我自己还预备每天花一点钟来教他国文，花一点钟替他改正卷子。那时是十月，两月后我算定他就可以到××中学去读书了。我觉得我在这小兵身上，当真会做出一分事业来，因为这一块原料是使人不能否认可以治成一件值价的东西的。

我另外又单独的和这个小兵谈及，问他是不是愿意不回去，就留在这里读书，他欢喜的样子是我描摹不来的。他告我不愿意做将军，愿意做一个有知识的平民。他还就题发挥了一些意见，我认为意见虽不高明，气概却极难得。到后我把我们的谈话同六弟说及，六弟总是觉得好笑。我以为这是六弟军人顽固自信的脾气，所以不愿意同他分辩什么。

过了三天，三天中这小副兵真象我的最好的兄弟，我真不大相信有那么聪颖懂事的人。他那种识大体处，不拘为什么人看到时，我相信都得找几句话来加以赞美，才会觉得不辜负这小子。

我不管六弟样子怎么冷落，却不去看他那颜色，只顾为我的小友打算一切。我六弟给过了我一百块钱，我那时在另外一个地方，又正得到几十块钱稿费，一时没有用去，我就带了他到街上去，为他看应用东西。我们又到另一处去看中了一张小床，在别的店铺又看中其他许多东西。他说他不欢喜穿长衣，那个太累赘了一点，我就为他定了一套短短黑呢中山服，制了一件粗毛呢大衣。他说小孩子穿方头皮鞋合式一点，我就为他定制了一双方头皮鞋。我们各处看了半天，估计一切制备齐全，所有钱已用去一半，我还好象不够的样子，倒是他说不应当那么用钱，我们两个人才转回住处。我预备把他收拾得象一个王子，因为他值得那么注意。我预备此后要使他天才同年龄一齐发展，心里想到了这小子二十岁时，一定就成为世界上一个理想中的完人。他一定会音乐和图画，不擅长的也一定极其理解。他一定对于文学有极深的趣味，对于科学又有极完全的知识。他一定坚毅诚实，又一定健康高尚。他不拘做什么事都不怕失败，在女人方面，他的成功也必然如其他生活一样。他的品貌与他的德行相称，使同他接近的人都觉得十分爱敬。……

不要笑我，我原是一个极善于在一个小事情上做梦的人，那个头顶牛奶心想二十年后成家立业的人是我所心折的一个知己，我小时听到这样一个故事，听人说到他的牛奶泼在地上时，大半天还是为他惆怅。如今我的梦，自然已经早为另一件事破灭了。可是当时我自己是忘记了我的奢侈夸大想象的，我在那个小兵身上做了二十年梦，我还把二十年后的梦境也放肆的经验到了。我想到这小子由于我的力量，成就了一个世界上最完全最可爱的男子，还因为我的帮助，得到一个恰恰与他身分相称的女子作伴，我在这一对男女身边，由于他人的幸福，居然能够极其从容的活到这世界上。那时我应当已经有了五十多岁，我感到生活的完全，因为那是我的一件事业，一种成功。

到后只差一天六弟就要回转湖南销差去了，我们三人到一个照相馆里去拍了一个照相。把相照过后，我们三人就到××戏院去看戏，那时时候还不到，故就转到××园里去玩。

在园里树林子中落叶上走着，走到一株白杨树边，就问我的小朋友，爬不爬得上去，他说爬得上去。走了一会，又到一株合抱大枫树边，问这个爬不爬得上去，他又说爬得上去。一面走就一面这样说话，他的回答全很使我满意。六弟却独在前面走着，我明白他觉得我们的谈话是很好笑的。到后听到枪声，知道那边正有人打靶，六弟很高兴的走过去，我们也跟了过去，远远的看那些人伏在一堵土堆后面，向那大土堆的白色目标射击。我问他是不是放过枪，这小子只向着六弟笑，不敢回答。

我说，"不许说谎，是不是亲自打过？"

"打过一次。"

"打过什么？"

这小子又向着六弟微笑，不能回答。

六弟就说："不好意思说了吗？二哥，你看起他那样子老实温和，才真是小土匪！为他的事我们到××差一点儿出了命案。这样小小的人，一拳也经不起，到××去还要同别的人打架，把我手枪偷出去，预备同人家拚命。若不是气运，差一点就把一个岳云学生肚子打通了。到汉口时我检查枪，问他为什么少了一颗子弹，他才告我在长沙同一个人打架用了的。我问他为什么敢拿枪去打人，他说人家骂了他丑话，又打不过别人，所以想一枪打死那个人。"

六弟觉得无味的事，我却觉得更有趣味，我揪着那小子的短头发，使他脸望着我，不好躲避，我就说，"你真是英雄，有胆量。我想问你，那个人比你大多少？怎么就会想打死他？"

"他大我三岁，是岳云中学的学生，我同参谋在长沙住在××，六月里我成天同一个军事班的学生去湘河洗澡，在河里洗澡，他因为泅水比我慢了一点，和他的同学，用长沙话骂我屁股比别人的白，我空手打不过他，所以我想打死了他。"

"那以后怎么又不打死他？"

"打了一枪不中，子弹啃了膛，我怕他们捉我，所以就走脱了。"

六弟说："这种性情只好去当土匪，三年就可以做大王。再过一阵就会被人捉去示众。"

我说："我不承认你这话。他的胆量使他可以做大王，也就可以使他做别的伟大事业。你小时也是这样的。同人到外边去打架胡闹，被人用铁拳星打破了头，流满了一脸的血，说是不许哭，你就不哭。你所以现在做军官，也不失为一个好军人。若是象我那么不中用，小时候被人欺侮了，不能报仇，就坐在草地上去想，怎么样就学会了剑仙使剑的方法，飞剑去杀那个仇人，或者想自己如何做了官，派家将揪着仇人到衙门来打他一千板屁股，出出这一口气。单是这样空想，有什么用处？一个人越善于空想，也就越近于无用，我就是一个最好的榜样。"

六弟说："那你的脾气也不是不好的脾气，你就是因为这种天赋的弱点，成就了你另外一份天赋的长处。若是成天都想摸了手枪出去打人，你还有什么创作可写。"

"但是你也知道多少文章就是多少委屈。"

"好，我汉口那把手枪就送给你，要他为你收着，做你的保镖吧。从此有什么被人欺侮的事，都要这个小英雄去替你报仇好了。"

六弟说得我们大家都笑了。我向小兵说，"假若有一把手枪，将来我讨厌什么人时，要你为我去打死他们，敢不敢去动手？"他望了我笑着，略略有点害羞，毅然的说，"敢。"我很相信他的话，他那态度是诚恳天真，使人不能不相信的。

我自然是用不着这样一个镖客喔！因为始终我就没有一个仇人值得去打一枪。有些人见我十分沉静，不大谈长道短，间或在别的事上造我一点谣言，正如走到街上被不相识的狗叫了一阵的样子，原因是我不大理会他们，若是稍稍给他们一点好处，也就不至于吃惊受吓了。又有些自己以为读了很多书的人，他不明白我，看我不起，那也是平常的事。至于女人都不欢喜我，其实就是我把逗女人高兴的地方都太疏忽了一点，若我觉得是一种仇恨，那报仇的方法，倒还得另外打算，更用不着镖客的手枪了。

不过我身边有了那么一个勇敢如小狮子的伙伴，我一定从此也要强干一点，这是我顶得意的。我的气质即或不能许我行为强梁，我的想象却一定因为身边的小伴，可以野蛮放肆一点。他的气概给了我一种气力，这气力是永远还能存在而不容易消灭的。

那天我们看的电影是《神童传》，说一个孤儿如何奋斗成就一生事业。

第二天，六弟就动身回湖南去了。因六弟坐飞机去，我们送他到飞机场。六弟见我那种高兴的神气，不好意思说什么扫兴的话批评到小兵，他当到小兵告我，若是觉得不能带他过日子时，就送到南京师部办事处去，因为那边常有人回湖南，他就仍然可以回去。六弟那副坚决冷静的样子，使我感到十分不平，我就说："我等到你后来看他的成就，希望你不要再用你的军官身分看待他！"

"那自然是好的。你自信能成就他，恐怕的是他不能由你的造就。你就留下他过几个月看看罢。"

我纠正他的前面一句话，大声的说："过几年。"

六弟忙说，"好，过几年。一件事你能过几年不变，我自然也高兴极了。"

时间已到，六弟坐到飞机客座里去，不一会这飞机就开走了，我们待飞机完全不见时方回家来。回来时我总记到六弟那种与我意见截然相反的神气，觉得非常不平，以为六弟真是一个军人，看事情都简单得怕人，自信成见极深，有些地方真似乎顽固得很。我因为六弟说的话放在心上，便觉得更想耐烦来整顿我这个小兵，我也就想用事实来打破六弟的成见，我以为三年后暑假带这小兵回乡时，将让一切人为我处理这小孩子的成绩惊讶不已。

六弟走后我们预定的新生活便开始了，看看小兵的样子，许多地方聪明处还超过了我的估计，读书写字都极其高兴。过了四天，数学教员也找到了，教数学的还是一个大学教授！这大教授一到我处，见到这小兵正在读书，他就十分满意，他说，"这小朋友我很爱他，真是一个笑话。"我说："那就妙极了，他正在预备考××中学，你大教授权且来尽义务充一个小学教员，教他乘法除法同分数罢。"这大教授当时毫不迟疑就答应了。

许多朋友都知道我家中有一个小天才的事情了，凡是来到我住处玩的，总到亭子间小朋友处去谈谈。同了他玩过一点钟的，无一人不觉得他可爱，无一人不觉得这小子将来成就会超过自己。我的朋友音乐家××，就主张这小朋友学提琴，他愿意每天从公共租界极北跑来教他。我的朋友诗人××，又觉得这小孩应当成一个诗人。还有一个工程学教授宋先生，他的意见却劝我送小孩子到一个极严格的中学校去，将来卒业若升入北洋大学时，则他愿意帮助他三年学费。还有一个律师，一个很风趣的人，他说"为了你将来所有作品版税问题，你得让他成一个有名的律师，才有生活保障。"

大家都愿意这小朋友成为自己的同志，且因这个缘故，他们各个还向我解释过许多理由。为什么我的熟人都那么欢喜这小兵，当时我还不大明白，现在才清楚，那全是这小兵有一个迷人的外表。这小兵，确实是太体面一点了。我的自信，我的梦，也就全是为那个外表所骗而成的！

这小兵进步是很快的，一切都似乎比我预料得还顺利一点，我看到我的计划，在别人方面的成功，感到十分快乐。为了要出其不意使六弟大吃一惊，目前却不将消息告给六弟。为这小兵读书的原因，本来生活不大遵守秩序的我，也渐渐找出秩序来了。我对于生活本来没有趣味，为了他的进步，我象做父亲的人在佳子弟面前，也觉得生活还值得努力了。

　　每天我在我房中做事情，他也在他那间小房中做事情，到吃饭时就一同往隔壁一个外国妇人开的俄菜馆吃牛肉汤同牛排。清早上有时到××花园去玩，有时就在马路沿走走。晚上饭后应当休息一会儿时节，不是我为他学西北绥远包头的故事，就是学东北的故事。有时由他说，则他可以告我近年来随同六弟到各处剿匪的事情，他用一种诚实动人的湘西人土话，说到六弟的胆量。说到六弟的马。说到在什么河边滩上用盒子枪打匪，他如何伏在一堆石子后面，如何船上失了火，如何满河的红光。又说到在什么洞里，搜索残匪，用烟子熏洞，结果得到每只有三斤多重的白老鼠一共有十七只，这鼠皮近来还留在参谋家里。又说到名字叫作"三五八"的一个苗匪大王，如何勇敢重交情，不随意抢劫本乡人。凡事由于这小兵说来，掺入他自己的观念，仿佛在这些故事的重述上，见到一个小小的灵魂，放着一种奇异的光，我在这类情形中，照例总是沉默到一种幽杳的思考里，什么话也没有可说。因这小朋友观念、感想、兴味的对照，我才觉得我已经象一个老人，再不能同他一个样子了。这小兵的人格，使我在反省中十分忧郁，我在他这种年龄上时，却除了逃学胡闹或和了一些小流氓蹲在土地上掷骰子赌博以外，什么也不知道注意的。到后我便和他取了同样的步骤，在军队里做小兵，极荒唐的接近了人生。但我的放荡的积习，使我在作书记时，只有一件单汗衣，因为自己一洗以后即刻落下了行雨，到下楼吃饭时还没有干，不好意思赤膊到楼下去同副官们吃饭，我就饿过一顿饭。如今这小兵，却俨然用不着人照料也能够站起来成一个人，因这小兵的人格，想起我的过去，以及为过去积习影响到的现在，我不免感觉到十分难过。

日子从容的过去，一会儿就有了一个月，小兵同我住在一处，一切都习惯了，有时我没有出门，要他到什么地方去看看信，也居然做得很好。有时数学教员不能来，他就自己到先生那里去。时间一久，有些性质在我先时看来，认为是太粗卤了一点的，到后也都没有了。

有一天，我得到我的六弟由长沙来的一个信，信上说着：……二哥，你的计划成功了没有？你的兴味还如先前那样浓厚没有？照我的猜想，你一定是早已觉得失败了。我同你说到过的，"几个月"你会觉得厌烦，你却说"几年"也不厌烦，我知道你这是一句激出的话，你从我的冷静里，看出我不相信你能始终其事，你样子是非常生气的。可是你到这时一定意见稍稍不同了。我说这个时，我知道你为了骄傲，为了故意否认我的见解，你将仍然能够很耐烦的管教我们的小兵，你一定不愿意你做的事失败。但是，明明白白这对你却是很苦的，如今已经快到两个月了，你实在已经够受了，当初小孩子的劣点以及不适宜于读书的根性，倘若当初是因为他那迷人的美使你原谅疏忽，到如今，他一定使你渐渐的讨厌了。

……我希望你不要太麻烦自己。你莫同我争执，莫因拥护你那做诗人的见解，在失败以后还不愿意认账。我知道你的脾气，因为我们为这件事讨论过一阵，所以你这时还不愿意把小兵送回来，也不告我关于你们的近状。

可是我明白，你是要在这小子身上创造一种人格，你以为由于你的照料，由于你的教育，可以使他成一个好人。

但是这是一种夸大的梦，永远无从实现的。你可以影响一些人，使一些人信仰你，服从你，这个我并不否认的。

但你并不能使那个小兵成好人。你同他在一处，在他是不相宜的，在你也极不相宜。我这时说这个话时也许仍然还早了一点，可是我比你懂那个小兵，他跟了我两年，我知道他是什么材料。他最好还是回来，明年我当送他到军官预备学校去，这小子顶好的气运，就是在军队中受一种最严格的训练，他才有用处，才有希望。

……你不要以为我说的话近于武断，我其实毫无偏见。现在有个同事王营长到南京来，他一定还得到上海来看看你，你莫反对我这诚实的提议，还是把小兵交给那个王同事带回去。两个月来我知道你为他用了很多的钱，这是小事，最使我难过的，还是你在这个小兵身上，关于精神方面损失得很多，将来出了什么事，一定更有给你烦恼处。

……你觉得自信并不因这一次事情的失败而减去，我同你说一句笑话，你还是想法子结婚。自己的小孩，或者可以由自己意思改造，或者等我明年结婚后，有了小孩，半岁左右就送给你，由你来教养培植。我很相信你对小孩教育的认真，一定可以使小孩子健康和聪敏，但一个有了民族积习稍长一点的孩子，同你在一块，会发生许多纠纷！

……

六弟的信还是那么军人气度，总以为我是失败了，而在斗气情形下勉强同他的小兵过日子的。尤其他说到那个"民族"积习，使我很觉得不平。我很不舒服，所以还想若果姓王的过两天来找寻我时，我将不会见他。

过了三天，我同小兵出外到一个朋友家中去，看从法国寄回来的雕刻照片，返身时，二房东说有一个军官找我，坐了一会留下一个字条就走了。看那个字条，才知道来的就是姓王的。先是六弟只说同事王营长，如今才知道六弟这个同事，却是我十多年前的同学。我同他在本乡军士技术班做学生时，两个人成天皆从家中各打了一根竹子，预备到学校去练习撑篙跳，我们两个人年纪都极小，每天穿灰衣着草鞋扛了两根竹子在街上乱撞，出城时，守城兵总开玩笑叫我们做小猴子，故意拦阻说是小孩子不许扛竹子进出，恐怕戳坏他人的眼睛。这王军官非常狡猾，就故意把竹子横到城门边，大声的嚷着说是守城兵抢了他的撑篙跳的杆儿。想不到这人如今居然做营长了。

为了我还想去看看我这个同学，追问他撑篙跳进步了多少，还想问他，是不是还用得着一根腰带捆着身上，到沙里去翻筋斗。一面我还想带了小兵给他看看，等他回去见到六弟时，使六弟无话可说，故当天晚上，我们在大中华饭店就见面了。

见到后一谈，我们提到那竹子的事情，王军官说："二爷，你那个本领如今倒精细许多了，你瞧你把一丈长的竹子，缩短到五寸，成天拿了它在纸上画，真亏你！"

我说："你那一根呢？"

他说，"我的吗？也缩短了，可是缩短成两尺长的一枝笛子。我近来倒很会吹笛子。"

我明白他说的意思，因为这人脸上瘦瘦白白的，我已猜到他是吃大烟了。我笑着装作不甚明白的神气，"吹笛子倒不坏，我们小时都只想偷道士的笛子吹，可是到手了也仍然发不成声音来。"

军官以为我愚马矣，领会不到他所指的笛子是什么东西，就极其好笑。"不要说笛子罢，吹上了瘾真是讨厌的事！"

我说，"你难道会吃烟了吗？"

"这算奇怪的事吗？这有什么会不会？这个比我们俩在沙坑前跳三尺六容易多了。不过这些事倒是让人一着较好，所以我还在可有可无之间，好象唱戏的客串，算不得脚色。"

"那么，我们那一班学撑篙跳的同学，都把那竹子截短了。"

"自然也有用不着这一手的，不过习惯实在不大好，许多拿笔的也命'枪'，无从编遣。"

说到这里我们记起了那个小兵了，他正站在窗边望街，王军官说："小鬼头，你样子真全变了，你参谋怕你在上海捣乱，累了二先生，要你跟我回去，你是想做博士，还想做军官？"

小兵说，"我不回去。"

"你跟了二先生这么一点日子，就学斯文得没有用处了。你引我的三多到外面玩玩去。你一定懂得到'白相'了。你就引他到大马路白相去，不要生事，你找个小馆子，要三多请你喝一杯酒，他才得了许多钱。他想买靴子，你引他买去，可不要买象巡捕穿的。"

　　小兵听到王军官说的笑话，且说要他引带副兵三多到外面去玩，望着我只是笑，不好作什么回答。

　　王军官又说："你不愿同三多玩，是不是？你二先生现在到大学堂教书，还高兴同我玩，你以为你就是学生，不能同我副兵在一起白相了吗？"

　　小兵见王军官好象生了气，故意拿话窘着他，不会如何分辩，脸上显得绯红。王军官便一手把他揪过去，"小鬼头，你穿得这样体面，人又这样标致，同我回去，我为你做媒讨个标致老婆，不要读书了罢。"

　　小兵益觉得不好意思，又想笑又有点怕，望着我想我帮帮他的忙，且听我如何吩咐，他就照样做去。

　　我见到我这个老同学爽利单纯，不好意思不让他陪勤务兵出去玩，我就说："你熟习不熟习买靴子的地方？"

　　他望了我半天，大约又明白我不许他出去，又记到我告过他不许说谎，所以到后才说："我知道。"

　　王军官说："既然知道，就陪三多去。你们是老朋友，同在一堆，你不要以为他的军服就辱没了你的身分。你骗不了我，你的样子倒象学生，你的心可不是学生。你莫以为我的勤务兵像貌蠢笨，三多是有将军的分的。你们就去罢，我同你二先生还要在这里谈谈话，回头三多请你喝酒，我就要二先生请我喝酒。……"

王军官接着就喊，"三多，三多。"那副兵当我们来时到房中拿过烟茶后，出去似乎就正站立在门外边，细听我们的谈话，这时听到营长一叫，即刻就进来了。

这副兵真象一个将军，年纪似乎还不到十六岁，全身就结实得如成人，身体虽壮实却又非常矮短，穿的军服实在小了一点，皮带一束，因此全身绷得紧紧的如一木桶，衣服同身体便仿佛永远在那里作战。在一种紧张情形中支持，随时随处身上的肉都会溢出来，衣服也会因弹性而飞去。这副兵样子虽痴，性情却十分好，他把话都听过了，一进来就笑嘻嘻的望着小兵。

王军官一见到自己勤务兵的痴样子，做出十分难受的神情，"三大人，我希望你相信我的忠告，少吃喝一点，少睡一点！你到外面去瞧瞧，你的肉快要炸开了。我要你去爬到那个洋秤上去过一下磅，看这半个月来又长了多少，你磅过没有？人家有福气的人肥得象猪，一定是先做官再发体，你的将军还没有得到，在你的职务上就预先发起胖来，将来怎么办？"

那勤务兵因为在我面前被王军官开着玩笑，仿佛一个十几岁处女一样，十分腼腆害羞，说道，"我不知为什么总要胖。"

"沈参谋告你每天喝酸醋一碗，你试验过没有？"

那勤务兵说不出话来，低下头去，很有些地方象《西游记》上的猪八戒，在痴呆中见出妩媚。我忍不住要笑了，就拈了一支烟来，他见到时赶忙来刮自来火。我问他，是什么乡下的，今年有了多大岁数？他告我他是高枑的人，搬到城里住，今年还只十五岁。我又问他为什么那么胖，他十分害羞的告我说，是因为家中卖牛肉同酒，小小儿吃肉就发了臁。

王军官告三多可以跟着小兵去玩，我不好意思不让他们去，到后两人就出去了。

我同这个老同学谈了许多很有趣味的话，到后我就说："营长，你刚才说的你的未来将军请我的未来学士喝酒，我就来做东，只看你欢喜吃什么口味。"

王军官说，"什么都欢喜，只是莫要我拿刀刀叉叉吃盘中的饭，那种罪我受不了。"

第二天我们早约定了要到王军官处去的，因为一去我怕我的"学士"又将为他的"将军"拖去，故告诉他，今天不要出去，就在家中读书。等一会儿一个杜先生同一个孙先生或许还要来。（这些朋友是以到我处看看小兵为快乐的。）我又告他，若是杜教授来了，他可以接待客人到他小房间里去，同客人玩玩。把话嘱咐过后，我就到大中华饭店找寻王军官去了。晚上我们又一同到一个电影院去消磨了两个钟头，那时已经快要十二点钟了，我很担心一个人留在住处的小兵，或者还等候着我没有睡觉，所以就同王军官分了手，约好明天我送他上车过南京。回来时，我奇怪得很，怎么不见了小兵。

我先以为或者是什么朋友把他带走看戏去了，问二房东有什么朋友来找我，二房东恰恰日里也没有在家，回来时也极晏。

我又问到二房东家的佣人，才知道下午有一个小大块头兵士来邀他出去，他们说的本乡话，她听不懂。出门时还是三点钟以前。我算定这兵士就是王军官处那个勤务兵三多，来邀他玩，他不好推辞，以为这一对年轻人一定是到什么"大世界"热闹场所去玩，所以把回家的时间也忘却了。当时我就很生气，深悔昨天不应该带他到那里去，今天又不该不带他去。

　　我坐在房中等着，预备他回来时为他开门，一直等过了十二点还毫无消息。我以为不是喝醉了酒，就一定是在外面闯了乱子，不敢回来，住到那将军住处去了。这些事我认为全是那个王军官的副兵勾引的，所以非常讨厌那个小胖子。我想此后可再不同这军官来往了，再玩一天我的学士就会学坏，使我为他所有一切的打算，都将付之泡影。

　　到十二点后他不回来，我有点疑心，就到他住身的亭子间去，看看是不是留得什么字条，看了一下，却发现了他那个箱子位置有点不同，蹲下去拖出箱子看看，他的军衣都不见了。我忽然明白他是做些什么事了，非常生气，跑回到我自己房中来，检察我的箱子同写字台的抽屉，什么东西都没有动过，一切秩序井然如旧，显然他是独自私逃走去的。我恐怕王军官那边还闹了乱子，拐失了什么东西，赶忙又到大中华饭店去，到时正见王军官生气骂茶房，见我来了才不作声，还以为我是来陪他过夜的，就说："来的好极了，我那将军这时还不回来，莫非被野鸡捉去了！"

　　我说："恐怕他逃了，你赶快清查一下箱子，有些东西失落没有。"

"那里有这事，他不会逃的。"

"我来告你，我的学士也不在家了！你的将军似乎下午三点钟时候，就到我住处邀他，两人一块儿走了！"

王军官一跳而起，拖出箱子一看，发现日前为太太兑换的金饰同钞票，全在那里，还有那枝手枪，也搁在那里，不曾有人动过。他一面搜检其他一个为朋友们代买物件所置的皮箱，一面同我说："这小土匪，我看不出他会逃走！"看到另外一口箱子也没有什么东西失掉，王军官松了一大口气，向我摇着头说："不会逃走，不会逃走，一定是两人看戏散场太晚，恐怕责备不敢回来了。一定是被野鸡拉去了。上海野鸡这样多，我这营长到乡下的威风，来到这生地方被她们一拉也得头昏，何况我那个宝贝。我真为他们担心。"

我摇头否认这种设想，"恐怕不是这样，我那个学士，他把军服也带走了。"

王军官先还笑着，因为他见到自己重要东西没有失掉，所以总以为这两个人是被妓女扣留到那里过夜的，所以还露着羡慕的神气，笑说他的"将军"倒有福气。他听到我说是小兵军服也拿走了，才相信我的话，大声的辱骂着"杂种"，同时就打着哈哈大笑。他向我笑着说："你六弟说这小子心野得很，得把他带回去，只有他才管得住这小土匪，不至于多事，话有道理。我还没有和你好好的来商量，事情就发生了。我想不到是我那个将军居然也想逃走，你看他那副尊范，居然在那全是板油的肚子里，也包得有一颗野心。他们知道逃走也去不远，将来终有方法可以知道所去的地方，恐怕麻烦，所以不敢偷什么东西。……"说到这里，这军官突然又觉得这事一定另外还有蹊跷了，因为既然是逃走，一个钱不拐去，他们又到什么地方去了呢？

若说别处地方有好事情干，那么两个宝贝又没有枪械，徒手奔走去会做出什么好事情？

他说："这个事我可不明白了！我不相信我那个将军，到另外一个地方去比他原来的生活还好！你瞧他那样子，是不是到别的地方去就可以补上一个大兵的名额？他除了河南人耍把戏，可以派他站到帐幕边装傻子收票以外，没有一个去处是他合式的地方！真是奇怪的世界，这种傻瓜还要跳槽！"

我说："我也想过了，我那一位也不应当就这样走去的。我问你，你那将军他是不是欢喜唱戏？他若欢喜唱戏，那一定是被人骗走了。由他们看来，自然是做一个名角也很值得冒一下险。"

王军官摇着头连说："绝对不会，绝对不会。"

我说："既不是去学戏，那真是古怪事情。我们应当赶即写几个航空信到各方面去，南京办事处，汉口办事处，长沙，宜昌，一定只有这几个地方可跑，我们一定可以访得出他们的消息。明天早上我们两人还可到车站上去看看，到轮船上去看看。"

"拉倒了罢，你不知道这些土匪的根基是这样的，你对他再好也无益处。不要理他们算了。这些小土匪，有许多天生是要在各种古怪境遇里长大成人的，有些鱼也是在逆水里浑水里才能长大。我们莫理他，还是好好睡觉罢。"

我这个老同学倒真是一个军人胸襟，这件事发生后，骂了一阵，说了一阵，到后不久依然就躺在沙发上呼呼睡着了。我是因为告他不能同谁共床，被他勒到一个人在床上睡的。想到这件事情的突然而至，而为我那个小兵估计到这事不幸的未来，又想到或者这小东西会为人谋杀或饿死，到无人知道的什么隐僻地方，心中轮转着辘轳，听着王军官的鼾声，响四点钟了我才稍稍的合了一下眼。

第二天八点，我们就到车站上去，到各个车上去寻找，看到两路快慢车的开去后，又赶忙走到黄浦江边，向每一只本日开行的轮船上去探询。我们又买了好几份报纸，以为或者可以得到一点线索，结果自然什么也没有得到。

当天晚上十一点钟，那个王军官一个人上车过南京去了，我还送他到车上去。开车后，我出了车站，一个人极其无聊，想走到北四川路一个跳舞场去看看，是不是还可以见到个把熟人。因为我这时回去，一定又睡不着。我实在不愿意到我那住处去，我想明天就要另外搬一个家。我心上这时难受得很，似乎一个男子失恋以后的情形，心中空虚，无所依傍。从老靶子路一个人慢慢儿走到北四川路口，站了一会，见一辆电车从北驶来，心中打算不如就搭个车回去，说不定到了家里，那个小兵还在打盹等候着我回来！可是车已上了，这一路车过海宁路口时，虹口大旅社的街灯光明烛照，引起了我的注意，我临时又觉得不如在这旅馆住一夜，就即刻跳下了车。到虹口大旅社我看了一间小小房间，茶房看见我是单身，以为我或者是来到这里需要一个暗娼作陪的，就来同我搭话，到后见我告他不要什么，只嘱咐他重新上一壶开水就用不着再来时，他看到我抑郁不欢，或许猜我是来此打算自杀的人。

我因为上一晚没有睡好，白天又各处奔走累了一天，当时倒下去就睡着了。

第二天大清早我回到住处，计划搬家的事，那个听差为我开门时，却告我小朋友已经回来了。我听到这个消息，心中说不分明的欢喜，一冲就到三楼房中去，没有见到他。又走过亭子间去，也仍然没有见到。又走到浴间去找寻，也没有人。那个听差跟在我身后上来，预备为我升炉子，他也好象十分诧异，说："又走了吗？"

我还以为他或因为害羞躲在床下，还向床下看过一次。我急急促促的问他："这是怎么回事，他什么时候到这儿来？"

听差说："昨天晚上来的，我还以为他在这里睡。"

我说："他没说什么话吗？"

听差说："他问我你是什么时候出去的。"

"没说别的了吗？"

"他说他饿了，饭还不曾吃，到后吃了一点东西，还是我为他买的。"

"一个人吗？"

"一个人。"

"样子有什么不同吗？"

听差好象不明白我问他这句话的意义，就笑着说："同平常一样长得好看，东家都说他象一个大少爷。"

我心里乱极了，把听差哄出房门，訇的把门一关，就用手抱着头倒在床上睡了。这事情越来越使我觉得奇怪，我为这迷离不可摸捉的问题，把思想弄成纷乱一团。我真想哭了。

我真想殴打我自己，我又来深深的悔恨自己，为什么昨天晚上没有回来！我又悔恨昨天我们为了找寻这小兵，各处都到过了，为什么不回到自己住处来看看！

使我十分奇怪的，是这小东西为什么拿了衣服逃走又居然回来？若说不是逃走，那这时又到哪里去了呢？难道是这时又跑到大中华去找我们，等一会儿还回来吗？难道是见我不回来，所以又逃走了吗？难道是被那个"将军"所骗，所以逃回来，这时又被逼到逃走了吗？

事情使我极其糊涂，我忽然想到他第二次回来一定有一种隐衷，一定很愿意见见我，所以等着我，到后大约是因为我不回来，这小兵心里害怕，所以又走去了。我想到各处找寻一下，看看是不是留得有什么信件，以及别的线索，把我房中各处皆找到了，全没有发现什么。到后又到他所住的房里去，把他那些书本通通看过，把他房中一切都搜索到了，还是找不出一点证据。

因为昨天我以为这小兵逃走，一定是同王军官那个勤务兵在一处，故找寻时绝不疑心他到我那几个熟人方面去。此时想起他只是一个人回来，我心里又活动了一点，以为或者是他见我不回来，所以大清早走到我那些朋友处找我去了。我不能留在住处等候他，所以就留下了一个字条，并且嘱咐楼下听差，倘若是小兵回来时，叫他莫再出去，我不久就会回来的。我于是从第一个朋友家找到第二个朋友家，每到一处当我说到他失踪时，他们都以为我是在说笑话，又见到我匆匆忙忙的问了就走，相信这是一个事实时，就又拦阻了我，必得我把情形说明，才许我脱身。我见到各处都没有他的消息，又见到朋友们对这事的关心，还没有各处走到，已就心灰意懒明白找寻也是空事了。先前一点点希望，看看又完全失败，走到教小兵数学的教授家去，他的太太还正预备给小朋友一枝自来水笔，要××教授今天下半天送到我住处去，我告他小兵已逃走了，这两夫妇当时惊诧失望的神气，我真永远忘不了。

各处绝望后，我回家时还想或者他会在火炉边等我，或者他会睡在我的床上，见我回来时就醒了。听差为我开门的样子，我就知道最后的希望也完了。我慢慢的走到楼上去，身体非常疲倦，也懒得要听差烧火，就想去睡睡，把被拉开，一个信封掉出来了。我象得到了救命的绳子一样，抓着那个信封，把它用力撕去一角，上面只写着这样一点点话："二先生，我让这个信给你回来睡觉时见到。我同三多惹了祸，打死了一个人，三多被人打死在自来水管上。我走了。你莫管我，请你暂时莫同参谋说。你保佑我罢。"

为了我想明白这将军究竟因什么事被人打死在自来水管子上，自来水管又在什么地方，被他们打死的另外一个又是什么人，因此那一个冬天，我成天注意到那些本埠新闻的死亡消息，凡是什么地方发现了一个无名尸首时，我总远远的跑去打听。但是还仍然毫无结果。只有一次听到一个巡警被人打死的消息，算起日子来又完全不对。我还花了些钱，登过一个启事，告诉那个小兵说，不愿意回来，也可以回湖南去，我想来这启事是不是看得到，还不可知，若见到了，他或者还是不会回湖南去的。

　　这就是我常常同那些不大相熟爱讲故事的人说笑话时，说我有一个故事，真象一个传奇，却不愿意写出这原因！有些人传说我有一个稀奇的恋爱，也就是指这件事而言的。有了这件事以后，我就再也不同我的六弟通信讨论问题了。我真是一个什么小事都不能理解的人，对于性格分析认识，由于你们好意夸奖我的，我都不愿意接受。因为我连一个十三四岁的小孩子，还为他那外表所迷惑，不能瞭解，怎么还好说懂这样那样。至于一个野蛮的灵魂，装在一个美丽盒子里，在我故乡是不是一件常有的事情，我还不大知道；我所知道的，是那些山同水，使地方草木虫蛇皆非常厉害。我的性格算是最无用的一种型，可是同你们大都市里长大的读书人比较起来，你们已经就觉得我太粗糙了。

一九三一年五月十五日完成

医　生

　　在四川的 R 市的白医生，是一个有风趣的中年独身外省人，因为在一个市镇上为一些新旧市民看病，医术兼通中西内外各症，上午照规矩到市中心一个小福音医院治病，下午便夹了器械药品满街各处奔跑。天生成的好脾气，一切行为象在一种当然情形下为人服务，一个市镇上的人都知道，谁也不愿意放弃这个麻烦医生的权利，因此生意兴隆，收入却总不能超过一个平常医生。这好人三月来忽然失踪不见了，朋友们都十分着急，各处找寻得到一点消息。大江中恰在涨桃花水时节，许多人以为这人一定因为散步掉到江里去，为河伯雇去治病，再不会回到 R 市来了。医生虽说没有多少田地银钱，但十年来孤身作客，所得积蓄除了一些家什外，自然还有一笔小小产业。正当各处预备为这个人举行一个小小追悼会时节，因为处置这人的一点遗产，教会中人同地方绅士，发生了一些不同的意见，彼此各执一说，无从解决。一个为绅士说话常常攻击过当地教会的某通讯社，便造作一身无稽的谣言，说是医生落水并非事实，近来实在住到一个一百里外的地方养息自己的病。这消息且用着才子的笔调，讥评到当地的教会，与当地的贫民，以为医生的病是这两方面献给的酬劳。这其中自然还有一些为外人不能明白的黑幕，总不外处置医生身后产业的纠纷。这消息登出以后，教会即刻派人到所说的地方去找寻，结果自然很是失望，并没有找到医生。但各方面的人都很希望这消息不完全无因，所以追悼会便没有即刻举行。可是，正当绅士同教会为医生遗产事调解分派妥当那一天，许多人正在医生住处推举委员负责办理追悼会时，医生却悄悄的从门外进来了。

他非常奇怪有那么多的人在他房子里吃酒，好象是知道他今天会回来的一样，十分喜欢。嗐的喊了一声，他就奔向一个主席的座边去，抓着了那个为他开追悼会的主席的手只是乱摇，到后在大家的惊讶中，又一一同所有在座的人握手。

医生还是好好活着的，虽然瘦了一点，憔悴了一点，肮脏了一点，人仍然是那么精神。在座的人见到医生突如其来，大家都十分骇异，先一时各人在心上盘算到各人所能得到的好处，因此一来，完全失去了。大家都互相望到不好说话，以为医生已经知道了他们的事情。主席更见得着忙，把那个关于处置医生产业及追悼会的用费议案压到肘子下去，同所有在座诸人用眼睛打知会。医生却十分高兴，以为这样凑巧真是难得的事情。他猜想一定是做主席朋友接到了他的口信，因他只是打量托人带了一个口信来，他以为这口信送到了，算定他在今天回来，这些有义气重感情的朋友，大家才一同约在这里欢迎他的。他告诉在座熟人，今天真是有趣味的一天，应当各人尽醉才许回去。

　　那个主席，含含混混，顺到医生的意见，催用人把席面摆出。上了席，喝了三杯，各个客人见到医生的快乐脸孔，就都把自己心上应抱惭的事情渐渐忘记了。医生便说今天实在难得，当到大家正好把这十几天所经过的一段离奇故事，报告一下。他提议在这故事说出以前，各人应当再喝十大杯。于是众人遵命各尽其量再喝了些酒，没有一个人好意思推辞。吃了一阵，喝了一阵，大家敷衍了一顿空话，横顺各人心里明白，谁也不愿意先走，因为一走又恐怕留到这里的人说他的坏话。

　　吃够了，医生说："今天妙极了，我要说说我的故事给大家听。"本来大家都无心听这个故事，可是没有一个人口上不赞成。其时那个主席正被厨子请出到外边窗下去，悄悄的问询今天的酒席明天应当开谁的账，主席谎说这是公份，慢慢儿再说，很不高兴的走进去。医生因为平时同主席很熟，就说："仁兄，我同你说一个新《聊斋》的故事，明天请我吃一席酒，就请在座同人作陪，如何？"大家听到有酒吃，全拍手附和这件事，医生于是极其高兴的说他十天来所经过的那件事："我想同你们说，在最近的日子里，我遇到过一次意外事情，几几乎把这时在这里同我这些最好的朋友谈天的机会也永远得不到了。关于近十天来我的行踪，许多熟人多不知道，一定都很着急。你们不是各处都打听过，各处写过信去探问过，到后还是没有结果吗？不过，我今天可回来了，你们瞧瞧我手臂上这个记号，这个伤痕，就明白它可为我证明十几日前所经过的生活中，一定有了些不儿戏的冒险事情发生。我让这一处伤痕来说话，让我的脸来说话，（因为平常没有那么白，）假如它们是会说明一切过去的，那么，我猜想，这故事的重述，一定能够给你们一些趣味。它们如今是不会说话的，正象在沉默的等待我把那个离奇的经过说出给大家听听。我看你们的神气，就有人要说：'一个平常人所有的故事，不会是不平常的。'不要那么说！有许多事情全是平常人生活中所遭遇的，但那事情可并不平常。我为人是再平常没有了，一个医生，一个大夫，一个常常为你们用恶意来作笑嘲称呼的'催命鬼'。社会上同我一样过着日子的，谁能够计数得完全？社会上同我一样平庸一样不知本行事业以外什么的，谁能够计算得清楚？我们这种人，总而言之是很多很多的。我哪里能够知道明天的世界？我能明白我明天是不是还可以同你们谈天没有？你们之中谁能够明白回家去的路上，不会忽然被一个疯狗咬伤？总而言之，我们真是不行的。我们都预料不到明天的事。每一个人都有意外事情发生，每一个人都不能打算。事情来了，每一个人都只是把那张吃肉说谎的口张大，露出那种惊讶神气。

我凭这手臂上的伤痕，请你们相信我，这整十天来，曾做了整十天古怪的人物，稀奇的囚犯。我认识一个男子，还认识一个妇人，我同他们真是十分熟习，可是他们究竟认识我没有，那妇人她明白我是一个什么人，她那个眼睛，望到我，好象是认得我，可是，我不愿意再想起她，想起她时我心里真难受。我不是在你们面前来说大话，我是一个远方郎中，成天得这里跑跑那里望望的一个人，就是社会上应分活动不定的一个小点，就因为这身分，我同这个妇人住在一处，有十天守着这样一个妇人过日子，多稀奇的一件事！

我把话说得有点糊涂了，忘了怎么样就发生了这样事情。听我说罢，不要那么笑我！我不是说笑话，我要告诉你们我为什么同一个妇人住了十天的事，我并不把药方写错，我只把秩序稍稍弄乱而已。

我的失踪是三月十七，这个日子你们是知道的。那天的好天气你们一定还有人记得。这个春天来了时，花呀草呀使人看来好象不大舒服，尤其是太阳，晒到人背上真常常使人生气。我又不是能够躲到家里的人，我的职务这四月来派上了多少分差事，人家客客气气的站到我面前说：'先生，对不起，××又坏了，你来看看罢，对不起，对不起！'或者说：'我们的宝宝要先生给他药，同时我们为先生预备得有好酒。'……我这酒哪里能戒绝？天气是这样暖和，主人又是这样殷勤，莫说是酒，就是一杯醋我也得喝下肚去。就因为那天在上东门余家，喝了那么一杯，同那老太太谈了半天故事，我觉得有点醉意，忽然想起一些做小孩子的事情，我不愿意回转到我的家中等待病人叫唤到。到后我向上东门的街上走了一阵，出了街，又到堤上走了一阵。这个雨后放晴的晚春，给我的血兴奋起来，我忘记了我所走的路有多远。待到我把脚步稍稍停顿留在一家店铺前面时，我有点糊糊涂涂，好象不知不觉，就走了有十里路远近，停脚的一家，好象是十里庄卖洋线最有名的一家。

为什么就到了这里，我真一点不清楚。听到象是很熟耳的一个人喊我的声音，我回头去看时，才见到两个人，却不知道在什么地方曾认识过。他们向我点头，要我进那铺子里去。本来我不想答应的，因为我觉得有了很久不曾到过十里铺来，十里铺象已很热闹许多了，我想沿街走去，看看有什么人在路上害热病没有。

　　那时从一个小弄堂里，跑出一个壮实得象厨子模样的年青人来，脸儿红红的似乎等了我许久的样子，见了我就一把揪着衣角不放。我是一个医生，被一个不识面的人当街揪着，原不算什么奇怪事情，我因职业的经验，养成惯于应付这些事情的人了。那时这人既揪着我不放手，我知道有什么事情发生了，我说：'怎么样，我的师傅，是不是热油烧了你那最好帮手的指头？'好象这句话只是我自己说来玩玩的一句话，他明白医生是常常胡乱估计当前的主顾的，只说着'你来了真好'，就拉着我向一条小巷里走去。我一面走一面望到这厨子大师傅模样的年青人侧面，才明白我有了点糊涂。我认识他是地保一类有身分的人的儿子了。我心想一定是这憨人家里来了客，爸爸嘱咐他请几个熟人作陪，故遇到了我后，就拉着跑回家去了。这酒我并不想喝的，因为陪什么委员我并不感兴趣，我说：'老弟，你慢走一点，我要问你，究竟是怎么一回事。你不能把我随便拉去的，我这时不可为你陪什么阔人喝酒，我不能受你家的款待。我还有许多别的事情要即刻去做，我是一个郎中，偷闲不得，李家请我开方子，张家请我开方子，我的事情很多！'

可是这个人一句话也不说，还是把我拖着走过一条有牛粪的肮脏小巷，又从一个园墙缺口处爬进去，经过一个菜园，我记得我脚下踹倒了许多青菜。我们是那么匆忙，全是从菜畦上践踏，毫不知道顾惜这些嫩嫩的菜苗。你们明白的，一个医生照例要常常遇到这类稀奇事情的，人家的儿子中风了，什么太太为一百钱赌气闹玩似的用绳子套到颈项上去了，什么有身分的胖子跌到地下爬不起身了，总而言之，这些事情在这个小城里成天会发生一件两件。出了事的人，第一个记起要找寻的便是医生。照例他们见了你话也不必多说，只要一手捞着你就带着你飞跑，许多人疑心你会逃脱，还只想擒你的衣领，因为那么才可以走得更快一点。若不是我胁下常常夹了一个药包，若不是我在这市镇上很有了些年岁，那些妇人家中发生了什么事情时，蓬头散发眼泪汪汪当街一把扭着，不让我分辩，拖着就走，不是有许多笑话了吗？若是这里的警察，全不认识我，他为了执行他那神圣的责任，见到这情形，我不是还得跟他到局里去候质吗？可是我是一个成天在街上走，成天在街上被拉的人，大家对我都认识了，大家都不注意我被人拖拖拉拉是为什么事了。我自己，自然更不能奇怪拉我的人了。如今就正是这样子。这人拖我从菜园里走，我也随了他走，这人拖我从一个农庄人家前门走进又打后门走出，我也毫不觉得奇怪。我听到有些狗对我汪汪的吠，有许多鸡从头上飞过去，心里却想这一定不是喝酒陪客的事，一定出了别的什么岔子，这人才那么慌张失措，才那么着急，这人家里或者有一个人快要落气了，或者已经落气我赶去也无济于事了。想到这样还想到那样，我的酒意全失于奔跑中。我走得有点发喘，却很愿意快到一点，看看是不是我还能帮这个人一点忙。一个医生人人都说是没有良心同感情的，你们可不知道当我被一个陌生人拉着不放向前奔窜时，我心里涌着多少同情。我为一点自私，为了一点可以说是不高明的感情，我很愿意有许多人都在垂危情形中，却因为我处治得法回复转来。我要那种自信，就是我可以凭我这经验以及热忱，使我的病人都能化险为夷。可是，经过我的诊治，不拘是害急病的，害痨病的，他一连到过我处有好几回，或是我到过他处一连有好几回，到后当他没有办法死去的时节，我为了病人的病，为了自己的医道，我的寂寞，谁也不会相信有那么久那么深。我常常到街上遇见一些熟人的脸孔，我从这些脸孔上，想及那人请我为他家里人治病时如何紧张惶遽，到后人要死了他又如何悲哀，人死过一阵了他又如何善忘，我心上真有说不尽的难受。你们看，这就是你们说的没良心的医生的事！他每天就这么想，为这些人事光景暗暗的叹息。他每天还得各处去找那些新的惆怅，每天必有机会可以碰到一件两件。……让我说正经事情吧，我不是说我被那个人在我不熟习的路上拖走了好一会儿吗？

　　到后我们到野外了。这人还是毫不把我放松，看情形我们应走的路还很远，我心里有点不安了。我说：'汉子，你这是怎么啦，你那么忙，我是不愿意再走一步了的。我是上了年纪的人，不如你这样精壮。我们应当歇一会儿，吐吐气。'他望了我一下，看出我的不中用处了，稍稍把脚步放慢了一点。

因为两人把脚步放慢了一点，我才能够注意一下，望清楚我们是在一条小小的乡村路上走，走完了一坪水田，就得上山了。我心里打算这人的家一定是住在山寨堡子里的，家里有媳妇生养儿子，媳妇难产血晕，使他也发疯了。不知为什么我那时却以为把事情猜准了，就问他说：'她不说话是不是？'他说：'是的。''那无妨，你用水喷过她吗？'他好象奇怪的很，向我望着：'用水可以喷吗？'我点点头，又问他：'有多久了咧？'他好象在计算日子，又象计算不清楚，忽然重新想起病人的危险情形，就又拉着我飞跑了，我以为我很明白他的意思，我以为我很理解这个人，因为凭我的经验，我的信心，与对于病人的热情，一定到了地后就能够使病人减少一点痛苦，且可使这男子的心安静，不至于发痫发狂。我一面随了这个年青人奔跑，一面还记到许多做父亲的同做母亲的生养儿子的神气，把一些过去的事当成一种悦目开心的影片，一件两件的回忆着，不明白这从容打哪儿得到的。

我愿意比他走得更快一点，可是，我实在不行了。他不让我休息一会儿，我就得倒在水田里了。我已经跑了太多的路，天气实在太好了，衣服又穿多了一点，胁下夹的一包又并不轻松，并且脚下的路不是为我这惯于在市中石路散步的医生而预备的，前一些日子的雨使这条路润滑难行。我的皮鞋，我担心到它会要滑滚，我说：'不行了，不行了，我要坐到水田里去了。我是医生，充军的匆忙我受不了。我头昏了。……'

我当真已头昏眼花了，我只想蹲下去，只想蹲下去，我不晓得为什么到后来就留在一个人家空房里了。我一切都糊糊涂涂，醒回来时，睁开眼睛，似乎已经天夜了，房中只一点点光，这光还象是从一个很远很远的地方来的，是什么光我也糊糊涂涂认识不清楚。我想了一会儿，记起先前的事了，我记得我怎么随了一个汉子奔跑，在那水田塍上乱走，我如何想休息，如何想坐，到后就不十分清楚了。我想我难道是做梦吗？摸了一下自己的前额，又似乎完全不是做梦。我因为觉得所在的地方十分清静凉爽，用手摸摸所坐草席以外是些什么东西，抓到一把干爽的细石沙子。我再去回想先前的事，我明白已经无意中跌到路旁的地窟窿下来了。我所在地方若不是一个地窟窿，便应当是一个山峒，因为那些细细的沙子，是除了山峒不会有的。我想喊喊看，是不是还有为人救出的希望，喊了两三声不曾听到什么回声。我住的地方当真不是什么房子，可是也不是什么地眼，因为若果我是无意中掉下的，我不应当恰恰就掉到这草席上。并且我摸了一下全身，没有什么伤处。当我手向左边一点闪着微光的东西触着时，我才知道那正是我的一套为人治病的家业，显然我是为人安置到这儿地方来的。

　　我明白一定是那个人乘我失去知觉时节背来这地方，而且明白这是一个可以住人的干峒里，不过明白了这些时，我反而惶恐不安了。因为这样子，不正是被人当作财神捉绑，安置到这里来取赎的吗？我真不明白为什么他们计算到我这样一个人的头上来了。想不到我这点点产业，还够得上这样认真。我很纳闷无从知道这地方究竟离我们市上有多远。

当我记起传闻上绑猪撕票的事情时，我知道我的朋友们一定着急得很，因为我只是一个人，一切都得你们照料，真有耗费你们精神的许多事情要做。关于绑票我以为是财主的一份灾难，料不到这事我也有分的。我思索不出这些人对我注意的理由，却相信我已经成为他们的一只肥羊。

因为久了一点，我能把前后事多思索了一下，记忆得到我为什么下乡，为什么碰到这样一个人，为什么被他牵走，并且我们在路上又说了些什么话，我就觉得这事亏他们安排得这样巧妙。这一次，一定是他们打听得出我在 R 市上的地位，想要我的朋友破费了。想起那个土匪假扮的痴人样子时，我就很好笑，因为我从没有想到那种人也会做什么坏事。

既然把我捉来了，什么时候可以见他们的首领？见了他们的首领，万一开口问我要十万五万，我怎么向这个山上大王设词？我打算了好一会，还没有一个好计划可以安然脱身。

我只希望票价少一点，把我自己一点积蓄倒出便可以赎身，免得拖累其他熟人。我并且愿意早早出去，也不必惊动官厅，不然派些兵来搜索，土匪走了，他们把我留到这里，军队照规矩又只能到村子里朝天放放空枪，抓了一些鸡鸭，牵了一些猪羊，捉了一些平常农庄人，振队鸣鼓回去报功，我还得饿死在这山峒里，真是无意思的事情。

峒中没有一个人，我也没有被绳子捆缚，可是我心里明白，我被人捉到这里来，既看作财神，不是轻易能逃走的。峒中无一个人，峒外一定就下得有机关埋伏，表面仿佛很疏忽，实际上可没有我的自由。因为诱骗我到这儿来的本领既然就已不小，那作头目的也就当然早已注意到这些事了。我以为外边一定埋伏得有喽罗，手里拿得有刀，把身隐藏在峒外，若见到我想逃走时，为了执行任务起见，一定毫不客气就是那么一刀。我从前曾经见过一个想从土匪窠里逃走，到后两只耳朵被刀削去的人，我不愿意挨那么一下。况且这里既是匪窠，离城市一定不近，我逃到什么地方不会被这些人捉回去受罪？

可是我想了很久，又喊了两声，始终没有人回答，我的心可活动一点了。我以为或者他们全到别处吃饭去，把我忘却了，也未可知。就壮了自己的胆，慢慢的走到有光处去。我摸到地下沙子十分干燥，明白不会在半路陷到水里去。便慢慢的爬行过去，才知道前面是一个大石头，外面的光从石罅处透进来，受了转折，故显得极其微弱。从那个石罅里望出去，但望到另外一块黑色石头，还是不知道我究竟在什么地方，离有人家处多远。从那石头上的光线看，我知道天色已经快晚了。我心里着急起来，因为挨饿不是我十分习惯的事情，半天没有水喝，也应当吃一点什么东西才行。如今既不见到一个人，什么事情都不明白，什么时候有人来还不知道，我应当怎么过这一夜？

我有点着急，且有点奇怪，是我究竟从什么地方进到这峒里来。因为那个石罅绝不能容一个人进出，那么一定还有一个别的机关遮掩到这山峒的出入了。我到后就爬在地下各处摸去。这峒并不很宽，纵横不会到十五丈，我即刻就知道了这峒的面积，且明白了这峒里十分干燥。不多久，我摸到一扇用木柱作成的栅门了。我很小心的防备到外面小喽罗那一刀，轻轻的去推动那一扇门。这扇门似乎特别坚固，但似乎没有下杠，我并不十分用力已经就把门推开了。我心跳得很，但是十分欢喜。为了防备那一刀，好久好久没有作声。到后又自言自语说了一句话，证明了门的那一边实在没有什么埋伏了，才把门推开摸过去。我真是一个傻瓜，原来这是一个绝路！这是峒里另外一部分，被人用木门隔开，专为贮藏粮食的仓库。我脚下全是山薯，手又触着了一个大瓮，我很小心把手伸进瓮里去时，就摸着了许多圆圆的鸡卵。另外我又摸到一件东西，使我欢喜得喊叫起来。

我原来摸到一些纸，我想起只要有一根自来火，就可以搓一个纸捻烛照峒中一切了。我真是傻瓜，这样半天才想起自来火！我真是傻瓜，平常烟也不吸，若是早会吸烟，那么身边一定就有救命的东西了。我记起了自来火的用处，可没有方法找寻得到一根自来火。

我仍然坐在我那草席上面，等候天派给我一份的灾难，如何变化，如何收场。我心想若是上帝不到这峒中来，那我着急也无益。不知又过了多久，忽然听到一点细微的声音，象是离得很远，先还以为是耳朵嗡鸣，又过一会，声音象已近了许多，猜想事情快要发生变化了，我心里很镇静，一点不忙，一点不怕，因为我想若是见到什么山大王，我有许多话可以解释，不至于十分吃亏。等了一会，那声音又渐远渐小，显然是对于我的事没有帮助了，自然十分失望。可是我还能够听到声音，却证明我不至于同有人住的村落很远，不至于同人世隔绝。并且我最担心的不是土匪的苛求，还是被人关到这山峒里饿死。如今无意中发现了仓库，峒中存得有那么多粮食，一时既不至于饿死，那么别的当然不足过虑了。

我糊糊涂涂又睡了，快要睡去时，我想或者我仍然是在做梦，一觉醒来就不同了的。我的情形，不是上帝同魔鬼的试炼，或者就是什么朋友的恶作剧。因为我同几个朋友讨论过峨嵋山隐士道者的存在问题，我曾科学的研究了一会仙人在四川一省迷信的来源，证明一个仙人也不会存在，如今或者就是受这些朋友的作弄也不可知。我不知为什么，又感觉到我再也不会错误了。我觉得既然是这种作弄，三天五天也未可知，我着急还是毫无用处，到了时候，他们会来为我开门，或用另外一种离奇的方法放我回去。我那时稍稍有点不快乐的，就是以为他们同我开玩笑也不要紧，可不要因此担搁了医院那方面病人的事情。我担心作弄我的只顾及作弄我，却忘了为我向医院告假，使别人着急很不成事。

到后我似梦非梦，见到我身边有一个人，拿了一个小灯烛照各处，并且照我的脸。我吓了一跳，便一跃而起，才明白并不是梦。我还是被困留到这个峒里。峒里多了一个人，也不知道他打哪儿来的。他似乎来了很有了些时间，他看到我转身了，才拿了灯过来照看。从那种从容不迫的情形上看来，我就明白他是这里的主人了。他站在我面前，先是把脸躲在灯光后面，我看不清楚这人是什么像貌，到后却忽然明白了。

我象忽然发了狂，忘了顾忌，大声的向他说：'是的，是的，你这个人干吗关我到这儿受罪？我不答应你！'这就是装作傻瓜拉我来的那个男子，不同处，不过先前十分匆促，如今十分镇静罢了，他望到我不作声，还是先前望我那种神气。我从那个人的眼睛里，即刻看出了一点秘密，这是一个不折不扣的疯子，可不是一个喽罗！山寨上的伙计，我还可以同他讲讲道理，讨论一下赎身的价钱，用一些好话启导他，用一些软话哀求他。如今站在我面前的却是一个不管人事的疯子，上帝他也不怕，魔鬼也吓不了他，这一来，我可难于自处了。

他把我找来，说不定就是在那古怪的头脑里，有了一种什么离奇新鲜的计划，我这时不得不打量到在某一种古怪人的脑里古怪的传说，我会不会为这个人煮吃？会不会为这个人杀死？若果免不了这灾难，真是一件冤屈的案子！我借着那灯光察看了一下峒中的情景，还是不明白这个怪人从什么地方忽然而来。借重灯光我看到去我坐处稍远一点，还有一个东西，不知是衣包还是一束被盖，那个怪人见我已经注意到那一边了，忽然一只手象一个铁抓子，扣定了我的膀子，'你看去，你看去，'那声音并不十分凶狠，可是有极大的魔力，我不能自主的站了起来，随同他走过去，才明白那是一个睡着的病人。我懂到他的意思了，心里很好笑我自己先前所作的估计，我错认了人，先还以为他是疯子，现在可明白了。

待到我蹲身到那病人身边时，我才看清楚这是一个女人，身体似乎很长，乌青的头发，蜡白的脸，静静的躺在那里不动，正象故事上说的为妖物所迷的什么公主。当我的手触着了那女人的额部时，象中了电一样，即刻就站起来了。因为这是一个死得冰冷的人，不知已经僵了多久，医生早已用不着，用得着的只是扛棺木的人了。那怪人见我忽然站起身了，似乎还并不怎么奇异。我有点生气了，因为人即或再蠢，也不会不知道这件事，把一个死得冰冷的人勒逼到医生，这不是一个天大玩笑吗？我略显出一点愤慨的神气，带嚷带骂的说：

'不行，不行，这人已经无办法了。你应该早一点，如今可太迟了！'

'怎么啦？'他说，奇怪的是他还很从容。'她不行吗？你不说过可以用水喷吗？'我心里想这傻瓜，人的死活还没有知道，真是同我开玩笑！我说：'她死了，你不知道吗？一个死人可以用水喷活，那是神仙的事！我只是个医生，可并不是什么神仙！'他十分冷静的说：'我知道她是死了的。'我觉得更生气了，因为他那种态度使我觉得今天是受了一个傻东西的骗，真是三十年倒绷孩儿，料想不到，心上非常不快乐。我说：'你知道她死了，你就应当请扛棺木的来送葬，请道师和尚来念经，为什么把个医生带来？我有什么办法！'

'你为我救救她！'

'她死了！'

'因为她死才要你救她！'

'不行，不行，我要走了。让我回去吧，我那边还有好些病人等着。我不能再同你这样胡缠。你关了我太久，耽搁我多少时间，原来只是要我做这件傻事。我是一个大夫，可不是一个耶稣。你应当放我出去，我不能同死人作伴，也不欢喜同你住在一处！'

我说了很多的话，软话硬话通不顶事。到后来我又原谅了这个人了，我想起这人不理会我的要求的理由了。年纪青青的忽然死了同伴，这悲哀自然可打倒他，使他失去平常的理知。我若同这种人发牢骚，还是没有什么益处。他这时只知道医生可以帮他的忙，他一定认得我，才把我找来，我若把话说过分了，绝望了，他当真发了狂，在这峒中扼杀我也做得出。我要离开这个地方，自然还得变更一点策略，才有希望。为了使他安慰起见，我第二次又蹲到那个死尸边旁去，扣着那冰冷的手，就着摇摇不定的一点灯光，检察那死者的脸部同其他各部。我有点奇怪我的眼睛了，因为过细瞧那死人时，我发现这人是个为我从没有看到过的长得体面整齐的美女人，女人的脸同身四肢都不象一个农庄人家的媳妇。还有使我着骇的，是那一身衣服，式样十分古怪，在衣服上留下有许多黄土，有许多黄土。我抬头望望那个怪人，最先还是望到那一对有点失神却具有神秘性的眼睛。

'我不明白你，这是怎么一回事，你打哪儿背她来的？'

'……'

'我要明白她从什么地方来的。'

'我从坟里背她来的。'

'怎么？从什么地方！'

'从坟里！'

'她死了多久你知道吗？……你知道她死了又挖出来吗？……'

他惨惨的笑着，点点头，那个灯象是要坠到我头上的样子，我糊涂而且惊讶，又十分愤怒，'你这人，真奇怪！你从什么地方带来还是带到什么地方好了！你做了犯罪的事还把我来拉在一起，我要告发你，使你明白这些玩笑开得过分了一点！……'不知为什么我想这样说却说不出口，那个固定不移的眼睛，同我相隔不到一丈远近，很有力量的压服了我。我心上忽然恐惧起来了。

这个疯子，他从坟墓里挖了个死尸，带到这峒中来，要我为他起死回生，若是我办不好这件差事，我一定就会死在他手中。我估计了一下，想乘他不注意时节把他打倒，才可以希望从死里逃生。可是他象很懂得我的主意，他象很有把握，知道我不能同他对抗。我的确也注意到他那体魄了。我若是想打什么主意，一定还得考虑一下，若是依靠武力，恐怕我得吃亏，还不如服从命运为妥当。我忽然聪明了许多，明白我已经是这个人的俘虏，强硬也毫无用处了。就装成很镇静，说话极其和平，我说：'我真糊涂，不知怎么帮忙。你这是怎么啦？你是不是想要我帮助你，才把我带来？你是不是因为要救活她，才用得着我？你是不是把她刚才从土里刨出？'他没有做声，我想了一下，就又说：'朋友，我们应当救她，我懂你意思。我们慢慢的来，我们似乎还得预备一点应用的东西。这是不是你的家里？我要喝一口儿水，有热的可妙极了，你瞧我不是有多久不喝水，应当口渴了吗？'他于是拿灯过去，为我取了一个葫芦来，满葫芦清水，我不知道那水是否清洁，可是也只得喝了一口。喝过了水觉得口甜甜的，才放了心。

我想套套他的口气，问他我们是不是已经离了市镇有十里路。他不高兴作声。我过一会儿，又变更了一个方法，问他是不是到镇上去办晚饭。他仍然不做声。末后我说我要小便，他不理会我，望到另外一个地方，我悄悄的也顺了他的目光望过去，才看出这峒是长狭的，在另外一端，在与仓库恰相反对的一个角落，有一扇门的样子，我心里清楚，那一定就是峒门，我只装着不甚注意，免得他疑心。我说我实在饿了，一共说了两三次，这怪人，把灯放下，对我做了个警告的一瞥，向那个门边走去。只听到訇的一响，且听到一种落锁的声音，这人很快的就不见了。我赶忙跟过去，才知道是一扇极粗糙的木栅门，已经向外边反杠了。从那栅门边隐隐看到天光，且听到极微极远的犬吠声音，我知道这时已经是夜间了。这人一去，不知道是为我去找饭吃，还是去找刀来杀我灭口。他在这里我虽然有点惧怯，但到底还有办法，如今这峒里只是我同这个死尸，我不知道我应当怎么办。若果他一去不再回来，过一天两天，这个尸骸因为天气发酵起了变化，那我可非死不可了。这怪人既然走了，我想乘到有一盏灯，可以好好的来检察一下这个尸身，是不是从尸身上可以发现一点线索。

我把灯照到这个从棺木里掏出的尸骸，细细的注意，除了这个仿佛蜡人的尸骸美丽得使我吃惊以外，我是什么也没有得到的。我先是不明白这人的装饰如何那么古怪，到现在可明白了，因为殉葬才穿这样衣裳。幸亏我是一个医生，年纪已经有了那么大，我的冷静使我忘却同一个死尸对面有什么难受。这女人一定死了有两天左右了，很稀奇的是这个死人，由我看来却看不出因什么病而死，那神气安静眉目和平仿佛只是好好儿睡着的样子，若不是肢体冰冷，真不能疑心那是一个死人。这个人为什么病死得那么突兀？把她从土里取出的一个是不是她的丈夫？这些事在我成为一种无从解决的问题。假若他是她的丈夫，那么他们是住在什么地方，做些什么的人物？假若这妇人只是他的情人，那么她是谁家的媳妇？许多问题都兜在我的心上不能放下。

　　我实在有一点儿饿了。这怪男子把我关闭到这幽僻的山峒里，为这个不相识的死尸作伴，还不知道他什么时候才能回来。我同时担心这一盏灯过夜或者油还不够，所以拿了灯到仓库去，照看了一下，是不是还有油瓶，才知道仓库里东西足够我半个月的粮食，油坛，水缸，全好好的预备在那儿。

　　我随手拿了几个山薯充饥，到后把灯放在尸身边，还是坐到我自己那一张草席上，等候事情的变化。我的表已早停了，不知道时间过了多久，等了又等，还是不见那个人来。

　　我这样说下去，是还得说一整天，要把那一夜的事情说完，如今也还得说一夜。为了节省一些时间，且说第三次我见到这怪男子，他命令我在那个妇人身上做一个医生所能做的事。我先是不知道向一个疯子同一个尸骸还有什么事可做的，到后倒想起皮包里一点儿防腐性药品了，我便把这些药全为注射到死尸身上去，一面安慰他表示我已尽了力，一面免得那尸身发生变化。告他我所能做的事已经完全做过，别的事再无从奉命了，他望到我似乎还很相信。可是当我说出'你放我回去'的话时，我把话一说出口，就知道我说错了，因为我从那两个眼睛里，陡然看到了一些东西，他同时同我说了一句话，使我全身发抖。他说：'要七天才好出去。'这个期限当然是我受不了的，这是全无道理的言语。可是我是一个医生，而他却是一个疯子，他就有他的正当道理了。我当时还以为可用口去解释，就同他分辩了一阵，我说这是做不到的，因为有许多人等着我。我说你放我出去了，我不会向人谈论。我说……这分辩就等于向石头讨论，他不禁止我的说话，听来却只微微的笑着。他的主张就是石头，不可移动，他的手腕又象铁打就的，我绝对不能和他用武力来解决。

在毫无办法的情形中，我就想只有等候这个人睡眠时候偷了他的钥匙才好逃走。为我的自卫计，打死一个疯子本来没有什么罪过，我若有机会征服这个人，事到危急是用不着再选择什么手段的。但是在这个怪人面前，我什么小机会也得不到。我逃走吗，他永远不知道疲倦，永远不闭闭眼睛。加灯上的油，给我的东西吃，到了夜里引导我到栅门外去方便，他永远是满有精神。他独自出去时，从不忘记锁门，在峒里时，却守在尸身边，望到尸身目不转睛，又常常微笑，用手向尸身作一种为我所不懂的稀奇姿势。若是我们相信催眠术或道术，我以为他一定可以使这个死尸复活的。

他不睡觉，这事就难处置了。我皮包里的安眠药片恰恰又用尽了，想使什么方法迷醉他也无办法。他平常样子并不凶横，到了我蓄意逃走时，只稍稍一举步，他就变了另外一个魔鬼了。他明白我要走，即或是钥匙好好的放在他身边，他也不许我走近栅门的。到后我不知是吓怕得糊涂了，还是为峒中的环境头昏了，把逃走的气概完全失去，忽然安静下来，就把生命听凭天意，也不再想逃走了。

就是那么过了一天，两天，三天，……吃的就是那仓库中的各样东西，口渴了就喝清水，倦了就睡。

当我默默的坐在一个角隅不作声时，我听到他自言自语，总是老说那一句话，'她会活的。她会活的。'我一切都失望了，人已无聊极了，听到他这样说时，也就糊糊涂涂的答应他说：'她会活的。她会活的。'我得到一个稀奇的经验，是知道人家说的坟墓里岁月如何过去的意思了。我的经验给我一种最好的智慧，因为这是谁也想象不及的。第一天一点钟就好象一年，第二三天便不同了，我不放心的，似乎还不是峒里的自身，却是市上的熟人。我忽然失了踪，长久不见回来，你们不是十分难过吗？你们不是花了许多钱各处去探听，还花了许多钱派人到江边下游去打捞吗？你们一定要这样关心的。可是料不到我就只陪伴一个疯子，一个死人，在山峒里过了那么多日子，过了那么久连太阳也不见到的日子！

　　既毫无机会可以逃出，我有点担心那个死人。天气已经不行了，身上虽注射了一点儿药，万一内脏发了肿，组织起了变化，我们将怎么来处置这件事情？这疯子若见到死人变了样子，他那荒唐的梦不能继续再作时，是不是会疑心到我的头上来？

　　我记得为这点顾虑，我曾同疯子说了许多空话。我用各样方法从各方面去说，希望他明白一点。我的口在这个沉默寡言的疯子面前，可以说是完全无用了。我把话说尽了，他还只是笑。他还知道计算日子，他不忘记这个，同时也不忘记‘七天’那种意义。大约这怪人从什么地方，记起了人死七天复生的话，他把死尸从土里翻取出来，就是在试验那七天复活的话可靠不可靠。他也许可我七天再出峒去，一定就是因为那时女人已经再活回来，才用不着我这个医生。若是七天并没有活回的希望，恐怕罪名都将归在我的账上，不但不许我走，还得我为他背尸去掩埋，也未可知。总之，下一刻什么古怪事都随时会发生的，我只能等待，别无作为。

　　他也可以疑心是我不许这女人复活。在他混乱的头脑里，他就有权利随意凑合一种观念，倘若这观念是不利于我的，我要打过这难关真是不很容易。

　　他是一个疯子，可疯得特别古怪。他恰恰选到这一天等在那里，我恰恰在那天想到乡下去，我们恰恰碰到一处了，于是这事就恰恰落在我的头上。一切的凑巧，使我疑心自己还是象梦里的人物。不过做梦不应当那么长久，我计算日子，用那糊乱对上时间的表，细数它的分秒，已经是第四天了。

还有第五天，我听到从那个怪人的口里，反复的说是'只有两天'的一句话时，欢喜的心同忧惧的心合混搅扰在一处，这人只记到再过两天，女人就会复活的，我却担心到两天后我的境遇。他答应我的话很靠不住，一定可以临时改变。向一个疯人讨那人世也难讲究的'信实'，原是十分不可靠的。我不能向他索取一句空话，同时也就无从向他索取一句有信用的话。这人一切的行为，都不是我可以思索理解得到的，用尽了方法试作各种计划，我还是得陪了他，听他同女人谈那些我理解不及的费话，度着这山峒中黯淡的日子。

让我很快的说第六天的事罢。这一天我看到那疯子的眼睛放光，我可着急起来了。他一个人走出去折了许多山花拿到峒里来，自己很细心的在那里把花分开放到死尸身边各处去。他那种高兴神气，在我看来结果却是于我十分不利，因为除了到时女人当真复活外，我绝对没有好处。

我不得不旧事重提，问他什么时候让我出去。本来我平常为人也就够谦卑了，我用着十分恭顺的态度，向他说：'同年，我可以去了吗？你现在已经用不着我了。'他好象不懂这句话的意义，过了一会儿，我又说：'我想回去了，不要到这里打你的岔。'

'……'

'我贺喜你，很愿意预备一点礼物送你，你明白吗？我想随意为你办一两样礼物，回去就可以买来。'

'……'

'你让我出去一会儿，看看太阳，吹吹风，好不好？我非常欢喜太阳，你说太阳不可爱吗？'

'……'

'我们如今真好象弟兄了，我们应当喝一点酒，庆祝这好事好日子。你不欢喜喝一杯那种辣辣的甜甜的烧酒吗？我实在想得那么一小杯酒。我觉得酒是好的。'

'……'

'你到什么地方折得那么多花？这花真美，不是桃花吗？几天来就开了，我也想去摘一点儿。你不是会爬树吗？我看你那样子一定很有点本领，因为你……我们到外边去取一个鸟窠来玩玩，你说好不好？'

'……'

'你会不会打鸟？你见过洋枪不见过？若欢喜这东西，我可以送你一枝。到我们那里取来试试，你一定非常满意。那种枪到茨棚里打野鸡，雪地里打斑鸠，全很合用。'

'……'

'我们吃的山薯真好，你打哪儿弄来的？你庄上有这个，是不是？你吃鸡蛋不用火烧，本事很好。这鸡蛋是自己家养的鸡下的，因为很新鲜，我看得出。'

'……'

'你看不看戏？我好象在戏场上见到你。'

'……'

我把枚乘七发的本领完全使用到这个"王子"方面，甜言蜜语的问他这样又问他那样，他竟毫不动心。他虽似乎听我的话，可是我明白这话说来还是费话。但我除了用空话来自救外，无其他方法可以脱去这危险地方，故到后我把方向再转变了一下，同他又来说关于起死回生的故事。我想这些齐东野语一定可以抓着他的想象。我为他说汉武故事，说王母成仙，东方朔偷桃挨打的种种情形，说唐明皇游月宫的情形，说西施浣纱的情形，说桃花源，说马玉龙和十三妹，皇帝、美人、剑仙、侠客，我但凭我所知道的，加上自己的胡诌，全说给这个人听。说去说来我已计穷了，他还是笑笑，不质问我一句话，不赞美，不惑疑，就只用一个微笑来报答我的工作。我相信，若果我是正在向一个青年女人求爱，我说话的和气，态度的诚恳，以及我种种要好的表示，女人即或最贞洁也不好意思再拒绝我的。可是遇到这个怪人，我就再说一年，也仍然完全失败了。

　　让事情凑巧一点罢，因为一切都原是很凑巧的。我虽然遭了失败，可并不完全绝望。见到他虽不注意我的话，却并不就不高兴我说话。我只有一天的日子了，我断定明天若是女人没有复活，我就得有些不可免的灾难，若不乘到今天想出法子自救，到时恐赶不及了。我的生路虽不是用言语可得来，我的机会还是得靠到一点迎合投机的话。我认清了这是一个重要问题，坐在席上打算了老半天，到后又开了口。我明白先说那个方向不很对，还得找新的道儿，就说……

　　这可中了。他笑得比先前放肆了一点，他有点惊愕，有点对于我知识渊博的稀奇。他虽仍然不让步，当我重新提出意见，以为放我出去可好一点的时候，在摇头中我看出点头的意思。那时还是白天，我请求他许可我到栅门外去望望，他不答应可否，我看到有了让步，就拖了他的手走到栅边去，他到后便为我开了门。

我看到太阳了！看到太阳光下的一切山，尖尖的山峰各处矗起来，如象画上的东西，到后我看到我的脚下，可差一点儿晕了。原来我们的山峒，前面的路是那么陡险，差不多一刀切下的石壁，真是梦境的景致！我一面敷衍到他，望到他的颜色，一面只能把那条下去的路径稍稍注意一下，即刻就被他一拖，随后那扇厚重的栅门訇的一关，我仍然回到地狱魔窟里了。

到了晚上，我们各吃了一点山薯，一些栗子，我估计是我最好的机会来了，我重新把我日里说的那件事，提出来作为题目，向他说着，我并且告他，他应当让我避开一会儿。我见到他向我微笑，误会了他的意思，以为有了转机了，说话得更动人了一点。我形容从那些古怪的路到天堂去的人如何多，我在作撒旦的传教人，心里有点糊涂，不知应当说什么话才是我的活路，口上却离不了要他去试验的谵言。

我以为这样就可以脱身，谁知我把事情完全弄错了，我这手臂这一只受伤的手臂，即刻就为他扭着，到后头上似乎受了重重的一击，醒回来时，我仿佛做梦，不知为什么却睡在稻草囤上。我是被夜风冷醒的，醒回来时还是非常迷乱，我看到天上的星子，仿佛全要掉下的样子，天角上流星曳着长长的苍白的线儿，远远的又听到狗叫，听到滩声。时间似乎去天亮已经不远了，因为我听到鸡声。我心想，这是我的幻觉，还是我已经仍然活到这世界上来了？

到后我被一个乡下人发现了，因为我告他是市上医院的人，在他家里休息了一天，那时我已衰弱得躺到那草囤上一整日夜了，问这个人：我才知道我已离开市上有了五十里。

你们要知道我今天刚一会儿打那里来，是不是？你们瞧我的脸嘴，我刚从市外一个理发馆里出来，我不是有十天不刮过脸了吗？我恐怕进城来吓了别人，所以才到那里坐坐，还欠了账跑来的，这师傅并不认识我，只告他是街上的先生，他也放得下心，可见得我们这地风气不坏，人心那么朴实。"

第二天，一个R市都知道了医生的事情，都说医生见了鬼。

一九三一年四月廿四日完成，上海

黔小景

　　三月间的贵州深山里，小小雨总是特别多，快出嫁时乡下姑娘们的眼泪一样，用不着什么特殊机会，也常常可以见到。春雨落过后，大小路上烂泥如膏，远山近树全躲藏在烟里雾里，各处有崩坏的土坎，各处有挨饿太久全身黑区区的老鸦，天气早晚估计到时常常容易发生错误，许多小屋子里，都有面色憔悴的妇人，望到屋檐外的景致发愁。

　　官路上，这时节正有多少人在泥里雨里奔走。这些人中有作兵士打扮送递文件的公门中人，有向远亲奔差事的人，有骑了马回籍的小官，有行法事的男女巫师，别忘记，这种人有时是穿了鲜明红色缎袍，一边走路一边吹他手中所持镶银的牛角，招领到一群我们看不见的天兵天将鬼神走路的。单独的或结伴的走着。最多的是小商人，这些活动分子，似乎为了一种行路的义务，长年从不休息，在这官路上来往。他们从前一辈父兄传下的习惯，用一百八十的资本，同一具强健结实的身体，如云南小马一样，性格是忍劳耐苦的，耳目是聪明适用的；凭了并不有十分把握的命运，只按照那个时节的需要，三五成群的扛负了棉纱，水银，白蜡，桔子，官布，棉纸，以及其他两地所必需交换的出产，长年用这条长长有名无实的官路，折磨他们那两只脚，消磨到他们的每一个日子中每人的生命。

因为新年的过去，新货物在节候替移中，有了巨量的吞吐出纳，各处春货都快要上市了，加之雪后的春晴，行路方便，这些人，各在家中先吃得饱饱的，睡得足足的，选了好的日子上路。官路上商人增加了许多，每一个小站上，也就热闹了许多。

但吹花送寒的风，却很容易把春雨带来。春雨一落后，路上难走了。在这官路上作长途跋涉的人，因此就有了一种灾难。落了雨，日子短了许多，许多心急的人，也不得不把每日应走的里数缩短，把到达目的地的日子延长了。

于是许多小站上的小客舍里，天黑以前都有了商人落脚。

这些人一到了站上，便象军队从远处归了营，纪律总不大整齐，因此客舍主人便忙碌起来了。他得为他们预备水，预备火，照料一切，若客人多了一点，估计坛子里余米不大敷用时，还得忙匆匆的到别一家去借些米来。客人好吃喝时，还得为他们备酒杀鸡。主人为客烧汤洗脚，淘米煮饭，忙了一阵，到后在灶边矮脚台凳上，辣子豆腐牛肉干鱼排了一桌子，各人喝着滚热的烧酒，嚼着粗粝的米饭。把饭吃过后，就有了许多为雨水泡得白白的脚，在火堆边烘着，那些善于说话的人，口中不停说着各样在行的言语，谈到各样撒野粗糙故事。火光把这些饶舌的或沉默的人影，各拉得长短不一，映照到墙上去。过一会，说话的沉默了。有人想到明早上路的事，打了哈欠，有人打了盹，低下头时几几乎把身子栽到火中去。火光也渐渐熄灭了，什么人用铁火箸搅和着，便骤然向上卷起通红的火焰。外面雨声或者更大了一点，或者已结束了，于是这些人，觉得应当到了睡觉时候了。

到睡时，主人必在屋角的柱上，高高的悬着一盏桐油灯，站到一个凳子上去把灯芯爬亮了一点，这些人，到门外去方便了一下。因为看到外面极黑，便说着什么地方什么时节豹狼吃人的旧话，虽并不畏狼，总问及主人，这地方是不是也有狼把双脚搭在人背后咬人颈项的事情。一面说着，各在一个大床铺的草荐上，拣了自己所需要的一部分，拥了发硬微臭的棉絮，就这样倒下去睡了。

半夜后，或者忽然有人为什么声音吼醒了。这声音一定还继续短而洪大的吼着，山谷相应，谁个听来也明白这是老虎的声音。这老虎为什么发吼，占据到什么地方，生谁的气？

这些人是不会去猜想的。商人中或者有贩卖虎皮狼皮的人，听到这个声音时，他就估计到这东西的价值，每一张虎皮到了省会客商处，能值多少钱。或者所听到的只是远远的火炮同打锣声音，人可想得出，这时节一定有什么人攻打什么村子，各处是明亮的火把，各处是锋利的刀，无数用锅烟涂黑的脸，在各处大声喊着。一定有砍杀的事，一定有妇人惊惊惶惶哭哭啼啼抱了孩子，忙匆匆的向屋后竹园茨棚跑去的事，一定还有其他各样事情。因为人类的仇怨，使人类作愚蠢事情的机会，实在太多了。但这类事同商人又有什么关系？这事是决不会到他们头上来的。一切抢掠焚杀的动机，在夜间发生的，多由于冤仇而来。听一会，锣声止了，他们也仍然又睡着了。

有一天，有那么两个人，落脚到一个孤单的客栈里。一个扛了一担作账簿用的棉纸，一个扛了一担染色用的五棓子。

他们因为在路上耽误了些时间，掉在大帮商人后面了几里路，不能追赶上去。落雨的天气照例断黑又极早，年纪大一点的那个人，先一口腹中作泻，这时也不愿意再走路了，所以不到黄昏，两人就停顿下来了。

他们照平常规矩，到了站，放下了担子，等候烧好了水，就脱下草鞋，一同在灶边一个木盆里洗脚。主人是一个孤老，头上发全是白的，走路腰弯弯的如一匹白鹤。今天是他的生日，这老年人白天一个人还念到这生日，想不到晚上就来那么两个客人了。两个客一面洗脚，一面就问有什么吃的。

这老人站到一旁好笑，说："除了干豇豆，什么也没有了。"

年青那个商人说："你们开铺子，用豇豆待客吗？"

"平常有谁肯到我们这里住？到我这儿坐坐的，全是接一个火吃一袋烟的过路人。我这干豇豆本来留着自己吃的，你们是我这店里今年第一人客。对不起你们，马马虎虎凑乎吃一顿吧。我们这里买肉，远得很，这里隔寨子，还有二十四里路，要半天工夫。今天本来预备托人买点肉，落了雨，前面村子里就无人上市。"

"除了豇豆就没有别的吗？"客人意思是有没有鸡蛋。

老人说："还有点红薯。"

红薯在贵州乡下人当饭，在别的什么地方，城里人有时却当菜，两个客人都听人说过，有地方，城里人吃红薯是京派，算阔气的，所以现在听到说红薯当菜就都记起"京派"的称呼，以为非常好笑，两人就很放肆的笑了一阵。

因为客人说饿了，这主人就爬到凳子上去，取那些挂在梁上的红薯，又从一个坛子里抓取干豇豆，坐到大门边，用力在一个小砧上，轧着那些豇豆条。

这时门外边雨似乎已止住了，天上有些地方云开了眼，云开处皆成为桃红颜色，远处山上的烟雾好象极力在凝聚，一切光景在到黄昏里明媚如画，看那样子明天会放晴了。

坐在门边的主人，看到天气放了晴，好象十分快乐，拿了筛子放到灶边去，象小孩子的神气自言自语说着："晴了，晴了，我昨天做梦，也梦到今天会晴。"有许多乡下人，在落春雨时都只梦到天晴，所以这时节，一定也有许多人，在向另一个人说他的梦。

他望着客人把脚洗完了，赶忙走到房里去，取出了两双鞋子来给客人。那个年青一点的客，一面穿鞋一面就说："怎么你的鞋子这样同我的脚合式！"

年长商人说："老弟，穿别人的新鞋非常合式，主有酒吃。"

年青人就说："伯伯，那你到了省城一定得请我喝一杯。"

年长商人就笑了："不，我不请你喝。这兆头是中在你讨媳妇的，我应当喝你的喜酒。"

"我媳妇还在吃奶咧。"同时他看到了他伯伯穿那双鞋子，也似乎十分相合，就说："伯伯，你也有喜酒吃。"

两个人于是大声的笑着。

那老人在旁边听到这两个客人的调笑，也笑着。但这两双鞋子，却属于他在冬天刚死去的一个儿子所有的。那时正似乎因为两个商人谈到家庭儿女的事情，年青人看到老头子孤孤单单的在此住下，有点怀疑，生了好奇的心。

"老板，你一个人在这里住吗？"

"我一个人。"说了又自言自语似的，"嗳，就是我一个人。"

"你儿子呢？"

这老头子这时节，正因为想到死去的儿子，有些地方很同面前的年青人相象，所以本来要说"儿子死了，"但忽然又说："儿子上云南做生意去了。"

那年长一点的商人，因为自己儿子在读书，就问老板，在前面过身的小村子里，一个学塾，是"洋学堂"还是"老先生"？

这事老板并不明白，所以不作答，就走过水缸边去取水瓢，因为他看到锅中的米汤涨腾溢出，应当取点米汁了。

两个商人靸了鞋子，到门边凳子上坐下，望到门外黄昏的景致。望到天，望到山，望到对过路旁一些小小菜圃（油菜花开得黄澄澄的，好象散碎金子）。望到踏得稀烂的那条山路（估晴过三天还不会干）。一切调子在这两个人心中引起的情绪，都没有同另外任何时节不同，而觉得稍稍惊讶。到后倒是望到路边屋檐下堆积的红薯藤，整整齐齐的堆了许多，才诧异老板的精力，以为在这方面一个生意人比一个农人大大不如。他们于是说，一个跑山路飘乡商人不如一个农人好，一个商人可是比一个农人生活高。因为一个商人到老来，生活较好时，总是坐在家里喝酒，穿了庞大的山狸皮袄子，走路时摇摇摆摆，气派如一个乡绅。但乡下人就完全不同了。两叔侄因为望到这些干藤，到此地一钱不值，还估计这东西到城里能卖多少钱。可是这时节，黄昏景致更美丽了，晚晴正如人病后新愈，柔和而十分脆弱，仿佛在微笑，又仿佛有种忧愁，沉默无言。

这时老板在屋里，本来想走出去，望到那两个客人用手指点对面菜畦，以为正指到那个土堆，就不出去了。那土堆下面，就埋得有他的儿子，是在这人死过一天后，老年人背了那个尸身，埋在自己挖掘的土坑里，再为他加上二十撮箕生土做成小坟，留下个标志的。

慢慢的夜就来了。

屋子里已黑暗得望不分明物件，在门外边的两个商人，回头望到灶边一团火光，老板却痴坐在灶边不动。年青人就喊他点灯，"老板，有灯吗？点个火吧。"这老人才站起来，从灶边取了一根一端已经烧着的油松树枝子，在空中划着，借着这个微薄闪动的火光去找取屋角的油瓶。因为这人近来一到夜时就睡觉，不用灯火也有好几个月了。找着了贮桐油的小瓶，把油倒在灯盏里去后，他就把这个燃好的灯，放到灶头上预备炒菜。

吃过晚饭后，这老人就在锅里洗碗，两个商人坐在灶口前，用干松枝塞到灶肚里去，望到那些松枝着火时，訇然一轰的情形，觉得十分快乐。

到后，洗完了碗，只一会儿，老头子就说，应当去看看睡处，若客人不睡，他想先睡。

把住处看好后，两个商人仍然坐在灶边小凳子上，称赞这个老年人的干净，以为想不到床铺比别处大店里还好。

老人说是要睡，已走到他自己那个用木头隔开的一间房里睡去了。不过一会儿，这人却又走出来，说是不想就睡，傍到两个商人一同在灶边坐下了。

几个人谈起话来，他们问他有六十几，他说应当再加十岁去猜。他们又问他住到这里有了多久，他说，并不多久，只二三十年。他们问他还有多少亲戚，在些什么地方，他就象为哄骗自己原因的样子，把一些多年来已经毫无消息了的亲戚，一一的数着，且告诉他们，这些人在什么地方，做些什么事。他们问他那个上云南做生意的儿子，什么时候回来看他一次，他打量了一下，就说："冬天过年来过一次，还送了他云南出的大头菜。"

说了许多他自己都不甚明白的话，自己为什么有那么多话可说，使他自己也觉得今天有点奇怪。平常他就从没有想到那些亲戚熟人，也从不想到同谁去谈这些事，但今天很显然的，是不必谈到的也谈到，而且近于自慰的谎话也说得很多了。到后，商人中那个年长的，提议要睡了，这侄儿却以为时间还太早了一点，托故他还不消化，要再缓一点。因此年长商人睡后，

111

年青商人还坐到那条板凳上，又同老头子谈了许久闲话。

到末了，这年青商人也睡去了，老头子一面答应着明天早早的喊叫客人，一面还是坐在灶边，望着灶口的闪烁火光，不即起身。

第二天天明以后，他们起来时，屋子还黑黑的，到灶边去找火媒燃灯，希奇得很，怎么老板还坐在那凳上，什么话也不说。开了大门再看看，才知道原来这人半夜里死了。

这两个商人到后自然又上路了。他们已经跑到邻近小村子里，把这件事告给了村子里人，且在住宿应给的数目以外，另外加了一点钱。那么老了一个孤人，自然也很应当死掉了，如今恰恰在这一天死去，幸好有个人知道，不然死后到全身爬得是蛆时，还恐怕不会被人发现。乡下人那么打算着，这两个商人，自然就不会再有什么理由被人留难了。在路上，他们又还有路上的其他新事情，使他们很自然的也就忘掉那件事了。

他们在路上，在雨后崩坍的土坎旁，新的翻起的土堆上，发现印有巨大的山猫的脚迹，知道白天这地方是人走的路，晚上却是别的东西走的路，望了一会儿，估计了一下那脚迹的大小，过身了。

在什么树林子里，还会出人意外发现一个希奇的东西，悬在迎面的大树枝桠上，这用绳索兜好的人头，为长久雨水所淋，失去一个人头原来的式样，有时非常象一个女人的头。但任何人看看，因为同时想起这人就是先一时在此地抢劫商人的强盗，所以各存戒心，默默的又走开了。

路旁有时躺得有死人，商人模样或军人模样，为什么原因，在什么时候死到这里，无人过问，也无人敢去掩埋。依然是默默的看看，又默默的走开了。

在这条官路上，有时还可碰到二十三十的兵士，或者什么县里的警备队，穿了不很整齐的军服，各把长矛子同发锈的快枪扛到肩膊上，押解了一些满脸菜色受伤了的人走着。同时还有些一眼看来尚未成年的小孩子，用稻草扎成小兜，装着四个或两个血淋淋的人头，用桑木扁担挑着，若商人懂得规矩，不必去看那人头，也就可以知道那些头颅就是小孩的父兄，或者是这些俘虏的伙伴。有时这些奏凯而还的武士，还牵得有极膘壮的耕牛，挑得有别的家里杂用东西。这些兵士从什么地方来，到什么地方去，奉谁的命令，杀了那么多人，从什么聪明人领教学得把人家父兄的头割下后，却留下一个活的来服务？这都象早已成为一种习惯，真实情形谁也不明白，也不必须过问的。

商人在路上所见的虽多，他们却只应当记下一件事，是到地时怎么样多赚点钱。因为这个理由，所以他们同税局的稽查验票人，在某一种利益相通的事情上，好象就有一种希奇的"友谊"或谅解必须成立。如何达到目的，一个商人常常在路上也很费思索的。

一九三一年十月十日

都市一妇人

《都市一妇人》1932 年 11 月由新中国书局出版。
原目收入小说作品:《都市一妇人》《贤贤》
《厨子》《静》《春》《若墨医生》。

贤 贤

　　贤贤在××大学女生中，年纪大致是顶小的一个。身体纤秀异常，脸庞小小的，白白的，圆圆的，似乎极宜于时时刻刻向人很和气的微笑。女同学中见到这女孩子样子很美，面貌带有稚气，自然不免看得轻而易与。但因为另外一种底原因，谁也不会有意使这女孩子下不去。

　　她住在第七号女生宿舍。当同房间三铺小铁床上，一大堆衣被下面，三个同学还各个张着大嘴打鼾时，贤贤很早的一个人就起身，把一切通通整理好了。那时她正拿了牙刷同手巾从盥洗间走回房里去，就见到新换来替工的那个小脚妇人，把扫帚搁到同学书桌上，却使用到自己桌上那把梳子，对准墙边架上一面铜边大镜，歪了一个大头，调理她的头发。贤贤走进房后，这不自弃的爱好的山东乡下妇人，才忙着放下梳子，抓了扫帚，很用力的打扫脚下的地板，似乎表明她对于职务毫不苟且，一定得极力把灰尘扬起，又才能证明她打扫的成绩。

　　贤贤一面匆匆忙忙的，用小刷子刷理那为妇人私下用过的梳子，一面就轻轻的说："娘姨，请你洒一点水再扫，轻一点，莫惊吵她们先生！"

这妇人好像一点不明白这些话的意义，又好像因为说话的是贤贤，就不应当认真，又好像记起自己的头发，也应得学小姐们的办法处治一下，才合道理，听到贤贤说话时，就只张开嘴唇，痴痴的望着这女孩子乌青的头发，同一堆头发下那张小小白脸出神。过一会，望到女孩子拉开了抽屉，把梳子收藏到一个小盆子里去后，再才记起了扫地的事，方赶忙把扫帚塞到一个女生床铺下，乱捞了两下，那么一来无意中就碰倒了一个瓶子之类，那空瓶子在地板上滚着，发出很大的声音，这妇人便显得十分忙乱，不知所措，把一个女生的皮鞋，拿到手上，用手掌抹了一下鞋尖同鞋底灰尘，又胡乱放到同学被盖上去。且面对贤贤，用一种下贱的丑相，略微伸了一下舌头。

贤贤一面望着，一面微笑，轻轻的喊着，"娘姨！"

另外一个在床铺上把床铺压得轧轧有声的女生，为床铺下的空瓶子声音闹醒了，半朦胧的说："不要打扫吧，娘姨，你简直是用扫帚同地板打仗呀！"

另一床铺上另一女生，也在半朦胧中，听到这句话，且似乎感觉到呼吸中有些比空气较粗杂的灰尘了，便轻轻的哼了一声，也把床铺压得轧轧发响，用被头蒙着脑袋，翻了一个身，朝墙壁一面睡去了。

贤贤望到这种情形，又望到几个同学床铺上杂乱的衣服，笑了一笑，忽然忙忙取了一本书，同小獐鹿一样，轻捷的活泼的，出了那宿舍的房门，跑下楼梯到外边去了。

到了外边时，贤贤心想："这早上空气，多香多甜！"她记起了什么书上形容到的句子，"空气如香槟酒"，就觉得十分好笑。"时间还不过六点半钟，离八点上课，整整的有一点半。空气这样好，只顾看书不顾着一切，那倒真是书呆子了。时间多着哪，与其坐到石堆上读书，还不如爬到山上去，看看海里那一汪咸水，同各处傍到山脚新近建筑完工的大小红瓦房子，这时是什么古怪景象，什么希奇颜色吧。"

她于是过了大坪，向山脚那条路上走去。走过了大坪，绕过了那行将建筑新房子炸出的石堆，再过去一点，却看到那边有个女同学，正坐在石头上读书。贤贤不欲打搅别人，心里打量：不凑巧，碰到这边来乱了别人，就赶忙退回，从另外一处上山的路走去。刚爬到山顶，在那大松树下站定，微微的喘着气，望着那一片浅蓝桃灰的大海，如一片融化的，光辉煜煜的宝石颜色，带了惊讶的欢喜，只听到背后有人赶来的脚步声音，同喘息声音。

贤贤回头一看，先前那个女同学的红帽儿，就在白色的枯草后出现了。

"密司贤贤，你早！我看到你上来，怎么不喊我！"

"密司竹子，你真早！我看到你在山下念书，不好意思惊动你。"贤贤说着，稍稍有点不好意思，因为她同这个同学并不单独谈过玩过，这同学还是刚从上海转学来此不久的。

红帽子说："我见到你上来了，我才敢上来。"

贤贤心想："难道这种地方也有老虎咬人吗？或者是……？"

日头已从海里浮出来了一会儿，这时又钻进一片浅咖啡色的云层里去了，天上细云皆如薄红的桃花，四山皆成为银红色，近处的海也包围在一层银灰色带一点儿红色的雾里。远远的不知什么地方，有石匠在打石头，敲打得很有秩序。山下的房子都仿佛比平时小了许多，疏疏的，静静的，如排列无数玩具。两个人于是就坐到那松树下，为当前一切出神。

那红帽子女生，傍近贤贤立着，过了一会，便说道：

"密司贤贤，你戴我这顶红帽子，一定更美丽一点，试戴戴吧。"

贤贤正望到红屋，用小孩子天真的也有点儿顽皮的联想，估计到把这同学放到远处一点去，一定也像一个屋顶。听到同学所说的话，就望红帽子同学笑着，一时说不出话来，只是摇头。

红帽子同学，以为贤贤欢喜这顶帽子了，就把那顶帽子，从头上摘下来，要亲自为贤贤戴一下。

贤贤说："我不戴这个。戴到头上去，人家在那边山上望我们，会以为是一栋小房子。一定说：怎么，学校在什么时候，谁出得主意，盖了那么一座难看的亭子吗？"

红帽子同学一面笑着一面还是劝着，贤贤无办法了，就说：

"我不欢喜你这顶帽子!"那同学,听到这坦白的话,俨然受了小小侮辱,抓了帽子回过头去,望了好一会后边的山景。

又过了一会,红帽子忽然同贤贤说:

"密司贤贤,有个故事很有趣,我听人说……"

贤贤一面看到海,从薄雾所笼罩的海面上点数小船,一面问:"是什么故事?"

"是有趣味的故事!"

"故事当然有趣,从谁听来的?"说着,心中却数着"第十九"。

红帽子停了一下,想想如何叙述这个故事。过后才说:"这故事从光华听来的。有一个出名的——或者说做小说出名的人爱了一个女人。"

贤贤正望到海面一点白帆,想着某一次同她哥哥在海边沙里走着,哥哥告她中国旧诗里,提到海上白帆的诗句,十分融和,觉得快乐,故显出欢喜的样子。又正想到这个礼拜盼望天气莫生变化,莫刮风,好同哥哥到海边去晒太阳读书或划小船趁潮玩。

那红帽子同学,以为贤贤专心在听她说故事,就装着为说故事而说故事的神气,先用手抓了一下面前的空气,'呀,这空气多美,我说,你听我说吧。好像是有那么一个人,一个小说家,爱了一个女人,这女人是谁?…是学生啦。"说了望到贤贤,看贤贤神气上这同学以为贤贤正在问"那结果?说下去吧。"于是她就又说:"自然要说下去的。这出名的人很好笑,在做小说很出名,在爱女人很傻气,他为女人写了三年信,说了多少可笑的话!(到这里时又好像答复贤贤一句问话似的,)自然有话说呀,譬如……一个小说家自然要多少空话有多少空话!可是女人怎样?照我想来女人是不会爱她的!为什么女人不爱她?这谁知道。总而言之女人都不爱这种人,这不是女人的过错。谁能说这是女人的过错,知道的人多哪。他爱了这女人不算数,把聪明话说完后还说傻话:他将等十年。为什么等,等些什么,女人也不清楚。理想主义者,可不儿戏!可是这等是什么意思?等等就嫁他吗?谁知道是一种什么打算。他说的等候十年,这原是小说上的事情,这个人不作小说了,自己就来作小说上的人物。还有可笑的,……"

这时天空已不同了,薄薄的云已向天之四垂散去,天中一抹深蓝,四周较浅较白,有一群雁鹅在高空中排成一条细细的线,缓缓的移动,慢慢的拉直又慢慢的扭曲。贤贤已默数了这东西许久,忽然得意的低低的嚷着笑着:"密司竹子,密司竹子,你看那一条线,一共七十九只!"红帽子朝到贤贤手所指点处望去,便也看到了天上有些东西,却无从证明贤贤所说出的数目。看了一会,那同学说:"贤贤你会做诗吗?"

贤贤听到这一问就嗤的笑了。"我应当生活到一切可爱的生活里,还不适宜于关到房门,装成很忧愁很严肃的神气,写什么诗!"

过一下，贤贤又说："密司竹子，你故事怎么了？我没有听到？"

"你不听到我再说一遍吧。"

这时雁鹅已入云中了，海上的白帆也隐了，贤贤就说："有好故事怎么不说？"

红帽子说："我说那个小说家爱女人，爱了三年不算傻，还要傻等十年，不知等些什么，你是到过南京北京的，不知你听到有这个故事没有？"

贤贤这次可注意听到了，心中希奇得很，"我不明白你说什么！"

于是红帽子又把那故事详详细细叙了一次。一面说，一面装作完全不知所说到的就是贤贤哥哥的事情那种神情，一面又偷偷的注意到天真烂熳的贤贤，看贤贤究竟知不知道这会事，若明白了，又应当如何说话，如何受窘。

贤贤说："那男子你知道是谁呢？"

红帽子说："谁知道？这不过是一个故事，只知道是小说家罢了。"

"那女子呢？"

"大概姓张吧。不是姓张就是姓李，我似乎听到人家那么说过。"

"名字呢？"

红帽子望到贤贤不作声，等一会儿才说："我不清楚。"

"在什么地方念书？是光华吗？"

"在……不，不，在光华。不，不，我是从交大听来的。不，不，应当发生在别一处。"还想说点别的话又不好说，这红帽子便从贤贤眼色上搜寻了一会，估计这件事如何完结。显然的，在这人语气上稍稍有了点狼狈。她已经愿意另外谈一个题目了。她接着说："天气真好！"说了便轻轻的叹了一口气，仍然同先前一样，伸手抓了一把空气，仿佛空气里有什么东西可捕捉似的。

贤贤说："密司竹子，你的故事从谁人听来的？"

"从旁人听来的，不是同学，是老同学。"

"你同我说这个故事是什么意思？也告我一下。"

"没有什么意思，没有的，没有的，……"

贤贤很坦白的说："这是我哥哥的故事，我不欲人家把哥哥当傻子，因为他的行为不应当为人看成傻子的！爱人难道是罪过吗？"

红帽子不知如何说下去了。从贤贤眼睛里，红帽子望出她自己的傻处，十分害羞，本应在这小女孩子面前开心，反而被人很坦白的样子所窘了，脸红的站起身来，一句话不说就跑了。

见到红帽子跑了，贤贤心想："这人很古怪，为什么今天把哥哥事同我来说，看看不得好结果了，为什么就跑了。"她不过觉得这人古怪罢了，事情即刻也就忘掉了，因为她的年龄同性情，是不许她在这些不易索解的人事上多所追究的。

第一堂下课时，红帽子在甬道上见到了贤贤，脸即刻又绯红起来，着忙退回到那空课堂来。贤贤觉得奇异，走到门边去张望了一下，果然是红帽子，一个人坐在角隅里，低了头看手上抄本，像在默诵一样。

　　贤贤这女孩完全不明白人家是有意避她的，就走进去，"密司竹子，怎么不下楼去，你躲谁？为什么事情不理我了？"

　　红帽子头抬起来，害羞的笑着："我下一堂还有课！"

　　贤贤毫不疑心这是一句谎话，自己就走了。

三月廿七日

都市一妇人

一九三〇年我住在武昌，因为我有个作军官的老弟，那时节也正来到武汉，办理些关于他们师部军械的公事，从他那方面我认识了好些少壮有为的军人。其中有个年龄已在五十左右的老军校，同我谈话时比较其余年青人更容易了解一点，我的兄弟走后，我同这老军校还继续过从，极其投契。这是一个品德学问在军官中都极其稀有罕见的人物，说到才具和资格，这种人作一军长而有余。但时代风气正奖励到一种恶德，执权者需要投机迎合比需要学识德性的机会较多，故这个老军校命运，就只许他在那种散职上，用一个少将参议名义，向清乡督办公署，按月领一份数目不多不少的薪俸，消磨他闲散的日子。有时候我们谈到这件事情时，常常替他不平，免不了要说几句年青人有血气的粗话，他就望到我微笑。"一个军人欢喜《庄子》，你想想，除了当参议以外，还有什么更适当的事务可作？"他那种安于其位与世无争的性格，以及高尚洒脱可爱处，一部

《庄子》同一瓶白酒，对于他都多少发生了些影响。

这少将独身住在汉口，我却住在武昌，我们住处间隔了一条长年是黄色急流的大江。有时我过江去看他，两人就一同到一个四川馆子去吃干烧鲫鱼。有时他过江来看我，谈话忘了时候，无法再过江了，就留在我那里住下。我们便一面吃酒，一面继续那个未尽的谈话，听到了蛇山上驻军号兵天明时练习喇叭的声音，两人方横横的和衣睡去。

有一次我过江去为一个同乡送行，在五码头各个小火轮趸船上，找寻那个朋友不着，后来在一趸船上却遇到了这少将，正在趸船客舱里，同一个妇人说话。妇人身边堆了许多皮箱行李，照情形看来，他也是到此送行的。送走的是一男一女，男的大致只二十三四岁，一个长得英俊挺拔十分体面的青年，身穿灰色袍子，但那副身材，那种神气，一望而知这青年应是在军营中混过的人物。青年沉默的站在那里，微微的笑着，细心的听着在他面前的少将同女人说话。女人年纪仿佛已经过了三十岁，穿着十分得体，华贵而不俗气，年龄虽略长了一点，风度尚极动人，且说话时常常微笑，态度秀媚而不失其为高贵。这两人从年龄上估计既不大象母子，从身分上看去，又不大象夫妇，我以为或者是这少将的亲戚，当时因为他们正在谈话，上船的人十分拥挤，少将既没有见到我，我就也不大方便过去同他说话。我各处找寻了一下同乡，还没有见到，就上了码头，在江边马路上等候到少将。

半点钟后，船已开行了，送客的陆续散尽了，我还见到这少将站在趸船头上，把手向空中乱挥，且下了趸船在泥滩上追了几步，船上那两个人也把白手巾挥着。船已去了一会，他才走上江边马路。我望到他把头低着从跳板上走来，象是对于他的朋友此行有所惋惜的神气。

于是我们见到了，我就告给他，我也是来送一个朋友的，且已经见到了他许久，因为不想妨碍他们的谈话，所以不曾招呼他一声。他听我说已经看见了那男子和妇人，就用责备我的口气说："你这讲礼貌的人，真是当面错过了一种好机会！你这书呆子，怎么不叫我一声？我若早见到你就好了。见到你，我当为你们介绍一下！你应当悔恨你过分小心处，在今天已经作了一件错事，因为你若果能同刚才那女人谈谈，你就会明白你冒失一点也有一种冒失的好处。你得承认那是一个华丽少见的妇人，这个妇人她正想认识你！至于那个男子，他同你弟弟是要好的朋友，他更需要认识你！可惜他的眼睛看不清楚你的面目了，但握到你的手，听你说的话，也一定能够给他极大的快乐！"

我才明白那青年男子沉默微笑的理由了。我说，"那体面男子是一个瞎子吗？"朋友承认了。我说，"那美丽妇人是瞎子的太太吗？"朋友又承认了。

因为听到少将所说，又记起了这两夫妇保留到我印象上那副高贵模样，我当真悔恨我失去的那点机会了。我当时有点生自己的气，不再说话，同少将穿越了江边大路，走向法租界的九江路，过了一会，我才追问到船上那两个人从什么地方来，

到什么地方去，以及其他旁的许多事情。原来男子是湘南×
×一个大地主的儿子，在广东黄埔军校时，同我的兄弟在一队里生活过一些日子，女人则从前一些日子曾出过大名，现在人已老了，把旧的生活结束到这新的婚姻上，正预备一同返乡下去，打发此后的日子，以后恐不容易再见到了。少将说到这件事情时，夹了好些轻微叹息在内。我问他为什么那样一个年青人眼睛会瞎去，是不是受下那军人无意识的内战所赐，他只答复我"这是去年的事情"。在他言语神色之间，好象还有许多话一时不能说到，又好象在那里有所计划，有所隐讳，不欲此时同我提到。结果他却说："这是一个很不近人情的故事。"但在平常谈话之间，少将所谓不近人情故事，我听到的已经很多，并且常常没有觉得怎么十分不近人情处，故这时也不很注意，就没有追问下去。过××路一戏院门前时，碰到了我一个同乡，我们三个人就为别一件事情，把船上两个人忘却了。

回到武昌时，我想起了今天船上那一对夫妇，那个女人在另一时我似乎还在什么地方看到过，总想不出在北京还是在上海。因为忘不掉少将所说的这两夫妇对于我的未识面的友谊，且知道这机会错过去后，将来除了我亲自到湘南去拜访他们时，已无从在另外什么机会上可以见到，故更为所错过的机会十分着恼。

过了两天是星期，学校方面无事情可作，天气极好，想过江去寻找少将过汉阳，同他参观兵工厂。在过江的渡轮上，许多人望着当天的报纸，谈论到一只轮船失事的新闻，我买了份本地报纸，第一眼就看到了"仙桃"失事的电报。我糊涂了。"这只船不正是前天开走的那只吗？"赶忙把关于那只船失事的另一详细记载看看，明白了我的记忆完全不至于错误，的的确确就是前天开行的一只，且明白了全船四百七十几个人，在措手不及情形下，完全皆沉到水中去，一个也没有救起。这意外消息打击到我的感觉，使我头脑发胀发眩，心中十分难过，却不能向身边任何人说一句话。我于是重新又买了另外一份报纸，看看所记载的这一件事，是不是还有不同的消息。新买那份报纸，把本国军舰目击那只船倾覆情形的无线电消息，也登载出来，人船俱尽，一切业已完全证实了。

我自然仍得渡江过汉口去，找寻我那个少将朋友！我得告知他这件事情，我还有许多话要问他，我要那么一个年高有德善于解脱人生幻灭的人，用言语帮助到我，因为我觉得这件事使我受了一种不可忍受的打击。我心中十分悲哀，却不知我损失的是些什么。

上了岸，在路上我就很糊涂的想到："假如我前天没有过江，也没有见到这两个人，也没有听到少将所说的一番话，我不会那么难受罢。"可是人事是不可推测的，我同这两人似乎已经相熟，且俨然早就成为最好的朋友了。

到了少将住处以后，才知道他已出去许久了。我在他那里，等了一会，留下了一个字条，又糊糊涂涂在街上走了几条马路。到后忽然又想，"莫非他早已得到了消息，跑到我那儿去了？"于是才渡江回我的住处。回到住处，果然就见到了少将，见到他后我显得又快乐又忧愁。这人见了我递给他的报纸，就把我手紧紧的揪住握了许久。我们一句话都不说，我们简直互相对看的勇气也失掉了，因为我们都知道了这件事情，用不着再说了。

可是我的朋友到后来笑了，若果我的听觉是并不很坏的，我实在还听到他轻轻的在说："死了是好的，这收场不恶。"我很觉得奇异，由于他的意外态度，引起了我说话的勇气。我问他这是怎么一回事。怎么一回事？只有天知道！这件事可以去追究它的证据和根源，可以明白那些沉到水底去的人，他们的期望，他们的打算，应当受什么一种裁判，才算是最公正的裁判，这当真只有天知道了！

二

一九二七年左右时节，××师以一个最好的模范军誉，驻防到×地方的事，这名誉直到一九三〇年还为人所称道。某一天师部来了四个年青男子，拿了他们军事学校教育长的介绍信，来谒见师长。这会见的事指派到参谋处，一个上校参谋主任代替了师长，对于几个年青人的来意，口头上询问了一番，又从过去经验上各加以一种无拘束的思想学识的检察，到后来，四人之中三个皆委充中尉连附，分发到营上去了，其余一个就用上尉名义，留下在参谋处服务。这青年从大学校脱身而转到军校，对军事有了深的信仰，如其余许多年轻大学生一样，抱了牺牲决心而改图，出身膏腴，脸白身长，体魄壮健，思想正确，从相人术方法上看来，是一个具有毅力与正直的灵魂极合于理想的军人。年青人在时代兴味中，有他自己哲学同观念，即在革命队伍里，大众同志之间，见解也不免常常发生分歧，引起争持。即或是错误，但那种诚实无伪的纯洁处，正显得这种年青人灵魂的完美无疵。到了参谋处服务以后，不久他就同一些同志，为了意见不合，发了几次热诚的辩论。忍耐，诚实，服从，尽职，这些美德一个下级军官所不可缺少的，在这年青人方面皆完全无缺，再加上那种可以说是华贵的气度，使他在一般年青人之间，乃如群鸡中一只白鹤，超拔挺特，独立高举。

这年青人的日常办事程序，应受初来时节所见到的那个参谋主任的一切指导。这上校年纪约有五十岁左右，一定有了什么错误，这实在是安顿到大学校去应分比安顿在军队里还相宜的人物。这上校日本士官学校初期毕业的头衔，限制了他对于事业选择的自由，所以一面读了不少中国旧书，一面还得同一些军人混在一处。天生一种最难得的好性情，就因为这性情，与人不同，与军人身分不称，多少同学同事皆向上高升，作省长督办去了，他还是在这个过去作过他学生现在身充师长的同乡人部队里，认真克己的守着他的参谋职务。

为时不久，在这个年青人同老军官中间，便发生了一种极了解的友谊了，这友谊是维持在互相极端尊敬上面的。两人年份上相差约三十岁，却因为智慧与性格有一致契合处，故成了忘年之交。那年长的一个，能够喝很多的酒，常常到一个名为

"老兵"的俱乐部去，喝那种高贵的白铁米酒。这俱乐部定名为"老兵"，来的却大多数是些当地的高级军人。这些将军，这些伟人，有些已退了伍，不再作事，有些身后闲曹，事情不多，或是上了点儿年纪，欢喜喝一杯酒，谈谈笑话，打打不成其为赌博的小数目扑克，大都觉得这是一个极相宜的地方。尤其是那些年纪较大一点儿的人物，他们光荣的过去，他们当前的娱乐，自然而然都使他们向这个地方走来，离开了这个地方，就没有更好的更合乎军人身分的去处了。

这地方虽属于高级军人所有，提倡发起这个俱乐部的，实为一个由行伍而出身的老将军，故取名为老兵俱乐部。老兵俱乐部在××还是一个极有名的地方，因为里面不谈政治，注重正当娱乐，娱乐中凡包含了不道德的行为，也不能容许存在。还有一样最合理的规矩，便是女子不能涉足。当初发起人是很得军界信仰的人，主张在这俱乐部里不许女人插足，那意思不外乎以为女人常是祸水，对军人特别不相宜。这意见经其他几个人赞同，到后便成为规则了。由于规则的实行，如同军纪一样，毫不含糊，故这俱乐部在××地方倒很维持到一点令誉。这令誉恰恰就是其他那些用俱乐部名义组织的团体所缺少的东西。

不过到后来，因为使这俱乐部更道德一点，却有一个上校董事，主张用一个妇人来主持一切。当时把这个提议送到董事会时，那上校的确用的是"道德"名义，到后来这提议很希奇的通过了，且即刻就有一个中年妇人来到俱乐部了。据闻其中还保留到一种秘密，便是来到这里主持俱乐部的妇人，原来就是那个老兵将军的情妇。某将军死后，十分贫穷，妇人毫无着落，上校知道这件事，要大家想法来帮助那个妇人，妇人拒绝了金钱的接受，所以大家商量想了这样一种办法。但这种事知道的人皆在隐讳中，仅仅几个年老军官明白一切。妇人年龄已在三十五岁左右，尚保存一种少年风度，性情端静明慧，来到老兵俱乐部以后，几个老年将军，皆对这妇人十分尊敬客气，因此其余来此的人，也猜想得出，这妇人一定同一个极有身分的军人有点古怪关系，但却不明白这妇人便是老兵俱乐部第一个发起人的外妇。

×师上校参谋主任，对于这妇人过去一切，知道得却应比别的老军人更多一点。他就是那个向俱乐部董事会提议的人，老兵将军生时是他最好的朋友，老兵将军死时，便委托到他照料过这个秘密的情妇。

这妇人在民国初年间，曾出没于北京上层贵族社交界中。

她是一个小家碧玉，生小聪明，像貌俏丽，随了母亲往来于旗人贵家，以穿扎珠花，缝衣绣花为生。后来不知如何到了一个老外交家的宅中去，被收留下来作了养女，完全变更了她的生活与命运，到了那里以后，过了些外人无从追究的日子，学了些华贵气派，染了些娇奢不负责任的习惯。按照聪明早熟女子当然的结果，没有经过养父的同意，她就嫁给了一个在外交部办事的年青科长。这男子娶她也是没有得到家中同意的。两人都年青美貌，正如一对璧人，结了婚后，曾很狂热的过了些日子。到后男子事情掉了，两人过上海去，在上海又住了些日子，用了许多从别处借来的钱。那年青男子不是傻子，他起初把女人看成天仙，无事不遵命照办，到上海后，负了一笔大债，而且他慢慢看出了女人的弱点，慢慢的想到为个女人同家中那方面决裂实在只有傻子才做的事，于是，在某次小小争持上，拂袖而去，从此不再见面了。他到哪儿去了呢？女人是不知道的，可是瞧到女人此后生活看来，这男子是走得很聪明，并不十分错误的。但男子也许是自杀了，因为女子当时并不疑心他有必须走去的理由，且此后任何方面也从不见过这个男子的名姓。自从同住的男子走后，经济的来源断绝了。民国初年间的上海地方住的全是商人，还没有以社交花名义活动的女子，她那时只二十岁，自然的想法回到北京去，自然的同那个养父忏悔讲和，此后生活才有办法。因此先寄信过北京去，报告一切，向养父承认了一切过去的错误，希望老外交家给她一点恩惠，仍然许她回来。老外交家接到信后，即刻寄了五百块钱，要她回转北京，一回北京，在老人面前流点委屈的眼泪，说些引咎自责的话，自然又恢复一年前的情形了。

但女人是那么年青，又那么寂寞，先前那个丈夫，很明显的既不曾正式结婚，就没有拘束她行动的权利，为时不久，她就又被养父一个年约四十岁左右的朋友引诱了去。那朋友背了老外交家，同这女子发生了不正当的关系。女子那么狂热爱着这中年绅士，但当那个男子在议会中被 ×× 拉入名流内阁，发表为阁员之一后，却正式同军阀 ×× 姨妹订了婚，这一边还仍然继续到一种暧昧的往来。女人明白了，十分伤心，便坦白的告给了养父一切被欺骗的经过。由于老外交家的质问，那绅士承认了一切，却希望用妾媵的位置处置到女子，因为这绅士是知道女人根柢，以及在这一家的暧昧身分的。由于虚荣与必然的习惯，女人既很爱这个绅士，没有拒绝这种提议，不久以后就作了总长的姨太太。

曹锟事议会贿案发觉时，牵连了多少名人要人，×总长逃到上海去了。一家过上海以后，×总长二姨太太进了门，一个真实从妓院中训练出来的人物，女子在名分上无位置，在实际上又来了一个敌人，而且还有更坏的，就是为时不久，丈夫在上海被北京政府派来的人，刺死在饭店里。

老外交家那时已过德国考察去了。命运启示到她，为的是去找一个宽广一些的世界，可以自由行动，不再给那些男子的糟蹋，却应当在某种事上去糟蹋一下男子，她同那个新来的姨太太，发生了极好的友谊，依从那个妓女出身妇人的劝告，两人各得了一笔数目可观的款项，脱离了原来的地位。

两人独自在上海单独生活下来，实际上，她就做了妓女。她的容貌和本能都适合于这个职业，加之她那种从上流阶级学来的气度，用到社会上去，恰恰是平常妓女所缺少的，所以她很有些成就。在她那个事业上，她得到了丰富的享乐，也给了许多人以享乐。上海的大腹买办，带了大鼻白脸的洋东家，在她这里可以得到东方贵族的印象回去。她让那些对她有所羡慕有所倾心的人，献上他最后的燔祭，为她破产为她自杀的，也很有一些人。她带了一种复仇的满足，很奢侈很恣肆的过了一些日子，在这些日子中，她成了上海地方北里名花之王。"男子是只配作踏脚石，在那份职务上才能使他们幸福，也才能使他们规矩的。"这话她常常说到，她的哲学是从她所接近的那第一个男子以下的所有男子经验而来的。当她想得到某一人，或愚弄某一人时，她便显得极其热情，终必如愿以偿。但她到后厌烦了，一下就甩了手，也不回过头去看看。她如此过了将近十年。在这时期里，她因为对于她的事业太兴奋了一点，还有，就是在某一些情形中，似乎由于缺少了点节制，得了一种意义含混的恶病，在病院里住了好些日子。经过一段长期治疗，等到病好了点，出院以后，她明白她当前的事情应计划一下，是不是从新来立门户，还照样走原来的一条路。她感到了许多困难，无论什么职业的活动，停顿一次之后，都是如此的。时代风气正在那里时时有所变革，每一种新的风气，皆在那里把一些旧的淘汰，把一些新的举起，在她那一门事业上也并不缺少这种推移。更糟处，是她的病已把几个较亲切的人物吓远，而她又实在快老了。她已经有了三十余岁，旧习气皆不许她把场面缩小，她的此后来源却已完全没有把握，照这样情形下去，将来生活一定十分黯淡。

她踌躇了一些日子，决意离开了上海，到长江中部的 × 镇去，试试她的命运。那里她知道有的是大商人同大傻子，两者之中，她还可以得到机会，较从容的选取其一，自由的把终身交付与他，结束了这青春时代的狂热，安静消磨下半生日子。

她的希望却因为到了 × 镇以后事业意外的顺手而把它搁下了，为了大商人与大傻子以外，还有大军人拜倒这妇人的脚下，她的暮年打算，暂时不得不抛弃了。

人世幸福照例是孪生的，忧患也并不单独存在。在生活中我们常会为一只不能目睹的手所颠覆，也常会为一种不能意想的妒嫉所陷害。一切的境遇稍有头绪，一切刚在恢复时，一个大傻子同一个军籍中人，在她住处弄出了流血命案，这命案牵累到她，使她在一个军人法庭，受了严格的质问。这审判主席便是那个老兵将军，在她的供词里，她稍稍提到一点过去诡奇不经的命运。

命案结束后，这老兵将军成了她妆台旁一位服侍体贴的仆人。经过不久时期，她却成了老兵将军的秘密别室。倦于风尘的感觉，使她性情发生了很大的变化。若这种改变是不足为奇的，则简直可以说她完全变了。在她这方面看来，老兵将军虽然人老了一点，却是在上一次命案上帮得有忙的人；在老兵将军方面，则似乎全为了怜悯而作这件事。老兵将军按月给她一笔足支开销的用费，一面又用那个正直节欲的人格，唤起了她点近于宗教的感情。当老兵将军过 ×× 作军长时，她也跟了过去，另外住到一个很少有人知道的地方。老兵将军生时，有两年的日子，她很可以说极规矩也极幸福。可是 ×× 事变发生，老兵将军死去了。她一定会这样问过自己，"为什么我不愿弃去的人，总先把我弃下？"这自然是命运！这命运不由得不使她重新来思索一下她自己此后的事情！

她为了一点预感，或者她看得出应当在某一时还得一个男子来补这个丈夫的空缺。但这个妇人外表虽然还并不失去引人注意的魔力，心情因为经过多少爱情的蹂躏，实在已经十分衰老不堪磨折了。她需要休息，需要安静，还需要一种节欲的母性的温柔厚道的生活。至于其他华丽的幻想，已不能使她发生兴味，十年来她已饱餍那种生活，而且十分厌倦了。

因此一来，她到了老兵俱乐部。新的职务恰恰同她的性情相合，处置一切铺排一切原是她的长处。虽在这俱乐部里，同一般老将校常在一处，她的行为是贞洁的。他们之间皆互相保持到尊敬，没有亵渎的情操，使他们发生其他事故。

这一面到这时应当结束一下，因为她是在一种极有规则的朴素生活中，打发了一堆日子的。可是有一天，那个上校把他的少年体面朋友邀到老兵俱乐部去了，等到那上校稍稍感觉到这件事情作错了时，已经来不及了。

还只是那个上尉阶级的朋友，来到××二十天左右，×师的参谋主任，把他朋友邀进了老兵俱乐部。这俱乐部来往的大多数是上了点年纪的人物，少年军官既吓怕到上级军官，又实在无什么趣味，很少有见到那么英拔不群的年青人来此。

两人在俱乐部大厅僻静的角隅上，喝着最高贵的白铁酒同某种甜酒，说到些革命以来年青人思想行为所受的影响。那时节图书间有两个人在阅览报纸，大厅里有些年老军人在那里打牌，听到笑声同数筹码的声音以外，还没有什么人来此。两人喝了一会儿，只见一个女人，穿了件灰色绸缎青皮作边缘的宽博袍子，披着略长的黑色光滑头发，手里拿了一束红花走过小餐厅去。那上校见了女人，忙站起身来打着招呼。女人也望到这边两个人了，点了一下头，一个微笑从那张俊俏的小小嘴角漾开去，到脸上同眼角散开了。那种尊贵的神气，使人想起这只有一个名角在台上时才有那么动人的丰仪。

那个青年上尉，显然为这种壮观的华贵的形体引起了惊讶，当他老友注意到了他，同他说第一句话时，他的矜持失常处，是不能隐瞒到他的老友那双眼睛的。

上校将杯略举，望到年青人把眉毛稍稍一挤，做了一个记号，意思象是要说："年青人，小心一点，凡是使你眼睛放光的，就常常能使你中毒，应当明白这点点！"

可是另一个有一点可笑的预感，却在那上校心中蕴蓄着，还同时混合了点轻微的妒嫉，他想到，"也许，一个快要熄灭了的火把，同一个不曾点过的火把并在一处，会放出极大的光来。"这想象是离奇的，他就笑了。

过一刻，女人从原来那个门边过来了，拉着一处窗口的帷幕，指点给一个穿白衣的侍者，嘱咐到侍者好些话，且向这一边望着。这顾盼从上尉看来，却是那么尊贵的，多情的。

"上校，日里好，公事不多罢。"

被称作上校的那一个说："一切如原来样子，不好也不坏。'受人尊敬的星子，天保佑你，长是那么快乐，那么美丽。'"后面两句话是这个人引用了几句书上话语的，因为那是一个绅士对贵妇的致白，应当显得谦逊而谄媚的，所以他也站了起来，把头低了一下。

女人就笑了。"上校是一个诗人，应当到大会场中去读 × × 的诗，受群众的鼓掌！"

"一切荣誉皆不如你一句称赞的话。"

"真是一个在这种地方不容易见到的有学问的军官。"

"谢谢奖语，因为从你这儿听来的话，即或是完全恶骂，也使人不易忘掉，觉得幸福。"

女人一面走到这边来，一面注目望到年青上尉，口上却说："难道上校愿意人称为'有严峻风格的某参谋'吗？"

"不，严峻我是不配的，因为严峻也是一种天才。天才的身分，不是人人可以学到的！"

"那么有学问的上校，今天是请客了罢？"女人还是望到那个上尉，似乎因为极其陌生，"这位同志好象不到过这里。"

上校对他朋友看看，回答了女人，"我应当来介绍介绍：这是我一个朋友，……郑同志，……这是老兵俱乐部主持人，× × 小姐。"两个被介绍过了的皆在微笑中把头点点。这介绍是那么得体的，但也似乎近于多余的，因为爱神并不先问清楚人的姓名，才射出那一箭。

那上校接着还说了两句谑不伤雅的笑话，意思想使大家自由一点，放肆一点，同时也许就自然一点。

女人望到上校微微的笑了一下，仿佛在说着："上校，你这个朋友漂亮得很。"

但上校心里却俨然正回答着："你咧，也是漂亮的。我担心你的漂亮是能发生危险的，而我朋友漂亮却能产生愚蠢的。"自然这些话他是不会说出口的。

女人以为年青军人是一个学生了，很随便的问："是不是骑兵学校的？"

上校说："怎么，难道我带了马夫来到这个地方吗？聪明绝顶的人，不要嘲笑这个没有严峻风度的军人到这样子！"

女人在这种笑话中，重新用那双很大的危险的眼睛，检察了一下桌前的上尉，那时节恰恰那个年青人也抬起头来，由于一点力量所制服，年青人在眼光相接以后，腼腆的垂了头，把目光逃遁了。女人快乐得如小孩子一样的说："明白了，明白了，一个新从军校出来的人物，这派头我记起来了。"

"一个军校学生，的确是有一种派头吗？"上校说时望到一下他的朋友，似乎要看出那个特点所在。

女人说："一个小孩子害羞的派头！"

不知为什么原因，那上校却感到一点不祥兆象，已在开始扩大，以为女人的言语十分危险，此后不很容易安置。女人是见过无数日月星辰的人，在两个军人面前，那么随便洒脱，却不让一个生人看来觉得可以狎侮，加之，年龄已到了三十四五，应当不会给那年青朋友什么难堪。但女人即或自己不知自己的危险，便应当明白一个对女人缺少经验的年青人，自持的能力却不怎么济事，很容易为她那点力量所迷惑的。可是有什么方法，不让那个火炬接近这个火炬呢？他记起了，从老兵将军方面听来的女人过去的命运，他自己掉过头去苦笑了一下，把一切看开了。

但女人似乎还有其他事情等着，说了几句话却走了。

上校见到他的年青朋友，沉默着没有话说，他明白那个原因，且明白他的朋友是不愿意这时有谁来提到女人的，故一时也不曾作声。可是那年青朋友，并不为他所猜想的那么做作，却坦白的向他老朋友说："这女人真不坏，应当用充满了鲜花的房间安顿她，应当在一种使一切年青人的头都为她而低下的生活里生活，为什么却放到这里来作女掌柜？"

上校不好怎么样告给他朋友女人所有过去的历史。不好说女人在十六年前就早已如何被人逢迎，过了些热闹日子，更不好将女人目前又为什么才来到这地方，说给年青人知道，只把话说到别方面去，"人家看得出你军校出身的，我倒分不出什么。"

那年青上尉稍稍沉默了一下，象是在努力回想先一刻的某种情景，后来就问："这女人那双眼睛，我好象很熟习。"

上校装作不大注意的样子，为他朋友倒了一杯甜酒，心里想说："凡是男子对于他所中意的眼睛，总是那么说的。再者，这双眼睛，也许在五六年前出名的图画杂志上，就常常可以看到！"

后来谈了些别的话，年青人不知不觉尽望到女人去处那一方，上校那时已多喝了两杯，成见慢慢在酒力下解除了，轻轻的向他朋友说："女人老了真是悲剧。"他指的是一般女人而言，却想试试看他的朋友是不是已注意到了先一时女人的年龄。

"这话我可不大同意。一个美人即或到了五十岁，也仍是一个美人！"

这大胆的论理，略略激动了那个上校一点自尊心，就不知不觉怀了点近于恶意的感情，带了挑拨的神气，同他的年青朋友说："先前那个，她怎么样？她的聪明同她的美丽极相称……你以为……"年青上尉现出年青人初次在一个好女子面前所受的委屈，被人指问是不是受那个女子，把话说回来了。"我不高兴那种太……的女子的。"他说了谎，就因为爱情本身也是一种精巧的谎话。

上校说："不然，这实在是一个希见的创作，如果我是一个年青人，我或许将向她说：'老板，你真美！把你那双为上帝精心创造的手臂给了我罢。我的口为爱情而焦渴，把那张小小的樱桃小口给了我，让我从那里得到一点甘露罢。'……"这笑话，在另一时应当使人大笑，这时节从年青上尉嘴角，却只见到一个微晒记号。他以为上校醉了，胡乱说着，而他自己，却从这个笑话里，生了自己一点点小气。

上校见到他年青朋友的情形，而且明白那种理由，所以把话说过后笑了一会。

"郑同志，好兄弟，我明白你。你刚才被人轻视了，心上难过，是不是？不要那么小气罢。一个有希望有精力的人，不能够在女子方面太苛刻。人家说你是小孩子。你可真……不要生气，不要分辩；拿破仑的事业不是分辩可以成功的，他给我们的是真实的历史。让我问你句话，你说罢，你过去爱过或现在

144

爱过没有？"

年青上尉脸红了一会，并不作答。

"为什么用红脸来答复我？"

"我红脸吗？"

"你不红脸的，是不是？一个堂堂军人原无红脸事情。可是，许多年青人见了体面妇人都红过脸的。那种红脸等于说：别撩我，我投降了！但我要你明白，投降也不是容易事，因为世界上尽有不收容俘虏的女人。至于你，你自然是一个体面俘虏！"

年青上尉看得出他的老友醉了，不好怎么样解释，只说："我并不想投降到这个女人面前，还没有一个女人可以俘虏我。"

"吓，吓，好的，好的，"上校把大拇指翘起，咧咧嘴，做成"佩服高明同意高见"的神气，不再说什么话。等一会又说："是那么的，女人是那么的。不过世界上假若有些女人还值得我们去作俘虏时，想方设法极勇敢的去投降，也并不是坏事。你不承认吗？一个好军人，在国难临身时，很勇敢的去打仗，但在另一时，很勇敢的去投降，不见得是可笑的！"

说着，女人恰恰又出来了，上校很亲昵的把手招着，请求女人过来："来来，受人尊敬的主人，过来同我们谈谈。我正同这位体面朋友谈到俘虏，你一定高兴听听这个。"

女人已换了件紫色长袍，象是预备出去的模样，见上校同她说话，就一面走近桌边，一面说："什么俘虏？"女人虽那么问着，却仿佛已明白那个意义了，就望到年青上尉说，"凡是将军都爱讨论俘虏，因为这上面可以显出他们的功勋，是不是？"

年青上尉并不隐避那个问题的真实，"不是，我们指的是那些为女人低头的……"女人站在桌旁不即坐下，注意的听着，同时又微笑着，等到上尉话说完后，似乎极同意的点着头，"是的，我明白了。原来这些将军常常说到的俘虏，只是这种意思！女人有那么大能力吗？我倒不相信。我自己是一个女人，倒不知道被人这样重视。我想来或者有许多聪明体面女子，懂得到她自己的魔力。一定有那种人。也有这种人，如象上校所说'勇敢投降'的。"

把话说完后，她坐到上校这一方，为得是好对了年青上尉的面说话。上校已喝了几杯，但他还明白一切事情，他懂得女人说话的意思，也懂得朋友所说的意思，这意思虽然都是隐藏的，不露的，且常常和那正在提到的话相反的。

女人走后，上校望到他的年青朋友，眼睛中正闪耀一种光辉，他懂得那种光辉，是为什么而燃烧为什么而发亮的。回到师部时，同那个年青上尉分了手，他想起未来的事情，不知为什么觉得有点发愁。平常他并不那么为别的事情挂心，对于今天的事可不大放心得下。或者，他把酒吃多了一点也未可知。他睡后，就梦到那个老兵将军，同那个女人，象一对新婚夫妇，两人正想上火车去，醒来时间已夜了。

一个平常人，活下地时他就十分平常，到老以后，一直死去，也不会遇到什么惊心骇目的事情。这种庸人也有他自己的好处，他的生活自己是很满意的。他没有幻想，不信奇迹，他照例在他那种沾沾自喜无热无光生命里十分幸福。另外一种人恰恰相反。他也许希望安定，羡慕平庸，但他却永远得不到它。一个一切品德境遇完美的人，却常常在爱情上有了缺口。一个命里注定旅行一生的人，在梦中他也只见到旅馆的牌子，同轮船火车。"把老兵俱乐部那一个同师部参谋处服务这一个，象两把火炬并在一起，看看是不是燃得更好点，"当这种想象还正在那个参谋主任心中并不十分认真那么打算时，上帝或魔鬼，两者必有其一，却先同意了这件事，让那次晤谈，在两个人印象上保留下一点拭擦不去的东西。这东西培养到一个相当时间的距离上，使各人在那点印象上扩大了对方的人格。这是自然的，生疏能增加爱情，寂寞能培养爱情，两人那么生疏，却又那么寂寞，各人看到对面最好的一点，在想象中发育了那种可爱的影子，于是，老兵俱乐部的主持人，离开了她退隐的事业，跑到上尉住处，重新休息到一个少壮热情的年青人胸怀里去，让那两条结实多力的臂膀，把她拥抱得如一个处女，于是她便带着狂热羞怯的感觉，作了年青人的情妇了。

当那个参谋上校从他朋友辞职呈文上，知道了这件事情时，他笑着走到他年青朋友新的住处去，用一个伯父的神气，嘲谑到他自己那么说："这事我没有同意神却先同意了，让我来补救我的过失罢。"他为这两个人证了婚，请这两个人吃了酒，还另外为他的年青朋友介绍了一个工作，让这一对新人过武汉去。

"日子在那些有爱情的生活里照例过得是极快的，"少将对我说。"虽然我住在××，实在得过了他们很多的信，也给他们写了许多信。我从他们两人合写的信上，知道他们生活过得极好，我于是十分快乐，为了那个女子，为了她那种天生丽质十余年来所受的灾难，到中年后却遇到了那么一个年青，诚实，富有，一切完美无疵的男子，这份从折磨里取偿的报酬，使我相信了一些平时我决不相信的命运。

"女人把上尉看得同神话中的王子，女人近来的生活，使我把过去一时所担心的都忘掉了。至于那个没有同老友商量就作了这件冒险事情的上尉呢？不必他来信说到，我也相信，在他的生活里，所得到的体贴与柔情，应当比作驸马还幸福一点。因为照我想来，一个年纪十九岁的公主，在爱情上，在身体上，所能给男子的幸福，会比那个三十五岁的女人更好更多点，这理由我还找寻不出的。"

可是这个神话里的王子，在武汉地方，一个夜里，却忽然被人把眼睛用药揉坏了。这意外不幸事件的来源，从别的方面探听是毫无结果的。有些人以为由于妒嫉，有些人又以为由于另一种切齿。女人则听到这消息后晕去过几次。把那个不幸者抬到天主堂医院以后，请了好几个专家来诊治，皆因为所中的毒极猛，瞳仁完全已失了它的能力。得到这消息，最先赶到武汉去的，便是那个上校。上校见到他的朋友，躺在床上，毫无痛苦，但已经完全无从认识在他身边的人。女人则坐到一旁，连日为忧愁与疲倦所累，显得清瘦了许多。那时正当八点左右，本地的报纸送到医院来了，因为那几天 ×× 正发生事情，长沙更见得危迫，故我看了报纸，就把报纸摊开看了一下。要闻栏里无什么大事足堪注意，在社会新闻栏内，却见到一条记载，正是年青上尉所受的无妄之灾一线可以追索的光明，报纸载"九江捉得了一个行使毒药的人，只须用少许自行秘密制的药末，就可以使人双眼失明。说者谓从此或可追究出本市所传闻之某上尉被人暗算失明案。"上校见到了这条新闻，欢喜得踊跃不已，赶忙告给失明的年青朋友。可是不知为什么，女人正坐在一旁调理到冷罨纱布，忽然把磁盘掉到地下，脸色全变了。不过在这报纸消息前，谁都十分吃惊，所以上校当时并没有觉得她神色的惨怛不宁处，另外还潜伏了别的惊讶。

武汉眼科医生，向女人宣布了这年青上尉，两只眼睛除了向施术者寻觅解药，已无可希望恢复原来的状态。女人却安慰到她的朋友，只告他这里医生已感到束手，上海还应当有较好医生，可以希望有方法能够复元。两人于是过上海去了。

整整的诊治了半年，结果就只是花了很多的钱还是得不到小小结果。两夫妇把上海眼科医生全问过了，皆不能在手术上有何效果。至于谋害者一方面的线索，时间一久自然更模糊了。两人听到大连有一个医生极好，又跑到大连住了两个月，还是毫无办法。

那双眼睛看来已绝对不能重见天日，两人决计回家了。他们从大连回到上海，转到武汉。又见到了那个老友，那个上校。那时节，上校已升任了少将一年零三个月。

三

上面那个故事，少将把它说完时，便接着问我："你想想，这是不是一个离奇的事情？尤其是那女人，……"我说："为什么眼睛会为一点药粉弄坏？为什么药粉会揉到这多力如虎的青年人眼睛中去？为什么近世医学对那点药物的来源同性质，也不能发现它的秘密？"

"这谁明白？但照我最近听到一个广西军官说的话看来，瑶人用草木制成的毒药，它的力量是可惊的，一点点可以死人，一点点也可以失明。这朋友所受的毒，我疑心就是那方面得来的东西。因为汉口方面，直到这时还可以买到那古怪的野蛮的宝物。至于为什么被人暗算，你试想想，你不妨从较近的几个人去……"我实在就想不出什么人来。因为这上尉我并不熟习，也不大明白他的生活。

少将在我耳边轻轻的说："你为什么不疑心那个女人，因为爱她的男子，因为自己的渐渐老去，恐怕又复被弃，作出这件事情？"

我望到那少将许久说话不出，我这朋友的猜想，使我说话滞住了。"怎么，你以为会……"少将大声的说："为什么不会？最初那一次，我在医院中念报纸上新闻时，我清清楚楚，看到她把手上的东西掉到地下去，神气惊惶失措。三天前在太平洋饭店见到了他们，我又无意中把我在汉口听人说'可以从某处买瑶人毒药'的话告给两夫妇时，女人脸即刻变了色，虽勉强支持到，不至于即刻晕去，我却看得出'毒药'这两个字同她如何有关系了。一个有了爱的人，什么都作得出，至于这个女人，她作这件事，是更合理而近情的！"

我不能对我朋友的话加上什么抗议，因为一个军人照例不会说谎，而这个军人却更不至于说谎的。我虽然始终不大相信这件事情，就因为我只见到这个妇人一面。可是为什么这妇人给我的印象，总是那么新鲜，那么有力，一年来还不消灭？也许我所见到的妇人，都只象一只蚱蜢，一粒甲虫，生来小小的，伶便的，无思无虑的。大多数把气派较大，生活较宽，性格较强，都看成一种罪恶。到了春天或秋天，都能按照时季换上它们颜色不同的衣服，都会快乐而自足的在阳光下过它们的日子，都知道选择有利于己有媚于己的雄性交尾；但这些女子，不是极平庸，就是极下贱，没有什么灵魂，也没有什么个性。我看到的蚱蜢同甲虫，数量可太多了一点，应当向什么方向走去，才可以遇到一种稍稍特别点的东西，使回忆可以润泽光辉到这生命所必经的过去呢？

那个妇人如一个光华炫目的流星，本体已向不可知的一个方向流去毁灭多日了，在我眼前只那一瞥，保留到我的印象上，就似乎比许多女人活到世界上还更真实一点。

一九三二年春暮作

厨　子

一

某一年暑假以后，有许多大学教授，怀了冒险的感情，向位置在长江中部一个大学校集中，到地以后，大家才明白那地方街道的肮脏，人心的诡诈，军队的多而邋遢，饮食居处的麻烦，全超乎这些有学问的先生们原来的想象以上。

在我同事中我认识大学校理学院一个高教授，一个从嘴唇，或从眼睛，额头，任何一部分，一望而知平时是性情很正直很厚道的人。可是这人到学校时，对于学生的功课可十分认真，回到家中，则对于厨子的菜饭也十分认真。这种天生的不能于这两件事上协妥的性情，使他到 ×× 以后，在学校，则懒惰一点的学生，自然而然对他怀了小小反感，照到各处大学校所流行的风气，由其中一个最懒惰的学生领头，用表面看来十分公正的理由，只想把这个人打发走路。回到家中，因为那种认真讲究处，雇来的厨子，又只想自己走路。本来做主人的，就应当知道，每一个厨子在做厨子以前，已经就明白这事情是必得收取什一之利的。遇到主人大方一点时，他们还可以多得一些。遇到他们自己聪明一点时，即或在很严厉的主人手下做事，也仍然可以手续做得极其干净巧妙，把厨房中米、煤、猪油以及别的什么，搬回自己家里去。一个最好的厨子，能够作出很可口的菜蔬，同时也一定是一个很会揩油的人。这些情形可不能得到高教授的原谅，这种习惯同他的科学家求真态度相反。因此在半年中这人家一共换了三回厨子，到后来把第三个厨子打发走路以后，就不得不自己上市场，要新太太陪房的小丫头烧火，要高太太掌锅炒菜了。可是这么办理自然不能维持下去，高太太原同许多做新式太太的一样，装扮起来安置在客厅中，比安置到厨房中似乎相称一点。虽最初几天，对于炊事仿佛极有兴味，过不久，终于明白那不是一回事了。后来高教授到处托熟人打听，找一个不是本地生长的厨子，条件只是"人要十分爽直，即或这人是一个军队中的火夫，单会烧火洗菜也行"。大约一个礼拜左右，于是就有一个样子规规矩矩的年青人，随了同事某教授家的老厨子拿了同事某教授的信件，来到公馆听候使唤了。

新来的人似乎稍微笨了一点，一望而知不是本地的人，照到介绍信上所说，这人却才随从一个军官来此不久，军官改进学校念书，这人又不敢跟别一军官作事，所以愿意来作大司务。介绍信上还那么写着："人没有什么习气，若不嫌他太笨，不妨试用几天看看。"

来的第一天，因为某教授家老厨子的指点，做了一顿中饭，把各样事还办得有条有理。吃饭时，这新来的厨子，一面侍候到桌旁，一面就答复主人夫妇一切的询问，言语清清楚楚，两夫妇都十分满意。他们问他住到什么地方，说并没有固定住处，因此就要他晚上住在厨房隔壁小间里。饭后这厨子就说，应当回去取一点东西，办一下事情，准四点以前回来，请求主人允许。这自然没有什么问题。到后这厨子因为记起上市场来回路倒很方便，且把晚饭菜钱也带走了。

下午在学校我见到了高教授，他就邀我到他家来吃晚饭。

且告给我他已经雇了一个新的厨子，从军队中来的，看样子一定还会作红闷狗肉。照规矩说来，他每换一回厨子时，总先要我去吃一顿饭，我没有什么理由可以拒绝朋友这样一种善意的邀请，于是就答应了。

可是不知出了什么岔子，这大司务到了应当吃晚饭的时候还不见回来，两夫妇因为请了一个客人在家里，不怎么好意思，因为他们谈到这大司务是初来××不久的，且在军队里住过，我就为他们找寻各样理由来解释，这厨子既来到这里不久，也许走错了路，找不到方向，也许痴头痴脑看街上的匾对，被军马踹伤了。也许到菜市同人打架，打伤了人或被人打伤，宪兵来捉到衙门去了。我们一面谈话一面望到窗外，可不行，窗外天气慢慢地夜下来了。两夫妇都十分不高兴，很觉得抱歉，亲自下厨房去为我煮了些面吃，到后又拿了些点心出来，一面吃一面谈到一些请客的故事，一面等候那个大司务。一直到上灯以后，听到门铃子铛铛的响了一阵，有人自己开栅门横闩的声音，又听到关门，到后却听到有人走进厨房去了。

高教授就在屋里生着气大声问着：

"道清，是你吗？"

小丫头也忙着走出来看是谁。

怎么不是他！这人听到主人喊他，并不作声，一会儿，就同一尾鱼那么溜进房中来了。一眼望去，原来是一个从头到脚都是乡下人的傻小子。这人知道情形不怎么好，似乎有点恐惧，怯怯的站到门边，怯怯的问："老爷，吃了吗？"

教授板起脸不作声，我猜他意思似乎在说，"吃了锅铲，"不消说他生气了。

太太因为看到先生不高兴，还记到有客，就装着严肃的样子说："道清，你买一天的菜，到什么地方去了？"

"我因为走到……"他在预备说谎吧，因为先生的神气不大好看，可不能说下去了。

教授说："道清，你一来我就告你，到我这里做事，第一是不许说谎。你第一天就这种样子，让我们饿了一顿。我等你的菜请客！什么鬼把你留住这样久？你若还打量在我这里做事，全为我说出来。"

这厨子十分受窘，嚅嚅嗫嗫，不知所措。因为听到有客，就望了我一眼，似乎要我说一句话。我心里正想：我今天一句话也不说，看看这三个人怎么办。

教授太太说："鱼买来了吗？"

"买来了。"

"我以为你同人吵架抓到衙门去了，"教授太太说着，显然想把空气缓和下来。可是望到先生神气，知道先生脾气，厨子不说实话，明天就又得打发走路，所以赶忙接着又说："道清，这一天你到什么地方去了？全告给先生，不能隐瞒。"

教授说："想到这里做事，就不能说谎。"

稍稍过了一会，沉静了一会，于是这厨子一面向门边退去，俨然预备逃走的样子，一面说着下面的事情，教授太太不欢喜听这些案子，走进卧房去了。

二

下午一点钟，上东门边街上一家小小屋子里，有个男子（有乡下人的像貌），坐到一张短腿结实的木椅子上，昂起那颗头颅，吸了很久的美丽牌香烟，唱了一会革命歌，吹了一会哨子。他在很有耐心的等候一个女人，女人名字叫做二圆。

二圆是一个大脚大手脸子宽宽的年纪十九岁的女人。象她那种样子，许多人都知道是津市的特产。凡明白这个地方妇人的，就相信这些妇人每一夜陪到一个陌生男子做什么丑事情，一颗心仍然永远不会变坏。一切折磨也不能使这个粗制家伙损毁什么，她的身体原是仿照到一种畜生造成的。一株下贱的树，象杨柳那种东西，丢到什么地方就在什么地方生枝发叶，能从一切肥沃的土壤里吸取养料，这个 ×× 的婊子，就从她的营业上得到养料。这女人全身壮实如母马，精力弥满如公猪，平常时节不知道忧愁，放荡时节就不知道羞耻。

这女人如一般 ×× 地方边街接客的妇人，说话时爱把头略略向右边一偏，照习气把髻子团成一个大饼，懒懒的贴到后颈窝，眉毛用人工扯得细长成一条线，一双短短的肥手上戴四颗镀金戒指，穿的常是印花洋布衣服，照流行风气大袖口低领，衣襟上长悬挂一串牙签挖耳，裤头上长悬挂一把钥匙和到一串白铜制钱。会唱三五十个曲子，客来时就选出所爱听的曲子随意唱着。凡是流行的军歌，革命歌，党歌，无一不能上口。从那个元气十足的喉咙里，唱出什么时，字音不含糊处，常常得到许多在行的人称赞。按照 ×× 地方规矩，从军界中接来熟客，每一个整夜，连同宵夜酒面杂项，两块钱就可以全体打发了事。从这个数目上，二圆则可以得到五毛钱。有时遇到横蛮人物，走来房里一坐，大模大样的吃烟剥瓜子，以后还一定得把所要作的事完全作过，到后开了门拔脚跑了，光着身子睡在床上的二圆，震于威势，抱了委屈，就拥了被头大声哭着，用手按到胸脯上，让那双刚才不久还无耻的放光的眼睛，流泻无量屈辱的眼泪。一直等到坐在床边的老娘，从那张干瘪的口中，把所有用为诅咒男子的话语同一切安慰的话说尽，二圆就心里想想，"当真是被狗咬了一口，"于是才披了衣爬起床来，光着下身坐到那床边白木马桶上面去。每逢一个宽大胸膛压到她胸膛上时，她照例是快乐的，可是为什么这件事也有流泪的时候？没有什么道理，一切都成为习惯，已经不知有多久，做这件事都得花钱才行：若是霸蛮不讲规矩，她们如何吃饭？如何送房租？如何缴警捐？

关于警察捐，她们敢欠账么？谁都知道，这不是账，这是不能说情的。

二圆也有亲戚朋友，常常互相来往，发生什么事情时，便按照轻重情分送礼帮会。这时还不回来，就因为到一个亲属家贺喜去了。

年青男子等候了很久，还不见到二圆回来，望到坐在屋角较暗处的妇人，正想说话。这是一个干瘪皱缩了的老妇人，一身很小，似乎再缩小下去就会消灭的样子。这时正因为口里含了一小粒冰糖，闭着双目，坐在一个用大木桶改造而成的靠椅上，如一只垂死的母狗，半天来丝毫不动。远处正听到什么人家还愿，吹角打鼓，声音十分动人。那妇人似乎忽然想到派出去喊叫二圆的五桂丫头，一定留到人家做法事的场坪里观看热闹，把一切正经事都忘掉了，就睁开了那双小小枯槁的眼睛，从天窗上望望天气，又偷偷的瞅了一下那个年青的客人。她原来还是活的，她那神气，是虽为上天所弃却不自弃的下流神气。

"大爷，"那妇人声音象从大瓮中响着的一种回声，"我告诉你我要的那个东西，怎么总得不到。"

"你要什么？"

妇人把手掏出了口中的冰糖狡猾的噫着气。"你装不明白，你装忘记。"

那男子说："我也告过你，若果你要的是胆，二圆要的是心，就叫二圆用刀杀了我，一切都在这里！你可以从我胸膛里掏那个胆，二圆可以从我胸膛掏那颗心，我告诉你作的事，为什么不勒迫到二圆下我的手？"

妇人说："我听人说你们杀人可以取胆，多少大爷都说过！你就不高兴做这件好事，这些小事情就麻烦了你。你不知道老年人心疼时多难受。天下人都明白治心疼的好药是什么；他们有钱人家用熊胆，轮到我们，自然只有就方便用点人胆。河码头不是成天杀人吗？你同那些相熟的副爷打打商量，为我花两百钱，请他们喝一碗酒，在死人身上，取一个胆算什么事。"

"你听谁说这是药？"

"要说出姓名吗？这又不是招供。我不是小孩子，我已活了七十七岁。就是小孩子，你回头问五桂，她就知道这是一种药！"

那男子笑了，觉得要变一个方法说得别的事情才行了，"老娘，我可是只知二圆是一种好药！伤风，头痛，同她在一块，出一点汗，一会儿就会好的！"

"哼，你们害病就不必二圆也会好的！"

"你是不是说长官的皮靴同马鞭，照例就可以使我们出汗？"

"你那么说，我倒不大相信咧。"

"可是我现在改行了。"

"怎么，你不是在杨营副那里吗？"

"他进了高级军官班读书，我做了在大学堂教书先生的厨子。"

"为什么你去做厨子，不到营上求差事。"

男子不作声，因为他没有话可答应，一会儿妇人又说，"你营副是个标致人，将来可以升师长！"

"你说了三次。"

"我说一百次也不是罪过。"

"你是不是又要我为你传话，说是住在边街上一妇人，有点儿小名，也夸奖称赞过他很美。是不是？"

"我赌你这样去说罢。你就说：住在河街刘五娘，向人称扬他，夸奖他，也不是辱没他什么的一件事！"

"谁说你辱没他？谁不知道刘五娘的名字？谁不会……"妇人听着，在枯瘦如拳头大小的脸下，小小的鼻子掀动不已。男子望到这样子十分好笑，就接着说："我告他，还一定可以得一笔奖赏罢。"

妇人这时正把那粒冰糖塞进口里，又忙着挖出来。"当然的，他会奖赏你！"

"他会赏我一顿马鞭。"

"这更是你合用的。我就听到一个大爷说过，当下人的不常常挨一顿打，心里就一定不习惯。"

两人都笑了，因此男子就在这种很亲切的戏谑中，喊了一声"老婊子"。妇人象从这种称呼上触动了些心事，自己也反复说"老婊子"好几次。过后，自言自语的神气说："老婊子五十年前，在大堤上时，你去问问住在药王宫里面那个更夫，他会告你老婊子不老时，如何过的日子！"

男子就说:"从前让别人骑,如今看别人骑罢了。"

"可是谁个女子不做这些事?运气好做太太,运气不好就是婊子,有什么奇怪?你莫说近来住到三分里的都督总统了不起,我也做过状元来的!"

"我不相信你那种无凭无据瞎凑。"

"要凭据吗?又不是欠债打官司。我将告你几十年前的白日同晚上,目前天上的日头和月亮帮我做见证,那些官员,那些老板,骑了大黑马到我的住处,如何跳下马来,把马系在门前杨柳树下,走进我房里来问安!如何外面的马嘶着闹着,屋里双台重台的酒摆来摆去。到后水师营标统来了,在我底袖上题诗,用官太太的轿子,接我到黄鹤楼上去赏月,……""老娘,真看不出这样风头过来。"

"你不相信,是不是?我先要好好的赌一个大咒,再告你那些阔老对我要好的事情。我记不了许多,仍然还记到那个候补道从自己腰上解下那条绣花腰带围到我身上,为我燃蜡烛的事。我赌咒我不忘记一个字。"

男子因为看到这妇人发着喘,好象有一千句话同时争到要从那一张枯瘪的口中出来,就说:"我信你了!我信你了!"

希望老娘莫因为自己的话噎死。

"我要你明白,我要你明白,"说时这老妇人就勉强的站了起来,想走到里间二圆平时陪客烧烟睡觉的房间里去,一站起身时,就绊着一张小小垫脚凳,身向左右摇摆了许久,男子心想说:"老娘你不要摔死,送终也没有一个人。"可是这时从那妇人干缩了的脸嘴上，却看出一点笑容，因这笑容也年青了。男子这时正把手中残烟向地上一抛，妇人望到了，忙走过去用脚乱踩乱踹，踹了几下，便转到里间取证据去了。

过了一会，只听到里边妇人咯咯的痰嗽声音，好象找了半天，还找不出什么东西。男子在外边很难受的说道："都督，将军，司令官，算了罢。鬼要知道你的履历！我问你的话，你来呀！我问你，我应当在这里等到什么时候？你家小婊子过了江还是过了湖？我不是水师营统领，我不能侍候她象侍候钦差！"

老妇人还在喘着，象不曾听到这些话，忽然发现了金矿似颤的，一面咯咯咳着，一面颠声喊叫："呀，呀，老婊子要你知道这个东西！"

原来她把那条绣花腰带找到了，正从一堆旧东西里拉那条腰带的一头，想把它拉出来，却已没有力气。

那时门外腰门铃子响了，男子站起身子来走到门鳞看了一下，见是五桂伴同二圆回来了，就跑去开门。女人刚一进门，就为男人抱着了，因为望到女人的头发乱乱的，就说："二圆婊子，你大白天陪谁睡觉，头发乱到这样子？"

二圆说："陪谁睡觉……砍头的！说前天来又不来，害娘杀了鸡，生了半天气！"

"我不是说不能来吗？"这时已到房里了，"来，老娘，要五桂拿壶去茂昌打酒来，买一点花生，快一点！"

"五桂，五桂，"二圆忙走到门边去，看五桂还在不在门外，可是五桂把事做完，屋中用不着她，早已跑到街头看迎会去了。二圆回头来，"丫头象鬼迷了她，生起翅膀飞，看巫师捉鬼去了！"

"五桂手心该每天打五十，"男子把二圆拉着，粗率的，不甚得体的，嗅着二圆的发鬓，轻轻的说："还有一个人的嘴唇该每天亲五十。"

两人站在房门边很响的亲了一个嘴，那个老妇人半秃的头，从里间肮脏帘子角上现出来了。"二圆，乖女儿你来，帮到我一手，抬抬……"二圆不知作什么事，故走进里房去，男子也就跟着进去，却站到帘帷边眺望。

因为那条腰带还压在许多东西下面，总拖不出来，故要二圆帮她一下忙。二圆进去时，妇人带点抱怨神气说："怎么等了你半天，你过什么地方去了呢？打牌输了，是不是？你为我取这个送大爷看看，他要看的。"正因为自己本来今天不打量出门，被老娘催到去，过去以后到那边玩得正好，又被五桂叫回来，没甚好气，如今却见到要取这条旧腰带，弄得箱箧很乱，二圆有点冒火了。

二圆说："老娘你做什么胡涂事，把一房都弄乱了！"

"我取这个！"

"你取这东西有什么用处？回头你又要我来清理！"

"为什么我不能把它取出来？我同大爷说到我年青的故事，说了半天，我让他看看这样东西，要他明白我过去的那些事情。"

"老娘，你真是……得了够了，谁都不要明白你过去的那些事情！除了你自己一个人记着，在白日里闭了眼睛来温习，谁都不要。"

妇人好象要说，"二圆，我不同你吵架，"因为怕这话不得体，就只道："你为我做好事，取一取，莫管谁要谁不要。"

二圆很厌烦的样子走到床边去，从一些杂乱的物件里，拉取那一条腰带，拉了一阵也取不出来。男子看到好笑，就走来帮着作这件事，站到二圆身后，把手从女人胁下伸过去，只轻轻一拖，就拖出来了，因为女人先是用着力的，这一来，二圆就跌到男子身上了。老娘看到好笑，却明白这是二圆故意做成的计策，就不过去扶二圆，只在旁边背过了脸去，好让年青人亲嘴。

男子捏到这条脏而且旧已经失去了原来形色的丝质腰带，放到鼻子边闻了一下，"老娘，宝物。"

二圆也凑趣似的说："真是宝贝咧。"

妇人大致因为这种趣话受了点屈辱，如一般有可纪念东西的人把东西给人看时，被人奚落以后同一神情，就抢了那条长长的带子，围到自己身上，现出年轻十岁的模样。"这东西再坏一点，它还是帮我保留到一段新鲜记忆。如今我是老货了，我是旧货了，让你们去说罢。一个老年人，自然从年青人的口里讨不到什么好处，可是这条带子比你们待我好多了！它在这里，它就给我一种自信，使我相信我也象你一样生龙活虎到这个世界上过了一些日子。不止这点点，它有时还告我留下这条带子的人，比你们还更活得尊贵体面！"

妇人显然是在同年青人赌气，二圆懂到她的意思，当到客面前不好生气，便不发作，只是一味好笑。笑够了，就说："老娘，你说这话有什么用处？谁敢轻视你？"

那男子也说："老娘莫多心，去打一点酒来罢，你可以多喝一杯。"

"我不希罕你的酒。我老了，酒不是灌到我们这种老年人嘴里的药了。"

"你可以买点糖，买点红枣，买点别的什么吧！圣母娘娘的供桌前，不是也得放有这两样东西吗？"这时男子从汗衣里掏出一块钱，热热的放到妇人手心里，并且把妇人的手掌合拢去，要她捏着那洋钱。"老娘，就去罢，回来时我听你说腰带的故事，我将来还得把这故事告给那个营副，营副还会告给师长！"

二圆说，"娘，你生我的气了。"因为二圆声音很和平，好象在道歉，又好象在逗哄一个小孩子，妇人心软了，气平了，同时一个圆形的东西挤在手心，使她记起了她的地位，她的身分了，就仍然恢改了老鸨的神气，谄媚的向男子望着，好象也在引疚自责的样子。到后却说："买酒吗，什么酒？"

二圆于是把酒壶递给了妇人，走到了门前，又才记起身上所缠的那条腰带不大合式，赶忙解下来，抛到二圆手上，要说什么话，又不说出，忽然对男子做了一个无耻的放荡的姿势，才颤摇摇的出去了。

妇人走后，二圆把那腰带向自己身上一围，又即刻解除了，就在手腕上打成一个大结子，向空中抛着，笑着说："这宝贝，老娘总舍不得丢掉，我猜想什么时候我跟人走了时，她会用这个悬梁吊颈罢。"

"她什么时候一定会呛死，来不及做这种费力的事！"

"你不应当又让她喝酒！"

"她不是说不喝酒了吗？"

"她是这样说罢？她并不同你赌得有咒。你不要看她那样子，以为自己当真服老了！她尽是说梦到水师营统领骑白马黑马来拜访她。前一阵，还同一个后山营房看马的伙子，做了比喝酒还坏的事情。我只说了她一句话，就同我嚷，说又并不占我的一份。"

"真是一个老鬼！"

"你骂她，说不定她会在酒里下毒药毒死你！"

二圆一面同男子说着这些粗野的笑话，一面尽把那腰带团儿向空中抛去，一下不小心，这东西为梁上一个钩子挂着了，这女人就放肆的笑着，靠到男子怀里去。因此一双那么粗糙的，似乎当时天上的皇帝造就这个人时十分草率而成的臂膀，同一张卤莽的嘴唇，使二圆宽宽的脸子同结实的腰肢，都受了压迫。

"二圆，我的亲娘，不见你时多使人难受！"

"你的亲娘在即墨县推磨！"

"你是个妖怪，使我离你不开！"

"我做了妖怪，我得变男子到南京做官去，南京不是有多少官无人做吗？"

"你听谁说的？"

"人人都是这样说，报上什么官又不负责了，什么人又害病不能负责了，我想，我若是男子，我就去负责！"

"你妈妈的鬼，有这样好机会？"

二圆就咬着自己的下唇点着头。

这时男子记起听到妇人为他说到的关于二圆的故事，正想问二圆平生遇到不讲规矩的男子，一共有多少回，妇人回来了。

妇人把酒买来后，本来剩下的钱应当找角票，一定是因为别有用心，觉得换铜子合算一点，便勒迫到铺中人找铜子。

回来时把一封双铜子放到男子手上去，"大爷，我不认识票子真假，所以找回来是现钱。"

"老娘，你拿回那么多钱，是不是存心把我压死？"

二圆可懂到老娘的心思了，就说："娘，你真是……快拿回去换换罢。"

男子说："谁要为这点小事派老娘走路呢？老娘，不要去换，把钱收下罢。"

妇人在二圆面前无以自解，"我换去，我换去，"拿了一封铜子，就想往外走去。

可是男子认为这事情太麻烦了老娘，就说："老娘，你不收这个钱，等一会五桂毛丫头回来时，我就把给她买边炮放了。"

妇人到这时，望到二圆，二圆不敢说什么，抿了嘴巴回过去笑着，因为记起梁上那条腰带了，走出取叉子去了。妇人心想，你疑心我要这个钱，我可以当到日头赌咒。

他们喝酒时，男子便装成很有耐心很有兴致的样子，听妇人说那条绣花腰带的故事，说到后来五桂回家了，男子要她到裁缝铺去看看钟，到了什么时候。五桂一会儿就转身了，忙忙匆匆的，象被谁追赶似的，期期艾艾的说："裁缝铺出了命案，妇人吞烟死了，万千人围到大门前看热闹，裁缝四处向人作揖，又拿熨斗打人！"

妇人似乎不甚相信这件事，匆匆遽遽的站起身来，同五桂看热闹去了。二圆就低低的带点忧愁神气说："这个月弄子里死了四个妇人，全不是一块钱以上的事情。"

男子说："见你妈的鬼，你们这街上的人，生活永远是猪狗的生活，脾气永远是大王的脾气。"

女人唱着《叹烟花》的曲子，唱了三句低下头去，想起什么又咕咕的笑着，可是到后来，不知不觉眼睛就湿了。

三

厨子把供状全部都招出了，话说到后来，不能再说了，就低下头去在大腿上搓着自己的左手，不知主人怎么样发落他。

我们应当不要忘记那个对于下人行为不含糊的高教授。

他听到这小子自己还在用大爷名义，到那些下等土娼处鬼混，先是十分生气的，可是听到后来，我看到他不知不觉就严肃起来了。这时听到厨子不作声了，便勉强向我笑着，又勉强装成还在生气的样子问那厨子："那么，你就把买菜烧饭的事完全忘记了，是不是？"

那厨子忙说："先生，老爷，我没有忘记。可是我得哄她莫哭才好走开！"

"就哄了半天！"

本来似乎想说明哄一个女人种种困难的理由，这时教授太太听到先生已经大声说话，以为问案业已完事了，所以从内房正走出来，因此一来这厨子不敢说野话了。等一会儿，望了太太一下，望了我一下，才怯怯的说："先生，菜买来了，两个鲫鱼还是活的，今晚上要不要用？"

教授先生望到年轻太太，很古怪的笑了一下，轻轻的叹着，便吩咐厨子："好，你去休息，我们什么也不要吃了。"

我看看，非轮到我作主人不行了，因此就勒迫到这两夫妇，到前街一个小馆子里去吃了一顿。高太太看到我同他先生都不什么快乐，就问我刚才厨子说了些什么话。我对于这句质问不作答复，却向他们夫妇提议，不要赶走这个厨子。教授望到我惨然一笑，我就重复说明我的意见，"你应当留他，因为他是一个不说谎的人，至于我，我同你说我对于这个大司务，是感到完全满意的！"

一九三一年年末作

静

春天日子是长极了的。长长的白日，一个小城中，老年人不向太阳取暖就是打瞌睡，少年人无事作时皆在晒楼或空坪里放风筝。天上白白的日头慢慢的移着，云影慢慢的移着，什么人家的风筝脱线了，各处便都有人仰了头望到天空，小孩子都大声乱嚷，手脚齐动，盼望到这无主风筝，落在自己家中的天井里。

女孩子岳珉年纪约十四岁左右，有一张营养不良的小小白脸，穿着新上身不久长可齐膝的蓝布袍子，正在后楼屋顶晒台上，望到一个从城里不知谁处飘来的脱线风筝，在头上高空里斜斜的溜过去，眼看到那线脚曳在屋瓦上，隔壁人家晒台上，有一个胖胖的妇人，正在用晾衣竹竿乱捞。身后楼梯有小小声音，一个男小孩子，手脚齐用的爬着楼梯，不一会，小小的头颅就在楼口边出现了。小孩子怯怯的，贼一样的，转动两个活泼的眼睛，不即上来，轻轻的喊女孩子。

"小姨，小姨，婆婆睡了，我上来一会儿好不好？"

女孩子听到声音，忙回过头去。望到小孩子就轻轻的骂着，

“北生，你该打，怎么又上来？等会儿你姆妈就回来了，不怕骂吗？”

“玩一会儿。你莫声，婆婆睡了！”小孩重复的说着，神气十分柔和。

女孩子皱着眉吓了他一下，便走过去，把小孩援上晒楼了。

这晒楼原如这小城里所有平常晒楼一样，是用一些木枋，疏疏的排列到一个木架上，且多数是上了点年纪的。上了晒楼，两人倚在朽烂发霉摇摇欲堕的栏干旁，数天上的大小风筝。晒楼下面是斜斜的屋顶，屋瓦疏疏落落，有些地方经过几天春雨，都长了绿色霉苔。屋顶接连屋顶，晒楼左右全是别人家的晒楼。有晒衣服被单的，把竹竿撑得高高的，在微风中飘飘如旗帜。晒楼前面是石头城墙，可以望到城墙上石罅里植根新发芽的葡萄藤。晒楼后面是一道小河，河水又清又软，很温柔的流着。河对面有一个大坪，绿得同一块大毡茵一样，上面还绣得有各样颜色的花朵。大坪尽头远处，可以看到好些菜园同一个小庙。菜园篱笆旁的桃花，同庵堂里几株桃花，正开得十分热闹。

日头十分温暖，景象极其沉静，两个人一句话不说，望了一会天上，又望了一会河水。河水不象早晚那么绿，有些地方似乎是蓝色，有些地方又为日光照成一片银色。对岸那块大坪，有几处种得有油菜，菜花黄澄澄的如金子。另外草地上，有从城里染坊中人晒得许多白布，长长的卧着，用大石块压着两端。坪里也有三个人坐在大石头上放风筝，其中一个小孩，吹一个芦管唢呐吹各样送亲嫁女的调子。另外还有三匹白马，两匹黄马，没有人照料，在那里吃草，从从容容，一面低头吃草一面散步。

小孩北生望到有两匹马跑了，就狂喜的喊着："小姨，小姨，你看！"小姨望了他一眼，用手指指楼下，这小孩子懂事，恐怕下面知道，赶忙把自己手掌掩到自己的嘴唇，望望小姨，摇了一摇那颗小小的头颅，意思象在说："莫说，莫说。"

两个人望到马，望到青草，望到一切，小孩子快乐得如痴，女孩子似乎想到很远的一些别的东西。

他们是逃难来的，这地方并不是家乡，也不是所要到的地方。母亲，大嫂，姐姐，姐姐的儿子北生，小丫头翠云一群人中，就只五岁大的北生是男子。胡胡涂涂坐了十四天小小篷船，船到了这里以后，应当换轮船了，一打听各处，才知道××城还在被围，过上海或过南京的船车全已不能开行。

到此地以后，证明了从上面听来的消息不确实。既然不能通过，回去也不是很容易的，因此照妈妈的主张，就找寻了这样一间屋子权且居住下来，打发随来的兵士过宜昌，去信给北京同上海，等候各方面的回信。在此住下后，妈妈同嫂嫂只盼望宜昌有人来，姐姐只盼望北京的信，女孩岳珉便想到上海一切。她只希望上海先有信来，因此才好读书。若过宜昌同爸爸住，爸爸是一个军部的军事代表。哥哥也是个军官，不如过上海同教书的二哥同住。可是××一个月了还打不下。谁敢说定，什么时候才能通行？几个人住此已经有四十天了，每天总是要小丫头翠云作伴，跑到城门口那家本地报馆门前去看报，看了报后又赶回来，将一切报上消息，告给母亲同姐姐。几人就从这些消息上，找出可安慰的理由来，或者互相谈到晚上各人所作的好梦，从各样梦里，卜取一切不可期待的佳兆。母亲原是一个多病的人，到此一月来各处还无回信，路费剩下来的已有限得很，身体原来就很坏，加之路上又十分辛苦，自然就更坏了。女孩岳珉常常就想到："再有半个月不行，我就进党务学校去也好吧。"那时党务学校，十四岁的女孩子的确是很多的。一个上校的女儿有什么不合式？一进去不必花一个钱，六个月毕业后，派到各处去服务，还有五十块钱的月薪。这些事情，自然也是这个女孩子，从报纸上看来，保留到心里的。

正想到党务学校的章程，同自己未来的运数，小孩北生耳朵很聪锐，因恐怕外婆醒后知道了自己私自上楼的事，又说会掉到水沟里折断小手，已听到了楼下外婆咳嗽，就牵小姨的衣角，轻声的说："小姨，你让我下去，大婆醒了！"原来这小孩子一个人爬上楼梯以后，下楼时就不知道怎么办了的。

女孩岳珉把小孩子送下楼以后，看到小丫头翠云正在天井洗衣，也就蹲到盆边去搓了两下，觉得没什么趣味，就说："翠云，我为你楼上去晒衣罢。"拿了些扭干了水的湿衣，又上了晒楼。一会儿，把衣就晾好了。

这河中因为去桥较远，为了方便，还有一只渡船，这渡船宽宽的如一条板凳，懒懒的搁在滩上。可是路不当冲，这只渡船除了染坊中人晒布，同一些工人过河挑黄土，用得着它以外，常常半天就不见一个人过渡。守渡船的人，这时正躺在大坪中大石块上睡觉。那船在太阳下，灰白憔悴，也如十分无聊十分倦怠的样子，浮在水面上，慢慢的在微风里滑动。

"为什么这样清静？"女孩岳珉心里想着。这时节，对河远处却正有制船工人，用钉锤敲打船舷，发出砰砰庞庞的声音。还有卖针线飘乡的人，在对河小村镇上，摇动小鼓的声音。声音不断的在空气中荡漾，正因为这些声音，却反而使人觉得更加分外寂静。

过一会，从里边有桃花树的小庵堂里，出来了一个小尼姑，戴黑色僧帽，穿灰色僧衣，手上提了一个篮子，扬长的越过大坪向河边走来。这小尼姑走到河边，便停在渡船上面一点，蹲在一块石头上，慢慢的卷起衣袖，各处望了一会，又望了一阵天上的风筝，才从容不迫的，从提篮里取出一大束青菜，一一的拿到面前，在流水里乱摇乱摆。因此一来，河水便发亮的滑动不止。又过一会，从城边岸上来了一个乡下妇人，在这边岸上，喊叫过渡，渡船夫上船抽了好一会篙子，才把船撑过河，把妇人渡过对岸，不知为什么事情，这船夫象吵架似的，大声的说了一些话，那妇人一句话不说就走去了。跟着不久，又有三个挑空箩筐的男子，从近城这边岸上唤渡，船夫照样缓缓的撑着竹篙，这一次那三个乡下人，为了一件事，互相在船上吵着，划船的可一句话不说，一摆到了岸，就把篙子钉在沙里。不久那六只箩筐，就排成一线，消失到大坪尽头去了。

洗菜的小尼姑那时也把菜洗好了，正在用一段木杵，捣一块布或是件衣裳，捣了几下，又把它放在水中去拖摆几下，于

174

是再提起来用力捣着。木杵声音印在城墙上，回声也一下一下的响着。这尼姑到后大约也觉得这回声很有趣了，就停顿了工作，尖锐的喊叫："四林，四林，"那边也便应着"四林，四林"。再过不久，庵堂那边也有女人锐声的喊着"四林，四林"，且说些别的话语，大约是问她事情做完了没有。原来这就是小尼姑自己的名字！这小尼姑事件完了，水边也玩厌了，便提了篮子，故意从白布上面，横横的越过去，踏到那些空处，走回去了。

小尼姑走后，女孩岳珉望到河中水面上，有几片菜叶浮着，傍到渡船缓缓的动着，心里就想起刚才那小尼姑十分快乐的样子。"小尼姑这时一定在庵堂里把衣晾上竹竿了！……一定在那桃花树下为老师傅捶背！……一定一面口中念佛，一面就用手逗身旁的小猫玩……"想起许多事都觉得十分可笑，就微笑着，也学到低低的喊着"四林，四林"。

过了一会。想起这小尼姑的快乐，想起河里的水，远处的花，天上的云，以及屋里母亲的病，这女孩子，不知不觉又有点寂寞起来了。

她记起了早上喜鹊，在晒楼上叫了许久，心想每天这时候送信的都来送信，不如下去看看，是不是上海来了信。走到楼梯边，就见到小孩北生正轻脚轻手，第二回爬上最低那一级梯子。

"北生你这孩子，不要再上来了呀！"

下楼后，北生把女孩岳珉拉着，要她把头低下，耳朵俯就到他小口，细声细气的说："小姨，大婆吐那个⋯⋯。"

到房里去时，看到躺在床上的母亲，静静的如一个死人，很柔弱很安静的呼吸着，又瘦又狭的脸上，为一种疲劳忧愁所笼罩。母亲象是已醒过一会儿了，一听到有人在房中走路，就睁开了眼睛。

"珉珉你为我看看，热水瓶里的水还剩多少。"

一面为病人倒出热水调和库阿可斯，一面望到母亲日益消瘦下去的脸，同那个小小的鼻子，女孩岳珉说："妈，妈，天气好极了，晒楼上望到对河那小庵堂里桃花，今天已全开了。"

病人不说什么，微微的笑着。想到刚才咳出的血，伸出自己那只瘦瘦的手来，摸了摸自己的额头，自言自语的说着，我不发烧。说了又望到女孩温柔的微笑着。那种笑是那么动人怜悯的，使女孩岳珉低低的嘘了一口气。

"你咳嗽不好一点吗？"

"好了好了，不要紧的，人不吃亏。早上吃鱼，喉头稍稍有点火，不要紧的。"

这样问答着，女孩便想走过去，看看枕边那个小小痰盂。

病人明白那个意思了，就说："没有什么。"又说："珉珉你站到莫动，我看看，这个月你又长高了！"

女孩岳珉害羞似的笑着，"我不象竹子罢，妈妈。我担心得很，人太长高了要笑人的！"

静了一会。母亲记起什么了。

"珉珉我作了个好梦，梦到我们已经上了船，三等舱里人挤得不成样子。"

其实这梦还是病人捏造的，因为记忆力乱乱的，故第二次又来说着。

女孩岳珉望到母亲同蜡做成一样的小脸，就勉强笑着，"我昨晚当真梦到大船，还梦到三毛老表来接我们，又觉得他是福禄旅馆接客的招待，送我们每一个人一本旅行指南。今早上喜鹊叫了半天，我们算算看，今天会不会有信来。"

"今天不来明天应来了！"

"说不定自己会来！"

"报上不是说过，十三师在宜昌要调动吗？"

"爸爸莫非已动身了！"

"要来，应当先有电报来！"

两人故意这样乐观的说着，互相哄着对面那一个人，口上虽那么说着，女孩岳珉心里却那么想着："妈妈病怎么办？"

病人自己也心里想着："这样病下去真糟。"

姐姐同嫂嫂，从城北卜课回来了，两人正在天井里悄悄的说着话。女孩岳珉便站到房门边去，装成快乐的声音："姐姐，大嫂，先前有一个风筝断了线，线头搭在瓦上曳过去，隔壁那个妇人，用竹竿捞不着，打破了许多瓦，真好笑！"

姐姐说："北生你一定又同小姨上晒楼了，不小心，把脚摔断，将来成跛子！"

小孩北生正蹲到翠云身边，听姆妈说到他，不敢回答，只偷偷的望到小姨笑着。

女孩岳珉一面向北生微笑，一面便走过天井，拉了姐姐往厨房那边走去，低声的说："姐姐，看样子，妈又吐了！"

姐姐说："怎么办？北京应当来信了！"

"你们抽的签？"

姐姐一面取那签上的字条给女孩，一面向蹲在地下的北生招手，小孩走过身边来，把两只手围抱着他母亲，"娘，娘，大婆又咯咯的吐了，她收到枕头下！"

姐姐说："北生我告你，不许到婆婆房里去闹，知道么？"

小孩很懂事的说："我知道。"又说："娘娘，对河桃花全开了，你让小姨带我上晒楼玩一会儿，我不吵闹。"

姐姐装成生气的样子，"不许上去，落了多久雨，上面滑得很！"又说："到你小房里玩去，你上楼，大婆要骂小姨！"

这小孩走过小姨身边去，捏了一下小姨的手，乖乖的到他自己小卧房去了。

那时翠云丫头已经把衣搓好了，且用清水荡过了，女孩岳珉便为扭衣裳的水，一面作事一面说："翠云，我们以后到河里去洗衣，可方便多了！过渡船到对河去，一个人也不有，不怕什么罢。"翠云丫头不说什么，脸儿红红的，只是低头笑着。

病人在房里咳嗽不止，姐姐同大嫂便进去了。翠云把衣扭好了，便预备上楼。女孩岳珉在天井中看了一会日影，走到病人房门口望望。只见到大嫂正在裁纸，大姐坐在床边，想检察那小痰盂，母亲先是不允许，用手拦阻，后来大姐仍然见到了，只是摇头。可是三个人皆勉强的笑着，且故意想从别一件事上，解除一下当前的悲戚处，于是说到一个很久远的故事。到后三人又商量到写信打电报的事情。女孩岳珉不知为什么，心里尽是酸酸的，站在天井里，同谁生气似的，红了眼睛，咬着嘴唇。

过一阵，听到翠云丫头在晒楼说话："珉小姐，珉小姐，你上来，看新娘子骑马，快要过渡了！"

又过一阵，翠云丫头于是又说：

"看呀，看呀，快来看呀，一个一块瓦的大风筝跑了，快来，快来，就在头上，我们捉它！"

女孩岳珉抬起来了头，果然从天井里也可以望到一个高高的风筝，如同一个吃醉了酒的巡警神气，偏偏斜斜的滑过去，隐隐约约还看到一截白线，很长的在空中摇摆。

也不是为看风筝，也不是为看新娘子，等到翠云下晒楼以后，女孩岳珉仍然上了晒楼了。上了晒楼，仍然在栏干边傍着，眺望到一切远处近处，心里慢慢的就平静了。后来看到染坊中人在大坪里收拾布匹，把整匹白布折成豆腐干形式，一方一方摆在草上，看到尼姑庵里瓦上有烟子，各处远近人家也都有了烟子，她才离开晒楼。

下楼后，向病人房门边张望了一下，母亲同姐姐三人都在床上睡着了。再到小孩北生小房里去看看，北生不知在什么时节，也坐在地下小绒狗旁睡着了。走到厨房去，翠云丫头正在灶口边板凳上，偷偷的用无敌牌牙粉，当成水粉擦脸。

女孩岳珉似乎恐怕惊动了这丫头的神气，赶忙走过天井中心去。

这时听到隔壁有人拍门，有人互相问答说话。女孩岳珉心里很希奇的想到："谁在问谁？莫非爸爸同哥哥来了，在门前问门牌号数罢？"这样想到，心便骤然跳跃起来，忙匆匆的走到二门边去，只等候有什么人拍门拉铃子，就一定是远处来的人了。

可是，过一会儿，一切又都寂静了。

女孩岳珉便不知所谓的微微的笑着。日影斜斜的，把屋角同晒楼柱头的影子，映到天井角上，恰恰如另外一个地方，竖立在她们所等候的那个爸爸坟上一面纸制的旗帜。

（萌妹述，为纪念姐姐亡儿北生而作。）

一九三二年三月作

春

医科三年级学生樊陆士身体颀长俊美，体面得象一株小银杏树。这时正跟了一个极美丽的女人，从客厅里走出，他今天是来告他的朋友一件事情的。亲爱的读者，在这种春天里，两个年青人要说点什么话时，应当让他们从客厅里出来，过花园中去，在那些空旷一点的天空下，僻静一点的花树下，你们一定是不会反对吧。他们正是预备过花园里去的。

可是这两个人一到了廊下，一个百灵雀的歌声，把这两个年青人拉着了。

医学生站在那个铜丝笼边，很惊讶的望到那个百灵的喉咙同小嘴，一串碎玉就从那个源泉里流出。好象有一种惑疑，得追问清楚的样子，"谁是你的师傅，教你那么快乐的唱？"

女人见到这情形就笑了。"它整天都这样子，好象很快乐。"说时就伸出一只白白的手到笼边去，故意吓了那雀儿一下。可是那东西只稍稍跳过去了一点，仍然若无其事的叫着。

医学生对百灵说："你瞧你那种神气，以为我不明白。我一切都明白。我明白你为什么这样高兴！"他意思是说因为你有那么一个标致主人。

女人就笑着说："它倒真象明白谁对它有友谊！它不怕我，也不怕我家里那只白猫。"为了证明这件事，女人重新用手去摇动那笼子，聪明的鸟儿，便偏了头望着女人，好象在说："我不怕的。你惹我，我不怕的。"等到女人手一离开笼子，就重新很快乐的叫起来了。

医学生望到这情形也笑了。"狡猾东西，你认得你的主人！可是我警告你！就是一个医生，我算定你这样放肆的唱，终有一天会倒了嗓子，明天就会招凉，后天就会咳嗽……"那百灵，似乎当真懂得到人类的言语，明白了站在它跟前的人，是一个应当尊敬的医生，听到医生说及害病吃药那一类话，也稍稍生了点疑心，不能再那么高兴叫下去了。于是把一个小小的头，略略偏著，很聪明很虚心，望到医学生，好象想问："那么，大夫，你觉得怎么样？"谁能够知道，这医学生如何就会明白，这个虚心的质问？可是医学生明明白白的却说："听我的话，规矩一点，节制一点。我以为你每天少叫一点，对于你十分有益。你穿得似乎也太厚了一点，怎么还不换毛？"

女人笑着轻轻的说："够了，够了，你瞧它又在望着你，它还会问你：大夫，我每早上应当吃点什么，晚上又是不是要洗一次脚？"

"那么，我说：吃东西不妨事，欢喜吃的就吃。只是生活上节制一点，行为上庄重一点，……"百灵很希奇的看到这两个人讨论到它的种种，到了这时候，对于医学生的教训好象不相信，忽然又叫起来了。医学生一只手被女人拖着，向斜坡下走去，一面还说："不相信我的话，到头痛时我们再看吧，我要你知道医生的话，是不能不相信的！"

两人一路笑着，走下那个斜坡，就到了花园。天气已经将近四月了，一堆接连而来的晴天，中间隔着几次小雨，把园中各样树木皆重新装扮过了。各样花草都仿佛正努力从地下拔起，在温暖日头下，守着本分，静静的立着，尽那只谁也看不见的手来铺排，按照秩序发叶开花。开过了花还有责任的，皆各在叶底花蒂处，缀着小小的一粒果子。这时傍到那一列长长的围墙，成排栽植的碧桃花，正同火那么热闹的开放。还有连翘，黄得同金子一样，木笔皆把花尖向上矗着。

沿了一片草地，两行枝干儿瘦瘦的海棠，银色的枝子上，缀满了小小的花苞，娇怯怯的好象在那里等候着天的吩咐，颜色似乎是从无数女孩子的脸上嘴上割下的颜色。天空的白云，在微风中缓缓的移动，推着，挤着，搬出的空处，显得深蓝如海，却从无一种海会那么深又那么平。把云挪移的小风，同时还轻轻的摇动到一切较高较柔弱的树枝。这风吹到人身上时，便使人感到一种清快，一份微倦，一点惆怅，仿佛是一只祖母的手，或母亲的手，温柔的摩着脸庞，抚着头发，拉着衣角。还温柔的送来各样花朵的香味，草木叶子的香味，以及新鲜泥土的香味。

女人走在前面一点，医学生正等着那个说话的机会，这机会还不曾来。望到那个象征春天的柔软背影，以及白白的颈脖，白白的手臂，一面走着，一面心里就想到一些事情。女人在前面说："看看我这海棠，那么怯怯的，你既然同我百灵谈了许多话，就同海棠也来说说吧。"女人是那么爱说话而又会说话的。

医学生稍向前一点，"海棠假若会说话，这时也不敢说话的。"

"这是说，它在你医生面前害羞，还是……？"

医学生稍迟疑了一时，就说："照我想来，倒大致是不好如何来赞美它的主人，因为主人是那么美丽！……"

"得了。"女人用一个记号止住了医学生的言语。走了两步，一只黑色的燕子，从头上掠过去，一个过去的影子，从心头上掠过去，就说："你不是说预备在做一首诗吗？今天你的诗怎么不拿来？"？

"我的诗在这里的。"

"把我看看，或念给我听听，我猜想你在诗上的成功，当不比你在细菌学上的研究为坏。"

"诗在我的眼睛里，念给你听吧，天上的云，……""得了，原来还是那么一套。我替你读了吧。天上的云，……我不必在你眼睛里去搜寻那一首诗。我一直想问你，到什么时候，你才能同我在说话当儿，放诚实一点，把谄谀分量用得稍轻一点？你不觉得你所说的话，不是全都不怎么恰当吗？"

女人一面说着一面就笑着，望了医学生一眼，好象在继续一句无言语的言语："朋友，你的坏处我完全知道的。"

医学生分辩的说："我明白的。你本来是用不着谀美的人，譬如说，天上的虹，用得着什么称赞？虹原本同雨和日头在一块儿存在，有什么方法形容得恰当？"

"得了，你瞧瞧，天上这时不落雨，没有虹的。"

"不错啦，虹还得雨同日头，才会存在。"

"幸亏我还不是虹，不然日晒雨淋，将变成什么样怪物了！"

"你用不着雨和日头来烘托，也用不着花或别的来润色帮衬。"

"我想我似乎总得你许多空话，才能存在吧。"

"我不好意思说。一千年后我们还觉得什么公主很美，是不是原应感谢那些诗人？因为我不是一个有天才的诗人，而这时说话也是很笨的。"

"用不着客气了，你的天才谁都得承认。学校教病理学的拉克博士给你的奖语，我那只百灵，听到你所说到的一切教训，至于我，那是不消说了。"

"我感谢你给我去做诗人的勇气。"

"假若做了诗人，在谈话时就不那么俏皮，你要做诗人，尽管去做，我是没有反对理由的。"

两人这时节已走到海棠夹道的尽头了，前面是一个紫藤架子，转过去有个小土山，土山后有个小塘，一塘绿水皱动细细的波纹。一个有靠背的白色长凳，搁在一株柳树下面。

女人说，"将来的诗人，坐一坐吧。做诗的日子长着，这春天可很快的就要过去了。你瞧，这水多美！"女人说着，把医学生的手拉过去，两人就并排坐下了。

坐下以后，医学生把女人那只小小的白白的手，安置到自己的手掌里，亲热的握着。望到头上移动的云影，似乎便同时看到一些很远的光景，为这未来的或过去的光景，灵魂轻轻的摇荡。

"我怎么说？我还是说还是不说？"过了一会儿，还不说话，女人开始注意到这情形了。

女人说："你在思量什么？若容许这园里主人说话，我想说：你千万别在此地做诗吧。你瞧，燕子。你瞧，水动得多美！你瞧，我吃这一朵花了。……怎么，不说话呀！这园子是我们玩的，爸爸的意思，也以为这园子那么宽，可以让我成天各处跑跑。若是你做诗做出病来了，我爸爸听到时，也一定不快乐的！"

医学生望到女人，温柔的笑着，把头摇摇，"再说下去。"

"再说下去？我倒要听你说点话！你不必说，我就知道你要说的是：（装成男子声音）我在思索，天上的虹同人中的你，他们的区别在什么地方呀？"

医学生把那只手紧紧的捏了一下，"再说下去。"

"等你自己说下去吧，我没有预备那么多的词藻！不过，你若是那么疑心，我倒可以告你虹同我的区别，就只是一个怕雨一个不怕雨。落了雨我可受不了。落了雨我那只百灵也很不高兴，不愿意叫了。你瞧，那燕子玩得多险，水面上滑过去，不怕掉到水里。燕子也怕雨！海棠不是也怕雨吗？……这样说起来，就只你同虹不怕雨，其他一切全怕雨……你说吧，你不是极欢喜雨吗？那么，想起来，将来称赞你时，倒应当说你美丽如虹了！你说……”因为女人声音极美，且极快乐的那么乱说，同一只鸟儿一样，医学生觉得十分幸福，故一句话不敢说了。

女人望了一下医学生的眼睛，好象看到了一点秘密，“你们男子自己，也应当称赞自己一下才好，你原是那么完全！应有一个当差的侏儒，照到××在他故事上提到的，这样那样，不怕麻烦的，把他装扮起来。还要这个人，成天跟到你身后各处走去。还要他称你做狮子，做老虎，——你够得上这种称呼！还要他在你面前打筋斗唱歌，是不是？还要他各处为你去探听‘公主’的消息，是不是？你自己也要打扮起来，做一个理想中的王子，是不是？你还得有一把宝刀，有……是不是？”

医学生如同在百灵笼旁的一样，似乎不愿意让这个较大的百灵飞去，仍然紧紧揑着女人的小手，仍然把头摇着，只说：“再唱下去。”

“喝，你要我再唱下去？”一面把手缩回去，一面急促的说：“我可不是百灵！”

医学生才了然自己把话说错了，一面傍过了一点，一面说：“你不用生气，我听你说话！你声音是那么不可形容的好听，我有一点醉，这是真的。我还正在想一件事情，事情很古怪的。平常不见到你的时节，每一刻我的灵魂，都为那个留在我印象上的你悬在空中，我觉得我是一个幸福的人。如果幸福两个字，用在那上面是恰当的，那么到这个时节，我得用什么字来形容我的感觉？"

"我盼望你少谄谀我一点，留下一些，到另一个日子还有
用处！"

医学生一时无话可说了，女人就接着说："那么，你就做诗
呀！就说：天呀地呀，我怎么来形容我这一种感觉！唉唉，……
许多诗人不就是那么做诗吗？"

"或者应当说一百倍的幸福。"

"你还记得乘法？不过这是乘法，可不是诗！"

"我记起那个丰仪的盟主向该撒说的话了，他说：'我希望
你给我唱一个较次一等的歌，我才能从所有言语里，找寻比较
适当的言语。'你给我的幸福也是这样。因为缺少这种言语，我
便哑了。"似乎为了证明那时的口，已经当真不能再说话了，他
把女人的手背覆在嘴上去，约有一秒钟。

女人移开手时，脸稍微红了一点，低下头笑了。"不许这
样，我要生气的！"说了，似乎即刻忘掉这种冒犯的行为了，
又继续着说前面一件事："不会哑的，不必担心。我同你说，若
诚实同谄谀是可以用分量定下的，我疑心你每说一句话时，总
常常故意把谄谀多放了一些。可是这不行，我清清楚楚！"

"我若能那么选择，现在我就会……可是，你既然觉得我言
语里，混和得有诚实同谄谀，你分得出它的轻重，你要我怎么
说，我怎么说吧。"

"那不是变八哥了吗？"

"八哥也行！假若此后在你面前的时节，我每说一句话，都

全是你所欢喜的话，为什么我不做八哥？"

"可是诚实话我有时也不那么欢喜听！因为诚实同时也会把人变成愚蠢的。我怕那种愚蠢。"

"在你的面前，实在说来，做一个愚蠢人，比做一个聪明人可容易一点。"

"可是说谎同装傻，我觉得装傻更使人难受。"

"那么，我这八哥仍然做不成了。"

"做故事上会说话的 ×× 吧。把我当成公主，把我想得更美一点，把我想得更完全一点，同时也莫忘记你自己是一个王子。你的像貌同身材原是很象样了的，只是这一件袍子不大相称。若袍子能变成一套……得了，就算作那样一套衣服吧。你就作为去见我，见了我如何感动，譬如说：胸中的心如何的跳动……尽管胡说八道！同我在一处坐下，又应当说如何幸福。……你朋友中不是有多少诗人吗？就说话吧，念诗吧，……你瞧，我在等着你！"

女人这时坐远了一点，装成贵妇人庄重神气，懒懒的望了一望天空，折了身边一朵黄花，很温柔的放到鼻子边嗅了一嗅，把声音压低了一点，故意模仿演戏的风度，自言自语的说道："笼中蓄养的鸟它飞不远，家中生长的人却不容易寻见。我若是有爱情交把女子的人，纵半夜三更也得敲她的门。"

正说着，可是面前一对燕子轻快的滑过去，把这公主身分忘却了，只惊讶的低低喊着："呀，你瞧，这东西吓了我一跳！"

医学生只是憨憨的笑，把手拉着女人的手，不甚得体的样子，"你象一个公主啊！"这样说着，想把她手举起来，女人很快的可就摔开了。

女人说："这是不行的。王子也应当有王子的本分！你站起来吧，我看你向我说谎的本领有多大！"

医学生还不作声，女人又唱道："天堂的门在一个蠢人面前开时，徘徊在门外这蠢人心实不甘；若歌声是启辟这爱情的钥匙，他愿意立定在星光下唱歌一年。"女人把歌唱完了，就问："我的王子，你干吗，不跟到你的朋友，学学这种好听的歌？"

医学生觉得时候到了，于是站起来了，口唇微微的发抖，正预备开口，女人装作不知道的神气，把头掉过去。医学生不知如何，忽然反而走远了一点，站在那柳树下，低了一会头，把头又抬起来，才怯怯的望到女人，"我要说一句正经话！"

女人说："我听你的正经话，但希望说得有趣味一点文雅一点。你瞧，我这样子不是准备听你说正经话吗？"

"我不能再让你这样作弄我了，这是极不公平的！"医学生说了，想把这话认真处稍微去掉一些些，自己便勉强笑着。

"你得记住作一个王子，话应说得美一点，不能那么冒犯我！"

医学生仍然勉强笑着，口角微动，正要说下去，女人忽然注意到了，眉毛微微缩皱了一下，"你干吗？坐过来，还是不必装你的王子吧。来呀，坐下来听我说，我知道你不会装一个王子，所以也证明你称呼我为公主，那是一句不可靠的谎话！"

"天知道，我的心为你……"

医学生坐到女人身边，正想把话说完，一对黄色蝴蝶从身边飞过去，女人看到了，就说："蝴蝶，蝴蝶，追它去，追它去！……"于是当真就站起身来追过去，蝴蝶上了小山，女人就又跟上山去。医学生正想跟上去，女人可又跑下来了。下来以后，女人又说："来，到那边去，我引你看我的竹子，长了多少小龙！"

不久，两人都在花园一角竹林边上了，女人数了许久笋子，总记不清楚那个数目，便自嘲似的说："爱情是说不清楚的，笋子是数不清楚的，……还是回那边去！"

医学生经过先一时一种变动，精神稍稍颓唐了一点，言语稍稍呆板了一点。女人明白那是为了什么原因，但装着不注意的神气，就提议仍然到小塘边去。到了那里，两人仍然坐到原来那张凳上，女人且仍然伸过手去，尽医学生捏着。两个人重新把话谈下去，慢慢的又活泼起来了。

女人说："我看你王子是装不象的，诗人也做不成的，还是不如来互相说点谎话吧。"

医学生说："你告我怎么样来说，我便怎么说。在你面前我实在……"

"得了。你就说，你一离开我时，怎么样全身发烧，头痛口渴，记忆力又如何坏，在上课时又如何闹笑话，梦里又如何如何，……我欢喜听这种谎话！"

"说完了这点又如何接下去？"

"你不会说下去？"

"我会说下去的，你听我说吧。我就说：当到我一个人在医院，可真受不了！可是这种苦痛用什么言语什么声调才说得尽呢？……再说，当我记起第二个礼拜，我可以赶到这里来见你时，我活泼了。如果我房里那个小灯，它会说话，它会告给你，我是如何的可笑，把你那个照片，如何恭敬放到桌子上，还有那个……""得了，我全知道了。以后是你就梦到我穿了白衣，同观音一样，你跪在泥土上，同我的衣角接吻，同我经过的地面接吻。……总是这一套！我恳求你！说一点别的吧。譬如说，你现在怎么样，可是不许感伤，话语不许发抖打结，我不欢喜那种认真的傻像。你放自然一点，我们都应当快快乐乐的来说！"

医学生点着头，女人又说："你说吧，你当假话说着，我当假话听着，全是假话！！……"

两人当真就说了很多精巧美丽的假话，到后来医学生胆气粗了，就仍然当假话那么说下去。

"假若我说：我为了把你供奉——不，假若我说：我要你嫁我，你答应不答应？"

女人毫不费事的答着，"假若你那么说，我也将那么说：我不答应你。"

"假若我再说：你不答应我，我就跑了，从此不再来了！"

"假如你要走，我就说：既然要走了，是留不住的，那么，王子，你上你的马吧。"

"那么，公主不寂寞吗？"

"为什么我不寂寞？你要走，那有什么办法？可是这不是当真的事，你不会走的！"

"我为了公主的寂寞就不走，那么，我……"

"不走我仍然同你在一处，听你对我的恭维，看你惶恐的样子，把你当一个最好的朋友款待。这些事拿去问我那个百灵，它就会觉得是做得很对的。"

"假若我死了？"

"你不会死的。"

"怎么不会死？假若你不答应我，不爱我，我就要离开了你，到后我一定要死的。"

"你不会死的。"

"我一定要死！"

女人把头偏过一边，没有注意到医学生，只说，"为什么一定要死？这不会是当真的事！王子从没有这种结局的！"

"因为我爱你，我只有死去！"

"我并不禁止你爱我，可是爱我的人，就要好好的活到这个世界上。你死了，你难道还会爱我吗？"

医学生低低的叹息了一次，"我说真话，你不爱我，我今天即刻就要走了。我不能够得到你，我不想再见你了。"

"我不是同你很好了吗？"女人想了一下，"你不是得到我了吗？你要什么，我问爸爸就把你！"

"我要你爱！"

"我没有说我讨厌你！"

"但是却没有说你爱我！"

"那么，假如我说：若当真有个王子向我求婚，我也……不会很给他下不去，这你相信不相信？"

医学生低下头去，不敢把头抬起，"你不要作弄我，我要走的。因为我是男子！"

"因为你是男子，你要走路，对的，"女人忍着笑咬着嘴唇，一会儿不再说什么话，后来轻轻的说："但假若我爸爸已答应了这件事，知道你今天就是为这件事来的，他才出去？"

医学生忽然把头抬起，把女人脸庞扶了过来，望到女人的眼睛，望了一会，一切都看明白了。

女人说："因为你是男子。一到某一情形下，希望你莫太笨，也就办不到。既不会说谎话，也不会听谎话，我的王子，我们过去走走吧。我还要听你在那海棠树下说点聪明话的，我盼望你再复述一次先前一时节所说的话。"

可是到了那边，医学生仍然一句话不说，只微微的笑着，傍到女人身边走着，感到宇宙的完全。到后女人就又说话了，她的言语是用微带装成的埋怨神气说的："你瞧，我知道你有这一天！我知道你一到了某个时节，就再也不恭维我了。你相信不相信，我正很悔着我先前说的话！你相信不相信，我就早算到，你当真要成哑子！……如果先前让王子上马一次，我耳朵和我的眼睛，还一定可以经验到你许多好言语同好样子！……可是，我很奇怪，为什么公主也扮不象？"

在路角上，医学生一句话不说，把女人拉着，抱着默默的吻了许久。

　　过后，两人又默默的在那夹道上并排走着了，女人心中回想到，"只这一点，倒真是一个王子的风度，"女人就重新笑起来了。

一九三二年六月作于青岛

若墨医生

我抽屉里多的是朋友们照片，有一大半人是死去了的。有些还好好活着的人，检察我的珍藏，发现了那些死人照片混和他自己照片放在一处时，常常显出些惊讶而不高兴的神气。

他们在记忆里保留朋友的印象，大致也分成死活贫富等等区别，各贮藏在一个地方不相混淆。我的性情可不甚习惯于这样分类。小孩子相片我这里也很多，这些小孩子有在家中受妈妈爸爸照料得如同王子公主，又有寄养在孤儿院幼稚园里的。其中一些是爸爸妈妈为了人类远景的倾心，年纪青青的就为人类幸福牺牲死去，世界上再没有什么亲人了，我便常常把他们父母的遗影，同他的小相片叠在一处，让这些孤儿同他妈妈爸爸独占据一个空着的抽屉角隅里，我似乎也就得到了一点安慰。我一共有四个抽屉安置照片，这种可怜的家庭照片便占据了我三个抽屉。

可是这种照片近来又多了一份。这是若墨大夫同他的太太以及女儿小青三人一组的。那个医生同他的太太，为了同一案件最近在××地方死去了，小青就是这两个人剩下的一个不满半周岁的女孩。这女孩的来源同我现在住处有些关系，同我也还有些关系。

事情在回忆里增人惆怅，当我把这三个人一组一共大小七张照片排列到桌上，从那些眉眼间去搜索过去的业已在这世界上消灭无余，却独自存在我纪念里的东西时，我的感情为那些记忆所围困了。活得比人长久一点可真是一件怕人的事情，因为一切死去了的都有机会排日重新来活在自己记忆里，这实在是一种沉重的担负。死去的友谊，死去的爱情，死去的人，死去的事，还有，就是那些死去了的想象，有很多时节也居然常常不知顾忌的扰乱我的生活。尤其是最后一件，想象，无限制的想象，如象纠缠人的一群蜂子！为什么我会为这些东西所包围呢？因为我这个人的生活，是应照流行的嘲笑，可呼之为理想主义者的！

我有时很担心，倘若我再活十年，一些友谊感情上的担负，再加上所见所闻人类多少喜剧、悲剧、珍贵的、高尚的、愚蠢的、下流的种种印象，我的神经会不会压坏？事实呢，我的神经似乎如一个老年人的脊梁，业已那么弯曲多日了。

十六个月以前……

白色的小艇，支持了白色三角小篷，出了停顿小艇的平坞后，向作宝石蓝颜色放光的海面滑去。风是极清和温柔的，海浪轻轻的拍着船头船舷，船身侧向一边，轻盈的如同一只掠水的燕子。我那时正睡在船中小桡下，用手抱了后脑，游目看天上那些与小艇取同一方向竞走的白云。朋友若墨大夫，脸庞圆圆的，红红的，口里衔了烟斗，穿一件翻领衬衫，黄色短裤下露出那两只健康而体面的小腿，略向两边分开，一手把舵，一手扣着挂在舷旁铜钩上的帆索，目不旁瞬的眺望前面。

前面只是一片平滑的海，在日光下闪放宝石光辉。海尽头有一点淡紫色烟子，还是半点钟以前一只出口商轮残留下来的东西。朋友象在那里用一个船长负责的神气驾驶这只小艇，他那种认真态度，实在有点装模作样，比他平时在解剖室用大刀小刀开割人身似乎还来得不儿戏，我望到这种情形时，不由得不笑了。我在笑中夹杂了一点嘲弄意味，让他看得明白，因为另外还有一种理由，使我不得不如此。

他见到我笑时先不理会，后来把眼睛向我眨了一眨，用腿夹定舵把，将烟嘴从口中掏出。

我明白他开始又要向我战争了。这是老规矩，这个朋友不说话时，他的烟斗即或早已熄灭，还不大容易离开嘴上的。

夜里睡觉有时也咬着烟斗，因此枕头被单皆常常可以发现小小窟窿。来到青岛同我住下时，在他床边我每夜总为他安置一杯清水，便是由于他那个不可救药的习惯，预备烟灰烧了什么时节消防小小火灾用的。这人除了吃饭不得不勉强把烟斗搁下以外，我就只看到他用口舌激烈战争时，才愿意把烟斗从口中掏出。

自然的，人类是古怪的东西，许多许多人的口大都有一种特殊嗜好，有些人欢喜啮咬自己的手指，有些人欢喜嚼点字纸，有些人又欢喜在他口中塞上一点草类，特别是属于某一些女人的某一种荒唐传说，凡是这样差不多都近于必需的。

兽物中只有马常常得吃一点草，是不是从这里我们就可以证明某一些人的祖先同马有一种血缘？关于这个，我的一位谈《进化论》的朋友一定比我知道较多，我不敢说什么外行话。

至于我这位欢喜烟斗的朋友，他的嗜好来源却为了他是一个医生。自从我认识他，发现了他的嗜好以后，第一件事就是觉得一只烟斗把他变得严肃起来不大合理。一个医生的身分虽应当沉着一点，严肃一点，其实这人的性情同年龄还不许可他那么过日子下去。他还不到三十岁，还不结婚，为了某种理由，故我总打量得多有些机会取掉他那烟斗才好。我为这件事出了好些主意，当我明白只有同这位朋友辩论什么，才能把他烟斗离开他的嘴边后，老实说，只为了怜悯我赠给他那一只烟斗被嚼被咬，我已经就应当故意来同朋友辩论些漫无边际的问题了。

我相信我作的事并没有什么错误。因为一则从这辩论中我得了许多智慧，一种从生理学、病理学、化学、各样见地对于社会现象有所说明的那些智慧，另一时用到我的工作上不无益处，再则，就是我把我的朋友也弄得年轻活泼多了。这次他远远的从北京跑来，虽名为避暑，其实时间还只五月，去逃避暑热的日子还早，使他能够放下业务到这儿来，大多数还是由于我们辩论的结果。这朋友当今年二月春天我到北京时，已被我用语言稍稍摇动了他那忠于事务忠于烟斗的固持习惯，再到后来两人一分手，又通了两次信，总说他为那"烟斗"同"职业"所束缚，使他过的日子同老人一样，论道理很说不去。他虽然回了我许多更长的信，说了更多拥护他自己习惯的话语，可是明明白白，到底他还是为我所战败，居然来到青岛同我住下了。

到青岛时天气还不很热，带了他各处山头海岸跑了几天，把各处地方全跑到了，两人每天早上就来到海边驾驶游艇，黄昏后则在住处附近一条很僻静的槐树夹道去散步，不拘在船中或夹道中，除了说话时他的烟斗总仍然保留原来地位。不过由于我处处激他引他，他要说的话似乎就越来越多，烟斗也自然而然离开嘴边常在手上了。这医生青春的风仪，因为他嘴边的烟斗而失去，烟斗离开后，神气即刻就风趣而年青了。

关于一切议论主张同朋友比较起来，我的态度总常常是站在感情的，急进的，极左的，幻想的，对未来有所倾心，憎恶过去否认现在方面而说话的。医生一切恰恰相反，他的所以表示他完全和我不同，正为的是有意要站在我的对方，似乎尽职，又似乎从中可以得到一些快乐。因为给他快乐使他年青一点，我所以总用言语引导他，断不用言语窘迫他。

这时大夫当真要说话了，由于我的笑，他明白那笑的含意。清晨的空气使他青春的热力显现于辞气之间。

"你笑什么？一个船长不应当那么驾驶他的船吗？"

"我承认一个船长应当那么认真去驾篷掌舵，"我说的只是半句话，意思以为他可不是船长。我希望听听这个朋友食饱睡足以后为初夏微凉略涩的海上空气所兴奋而生的议论。

但这时节小艇为一阵风压偏了一下，为了调整船身的均衡与方向，须把三角篷略收束一下，绳索得拉紧一点，故朋友的烟斗又上口了。

我接着就说，

"让它自由一点，有什么要紧？海面那么无边际的宽阔，那么温和与平静，应当自由一点！我们不是承认过：感情这东西，有时也不妨散步到正分生活以外某种生活上去吗？医生是你的职业，那件事情你已经过分的认真了，你得在另外一件事情上，或另外一种想象上放荡洒脱一点！我不觉得严肃适宜于作我们永远的伴侣，尤其是目的以外的严肃！"

我的意思原就指得只是驾船，想从这平滑的海上得到任意而适的充分快乐，以为严肃是不必需的。

医生稍稍误会了我的意思，把烟斗一抓，"不能同意！"

他说那一句话的神气，是用一种戏剧名角，一种省议会强健分子，那类人物的风度而说的。这是他一种习惯，照例每听到我用一个文学者所持的生活多元论而说及什么时，仿佛即刻就记起了他是医生，而我却是一个神经不甚健康的人，他是科学的，合理的，而我却是病态的，无责任心的，他为了一种义务同成见，总得从我相反那个论点上来批驳我，纠正我，同时似乎也就救济了我。即或这事到后来他非完全同意不可，当初也总得说"不能同意"。我理解他这点用意，却欢喜从他一些相反的立论上，看看我每一个意见受试验受批判的原因，且得到接近一个问题一点主张的比较真理。

我说，"那么，你说你的意见。我希望你把那点有学院气丈夫气的人生态度说说。"他业已把烟斗送到嘴边又重新取出了。

"感情若容许我们散步，我们也不可缺少方向的认识。散步即无目的，但得认清方向。放荡洒脱只是疲倦的表示，那是人生某一时对道德责任松弛后的一种感觉，这自然是需要的，可完全不是必需的！多少懒惰的人，多少不敢正视人生的人，都借了潇洒不羁脱然无累的人生哲学活着在世界上！我们生活若还有所谓美处可言，只是把生命如何应用到正确方向上去，不逃避一切人类向上的责任，组织的美，秩序的美，才是人生的美！生命可尊敬处同可赞赏处，全在它魄力的惊人。表现魄力是什么？一个诗人很严肃的选择他的文字，一个画家很严肃的配合他的颜色，一个音乐家很严肃的注意他的曲谱，一个思想家严肃去思索，一个政治家严肃的处理当前难题。一切伟大制作皆产生于不儿戏。一个较好的笑话，也就似乎需要严肃一点才说得动人。一切高峰全由于认真才能达到。谁能缺少这两个字？人人都错误的把快乐幸福同严肃认真对立，多以为快乐是无拘束的任性，幸福是自由，严肃同认真，却是毫无生趣的死呆。严肃成就一切，它的对面只是轻福至于快乐和幸福，总常常包含了严肃和轻浮两者而言；轻浮的快乐，平常人同女子才用得着，至于一个有希望的男子，象样的男子，他不会要这个的！他一切尽管严肃认真，从深渊里探索他所需要的东西，他有他那一分孤独伟大的乐趣！你想想，在你生活中缺少了严肃，你能思索什么，能写作什么？……"他的辩论原来是不大高明的，他能说一切道理，似乎是由于人太诚实，就常常互相矛盾。他只知道取我相反的路线，却又常常不知不觉间引用我另一时另一事他中意了的见解来批驳我。先前我常是领导他，帮助他，使他能在"科学的"立脚点上站稳，到后来就站稳了。站稳以后慢慢的他自己也居然可以守着他的壁垒，根据他的所学，对于我主张上某一些弱点能够有所启示纠正，因此有时我也有被他难倒了。

但这次他可错了。大体是这个大夫早上为我把了一阵脉，由于我的神经不大健全，关心到我的灵魂也有了些毛病，他临时记起他作医生的责任，因此把话说得稍多了一点。并且他说到后来有了矛盾，忘记了某一部分见解，就正是我前些日子说到的话，无意中记忆下来，且用来攻打我，使我觉得十分快乐。这个人的可爱处，原来就是生活那么科学，议论却那么潇洒，他简直是太天真了。

我含笑说："医生，你自己矛盾了。你这算是反对我还是承认我？你对于严肃作了很多的解释，自己的意见不够，还把我的也引用了。你不能同意我究竟是哪几点？我要说，我可不能同意你的！就因为我现在提到的，只是你驾船管舵的姿势，不是别一件事。你不觉得你那种装模作样好笑吗？你那么严肃的口衔烟斗，方正平实的坐到那里，是不是妨碍了我们这一只小小游艇随风而驶飘泊海上的轻松趣味？我问你就是这件事，你别把话说得太远。议论你不能离题太远，正如这只小船你不能让它离岸太远；一远了，我们就都不免有点胡涂了。"

同时他似乎也记起他理论的来源了，笑了一阵，"这不行，咱们把军器弄错了。我原来拿的是你的盾牌，——你才真是理论上主张认真的一个人！不过这也很好，你主张生活认真，我却行为认真；你想象严肃，我却生活严肃。"

"那么，究竟谁是对的？你说，你说。"

"要我说吗？我们都是对的，不过地位不同，观点各异罢了。且说船吧，你知道驾船，但并不驾船。你不妨试试来坐在舵边，看看是不是可以随随便便，看看照到你自由论者来说，不取方向的办法，我们这船能不能绕那个小岛一周，再泊近那边浮筒。这是不行的！"

我看到他又象要把烟斗放进嘴里去的神气，我就说，"还有下文？"

"下文多着，"他一面把烟斗在船舷轻轻的敲着一面说，"中国国家就正因为毫无目的，飘泊无归，大有不知所之的样子，到如今弄得掌舵的人无办法，坐船的人也无办法。大家只知道羡慕这个船，仇视那个船，自己的却取自由任命主义，看看已经不行了，不知道如何帮助一下掌舵的人，不知如何处置这当前的困难，大家都为这一只载了全个民族命运向前驶去的大船十分着急，却不能够尽任何力量把它从危险中救出。为什么原因？缺少认真作事的人，缺少认真思索的人，不只驾船的不行，坐船的也不行。坐船的第一就缺少一分安静，譬如说，你只打量在这小船上跳舞，又不看前面，又不习风向，只管挑剔，只管分派我向这边收帆，向那边扳舵，我纵十分卖气力照管这小船小帆，我们还是不会安全达到一个地方！"

这种承认现在统治者的合法，而且信赖他，仍然是医生为了他那点医生的意识，向我使用手术方法。

我说，"说清楚点，你意思以为中国目前情形，是掌舵的不行，还是坐船的捣乱？"

"除了风浪太大，没有别的原因。中国虽象一只大船，但是一堆旧木料旧形式马马虎虎束成一把的木筏，而且是从闭关自守的湖泊里流出到这惊涛骇浪的大海里来，坐船的不见过风浪，掌舵的又太年青，大家慌乱失措，结果就成了现在样子了。"

"那么，未来呢？"

"未来谁知道？医生就从不能断定未来的。且看现在罢，要明白将来，也只有检察现在。现在正象一个病人，只要热度不增加到发狂眩督程度，还有办法！"

医生见我把手伸出船舷外边去玩弄海水，担心转篷时轧着了手，就把手扬扬，"喂，坐船的小心点，把手缩回来吧。一切听掌舵的指挥，不然就会闹出危险！"

我服从了他的命令，缩回手来，仍然抱了头部。因为望到他并没有把烟斗塞进嘴里的意思，就不说什么，知道他还有下文的。

"中国坐船的大家规规矩矩相信掌舵的能力，给他全部的信托，中国不会那么糟！"

我不能承认掌舵的这点意见了，我说，"这不行，我要用坐船者的资格说话了。你说的要信托船长一切处置，是的，一个民族对支配者缺少信托，事情自然办不好。可是现在问题不是应当信托或不应当信托，只是值得信托或不值得信托！为什么那么稀乱八糟？这就是大家业已不能信托，想换船长，想作船长，用新的方法，找新的航线，才如此如此！"

医生说，"照你所说，你以为怎么样？"

"照我坐小船的经验，我觉得你比我高明，所以我信托你。至于载了一个民族走去的那一只木筏，那一个船长，我很怀疑……""这就对了。大家就因为有所怀疑，不相信这一个，相信那一个，大家都以为存在的不会比那个不存在的好，及以为后一个应比前一个好，故对未来的抱了希望，对现在的却永远怀疑。其实错了的。革命在试验中，这失败并不是革命的失败，失败在稍前一辈负责的人。一个人的结核病还得三五年静养，这是一个国家，一个那么无办法的国家，三年五年谁会负责可以弄得更好一点？"

我简简单单的说："中国试验了二十年，时间并不很短了！"

"我以为时间并不很长。二十年换了多少管理人，你记得那个数目没有？不要向俄国找寻前例，那不能够比拟，人家那只船根本结实许多，一船人也容易对付。他们换了船长以后，还是权力同智慧携手，还是骑在劳动者背上，用鞭子赶着他们，不顾一切向国家资本主义那条大路走去。他们的船改造后走得快一点，稳一点，因为环境好一点！中国羡慕人家成功是无用的，我们打量重新另造，或完全解散仿造，材料同地位全不许可。我们现在只能修补。假若现在船长能具修补决心，能减少阻力，能同知识合作，能想出方法使坐船的各人占据自己那个位置，分配得适当一点，沉静的渡过这一重险恶的伏流，这船不会沉没的。"

"可是一切中毒太深，一切太腐烂，太不适用，……"

"不然，照医生来说，既然中毒，应当诊断。中毒现象很少遗传的。既诊知前一辈中毒原因，注意后一辈生活，思想的营养，由专家来分配，——一切由专家来分配！"

"你相信中国有专家吗？那些在厅里部里的人物算得上专家吗？"

"没有就培养他！同养蚕一样完全在功利上去培养他！明知到前一批无望，好好的去注意后一批人，从小学教育起始，严格的来计划，来训练，……"

"你相信一切那么容易吗？"

医生俨然的说，"我不相信那么容易，但我有这种信仰。我们需要的就是信仰，我们的恐慌失望先就由于心理方面的软弱，我们要这点信仰，才能从信仰中得救！"

其实他这点信仰打那儿来的？是很有趣味的。我那时故意轻轻的喊叫起来，"信仰，你是不是说这两个字？医生不能给人开这样一味药，这是那一批依靠叫卖上帝名义而吃饭的人专用口号。你是一个医生，不是一个教徒！信仰本身是纯洁的，但已为一些下流无耻的东西把这两个字弄到泥淖里有了多日，上面只附着有势利同污秽，再不会放出什么光辉了！除了吃教饭的人以外，不是还有一般人也成天在口中喊信仰吗？这信仰有什么意义，什么结论？"

医生显然被我窘住了，红脸了，无话可说了，可是烟斗进了口以后随即又抽出来，望到我把头摇摇，"不能同意。"

"好的，说你的意思。"

"我的意思还是需要信仰，除了信仰用什么权力什么手段才能统一这个民族的方向？要信仰，就是从信仰上给那个处置一切的家长以最大的自由，充分的权力，无上的决断：要信仰！"

"是的，我也以为要信仰的。先信仰那个旧的完全不可靠，得换一个新的，彻底换一个新的，从新的基础上，建设新的信仰，一切才有办法，——这是我的信仰！"

"这是侥幸，'侥幸'这个名词不大适用于二十世纪。民族的出路已经不是侥幸可以得到了的。古希腊人的大战，纪元前中国的兵车战，为耸动观听起见，历史上载了许多侥幸成功的记录。现在这名词，业已同'炼金术'名词一样的把效率魔力完全失去了。"

"可是你不说过医生只能诊断现在，无从决定未来吗？为什么先就决定中国完全改造的失败？倘若照你所说，这民族命运将决定到大多数的信仰，很明显的，这点新的信仰就正是一种不可儿戏的旋风，它行将把这民族同更多一些民族卷入里面去，医生，你不能否认这一点，绝不能否认这一点！"

"我承认的，这是基督教情绪之转变，其中包含了无望无助的绝叫，包含了近代人类剩余的感情，——就是属于愚昧和夸张彻头彻尾为天国牺牲地面而献身的感情。正因为基督教的衰落，神的解体，因此'来一个新的'便成了一种新的迷信，这新的迷信综合了世界各民族，成为人类宗教情绪的尾闾。这的确是一种有魄力的迷信，但不是我的信仰！"

"你的信仰？"

"我的信仰吗？我……"

我们两人说到前面一些事情时，两人都兴奋了一点，似乎在吵着的样子，因此使他把驾船的职务也忘却了。这时船正对准了一个指示商船方向的浮标驶去，差不多两丈远近就会同海中那个浮标相碰了，朋友发觉了这种危险，连忙把舵偏开时，船已拢去了许多，在数尺内斜斜的挨过去，两人皆为一种意外情形给楞住了。可是朋友眼见到危险已经过去，再不会发生什么事故，便向我伸伸舌头，装成狡顽的样子，向我还把眼睛挤了一下。

"你瞧，一个掌舵的人若尽同坐船的人为一点小事争辩，不注意他的职务所加的责任，行将成一个什么样子！别同掌舵的说道理，掌舵的常常是由于权力占据了那个位置，而不由于道理的，他应当顾及全船的安危，不能听你一个人拘于一隅的意见。你若不满意他的驾船方法，与其用道理来絮聒，不如用流血来争夺。可是为什么中国那么紊乱？就因为二十年来的争夺！来一个新的方法争夺吧，时间放长一点，……历史是其长无尽的一种东西，无数的连环，互相衔接，捶断它，要信仰！"

他在说明他的信仰以前，望望海水，似乎担心把话说出会被海上小鱼听去，就微笑着把烟斗塞进自己嘴巴里了。

无结果的争辩，一切虽照样的无结果，可是由于这点训练，我的朋友风度实在体面多了。他究竟信仰什么，他并不说，也象没有可说的。他实际上似乎只是信仰我不信仰的东西。他同我的意见有意相反，我曾说过了，到现在，他一面驾船一面还是一个医生，不过平时他习惯的是疗治人的身体，此时自以为在那里修补我的灵魂罢了。

我们的小艇已向外海驶去，我在心里想，换一个同海一样宽泛无边无岸的问题，还是拣选一个其小如船切于本身的问题？我想起了他平时不谈女人的习惯，且看到他这时候的派头，却正象一个陪新夫人度蜜月驾小艇出游的丈夫模样，故我突然问他"是不是打量结婚，预备恋爱"。我相信我清清楚楚看到他那时脸红了一阵，又象吃了一惊的样子。

他没有预防这一问，故不答复我，所以我又说："怎么，你难道是老人吗？取掉你的烟斗，说说你的意见！"

他当真把烟斗抓到手上了。

"女人有什么可说？在你身边时折磨你的身体，离开你身边时又折磨你的灵魂；她是诗人想象中的上帝，是浪子官能中的上帝。但我们为什么必需一个属于个人的上帝？我们应当工作，有许多事情可作，有许多责任要尽，为一个女人过分消耗时间和精力，那实在是无味得很。"

"可是难道不是诗人不是浪子就不需要那么一个上帝吗？我不瞒你，若我象你那么一个人，我就放下我现在这种倾心如你所谓诗人的上帝，找寻那个浪子的上帝去了。再则从女人方面说来，我相信许多女人都欢喜作你那么一个好人的上帝，你自己不相信吗？"

"这一点我可用不着信仰了。可是我同你说说我的感想吧。若是有什么人问到我：若墨大夫，你平生最讨厌的什么？我将回答：我讨厌青年会式的教徒，同自作多情的女子。这两种人在我心上都有一个位置，可是却为我用一种鄙视感情保留到心上的。"

综合而言，我知道医生存三种不可通融的主张了，就是讨厌前面两样人以外还极端怀疑中国共产党革命。

我有一种成见，就是对于这个朋友的爱憎，不大相信得过。我不愿再听下去，听下去伤了我对于女人以及对于几个在印象中还不十分坏的教会朋友的情感。尤其是说到女人，我记起一件事情来了。另外一个朋友昨天还才来了一封信，说到有一个牧师的女儿，不久就要到青岛来，也许还得我为她找寻一个住处。这女人为的是要在青岛休养几个礼拜的胃病，朋友特意把她介绍给我，且告给我这个女人种种好处。朋友意思似乎还正因为明白我几年来在某一方面受了些折磨，把这个女人介绍到青岛来，暗示我一切折磨皆可以从这方面得到取偿。照医生说来，这女人却应当是双料讨人厌烦的东西了。

我忽然起了一种好事的感觉，心想等着这女人来时，若果女人是照到朋友所说那样完美的人，机会许可，我将让一个方便机会，把这双料讨厌东西介绍给医生，看看这大夫结果如何。这点动机在好事以外还存了另外一份心事，就是我亲眼看到我的朋友，尽管口上那么厌恶女人，实在生活里，又的的确确需要一个当家的女人，而且这女人同他要好也比同我要好一定强多了，故当时就决定要办好这样一件事，先且不同他说什么。我打算到好几个自以为妙不可言的撮合方法，谁知这些方法到了后来完全不能适用。

到了十点左右，两人把小艇驶回船坞，在沙滩上各人留下了一行长长的足印，回到家中时，事情太凑巧了一点，那个牧师女儿××小姐已坐在小客厅中等候我半点钟了。我同了若墨大夫走进客厅时，那牧师女儿正注意到医生给我写的一个条幅，见了我们两人，赶忙回过身来向医生行礼。她错了，她以为医生是主人，却把我当成主人的朋友了。这不能怪他，只能责备我平常对于衣帽实在太疏忽了一点，我那件中学生的蓝布大衫同我那种一见体面女子永远就只想向客厅一角藏躲的乡下人神气，同我住处那个华丽客厅实在就不大相称。我为这个足以自惭的外表，在另一时还被一个陌生拜访者把我当成仆人，问了我许多关于主人近况的话语，使我不知如何回答这关切我的好人。大家都那么习惯于从冠履之间识别对方的身分，因此我也就更容易害羞受窘了。

可是当我的医生朋友，让人家知道我就是她所等候的人，我且能够用主人资格介绍医生给这个客人时，也许客厅中气候实在太热了一点，那个新来的客人，脸儿很红了一阵。

牧师女儿恰恰如另一朋友在来信上所描写的一样，温柔端静，秀外慧中，像貌性情皆可以使一个同她接近的男子十分幸福。一个男子得到她，便同时把诗人的上帝同浪子的上帝全得到了。不过见面之下我就有了主意，认定这女人同医生第一面的误会，就有了些预兆。若能成为一对，倒是最理想的一对了。

我留住了这个牧师女儿在我家中吃了一顿午饭，谈了好些闲话，一面谈话一面我偷偷的去注意医生，看他是不是因为客厅中有一个牧师的女儿，就打量逃走。看来竟象不会逃走的样子，我方放心了。在谈话中医生只默默的含着他的烟斗在一旁听着，我认为他的烟斗若不离开，实在增加了他的岁数，所以还想设法要他去掉烟斗说话。他似乎有点害羞的样子，说的话大不如两人驾船时的英气勃勃。在引导他说话时，我实在很尽了一分气力，比我作别的事困难得多。

女人来青岛名为休养胃病，其实还象是看我的！下午我们三人一同出去为她安置住处时，一路上谈到几个熟人的胃病，牙痛病，以及其他各样事情。我就说这位医生朋友如何可以信托。且告她假若需要常常诊察，这位朋友一定很高兴作这件事，而且这事情在朋友作来还如何方便。医生听我说到这些话时，只衔着烟斗，默默的瞧着我，神气时时刻刻象在说："书呆子，理想家，别作孽，够了，够了，这不是好差事，这不是好差事！"我也明白这不是一件好差事，却相信病人很高兴很欢喜这点建议。

女人听我说到这个医生对于胃病有一种专长时，先前似乎还不甚相信得过，望我笑着，一面也望了一下医生。当时我不让医生有所推托，就代为答应了一切，医生听到这话仍然没有把烟斗取去，似乎很不高兴。我也以为或者他当真不大高兴，就因为我自己见着许多女人不大欢喜她时，神气也差不多同我朋友那么一样沉默的。把医生诊病事介绍妥当后，我又很悔我的孟浪，还以为等一会儿一定会被他埋怨了。

但女人回旅馆后，医生却说："这女人的说话同笑，真是一种有毒的危险东西。"

我明白那是什么意思。我太明白一个端静自爱的男子，当平静的心为女人所扰乱时外表沉默的情形了。我很忠厚的极力避开同他来说到这个女子，他这时是绝不愿有谁来说到这女人的。他害怕别人提到这个名字，却自己将尽在心里念到这个使他灵魂柔软的名字。

那牧师女儿呢，我相信她离开我们以后，她一定觉得今天的事情很稀奇，且算得出她的胃病有了那么一个大夫，四个礼拜内一定可以完全治好，心里快乐极了。

从此以后这个医生除掉同我划船散步以外多了一件事情。他到约定的时间，总仍然口衔烟斗走到女人住处那边去。

到了那边，大约烟斗就不常能够留到嘴边了。似乎正因为胃病最好的治疗是散步。青岛地方许多大路小径又太适宜于散步，因此医生用了一种义务的或道德的理由，陪了他的病人各处散步的事情，也慢慢的来得时间较长次数较多了。

青岛地方的五月六月天气是那么好，各处地方是绿荫荫的。各处是不知名的花，天上的云同海中的水时时刻刻在变幻各种颜色，还有那种清柔的，微涩的，使人皮肤润泽，眼目光辉，感情活泼，灵魂柔软的流动空气，一个健康而体面心性又极端正的男子，随同一个秀雅宜人温柔的少女，清晨或黄昏，选择那些无人注意为花包围的小路上，用散步来治疗胃病，这结果，自然慢慢的把某一些人的地位要变更起来的，医生间或有时也许就用不着把烟斗来保护自己的嘴唇，却从另外一个方便上习惯另外一种嗜好了。

当那些事情逐日在酝酿中有所不同时，医生在我面前更象年青了一点，但也沉默了一点。女人有时到我住处来，他们反而似乎很生疏的样子。女人走时，朋友就送出去，一个人很迟很迟才回来，回来后又即刻躲到他自己房中去了。两个人都把我当书呆子，因为我那一阵实在就成天上图书馆去抄书。其实我就只为给这朋友的方便，才到图书馆去作事。我从朋友沉默上明白那是什么征候，我不会弄错，我看得十分清楚，却很难受，因为当时无一个人可以同我来谈谈在客观中我所想象到的一切，我需要这样谈话的人，却没有谁可以来同我讨论这件事。

我为这件事一个人曾记下了五十页日记，上面也有我一些轻微的忧郁。由于两人不来信托我却隐讳我，医生的态度我真不大能够原谅。

到后来，女人有一天到我住处，说是要回北京。医生也说要回北京了。两人恰好是同过北平，同车回去也可减少路上的寂寞，所以我不能留任何一个再住一阵。请他两个人到一个地方去吃了一顿饭，就去为他们买了两张二等车票，送他们上了车。他们上车时我似乎也非常沉默，没有先前的兴致，是不是从别人的生活里我发现了自己的孤立，我自己也不大知道。总而言之我们都似乎因为各人在一种隐约中担心在言语上触着朋友的忌讳，互相说话都少了许多。临走时，两人似乎说了许多话，但我明明白白知道这是装点离别而说的空话，而且是很勉强在那里说的，所以我心里忍受着，几几乎真想窘这医生一次，要把女人来此第一天，我同医生在船上说到关于女人的话重新说说，让他在女人面前唤起一点回忆，红一阵脸。

十个星期后医生从北平把用高丽发笺印红花的结婚喜帖寄给我，附上了一封长长的信，说到许多我早已清清楚楚的事情，那种信上字里行间充满了值得回忆的最诚实的友谊。结末却说，"那个说女人同教徒坏话的医生，想不到自己要受那么一种幸福来惩罚自己。"我有点生气，因为这两个人还不明白我早已看得十分清楚，还以为这时来告我，对于我是一种诚实的信托与感谢！我当时把我那五十多页的日记全寄去了，我让他两个人知道我不是书呆子，我处处帮了他们的忙，他们却完全不知道。

只是十六个月，这件事就只剩下一个影子保留在我一个人记忆上了。我现在还只那么尽想象中国应当如何重新另造，很严肃的来写一本《黄人之出路》。为了如何就可以把某一些人软弱无力的生活观念改造，如何去输入一个新的强硬结实的人生观到较年青一点的朋友心胸中去，问题太杂，怯于下笔，不能动手了。那些人平时不说什么，不想什么，不写什么，很短的时间里，在沉默中做出来的事，产生出的结果，从我看来总常常是一个哑谜，一种奇迹。

在我记忆里，这些朋友用生活造成的奇迹越来越多了。

一九三二年，青岛作

凤
子

《凤子》新编集。其中 1-9 章发表于 1932 年 4 月 30 日、6 月 30 日《文艺月刊》第 3 卷第 4 号，第 5-6 号合刊。1933 年 7 月曾以《凤子》为集名由杭州苍山书店初版。

1934 年北平立达书局再版《凤子》时，增加了《〈凤子〉题记》。1937 年 7 月作者又发表了《神之再观——凤子之十》一章。

《凤子》题记

近年来一般新的文学理论，自从把文学作品的目的，解释成为"向社会即日兑现"的工具后，一个忠诚于自己信仰的作者，若还不缺少勇气，想把他的文字，来替他所见到的这个民族较高的智慧，完美的品德，以及其特殊社会组织，试作一种善意的记录，作品便常常不免成为一种罪恶的标志。

这种时代风气，说来不应当使人如何惊奇。王羲之、索靖书翰的高雅，韩幹、张萱画幅的精妙，华丽的锦绣，名贵的磁器，虽为这个民族由于一大堆日子所积累而产生的最难得的成绩，假若它并不适宜于作这个民族目前生存的工具，过分注意它反而有害，那么，丢掉它，也正是必需的事。实在说来，这个民族如今就正似乎由于过去文化所拘束，故弄得那么懦弱无力的。这个民族种种的恶德，如自大，骄矜，以及懒惰，私心，浅见，无能，就似乎莫不因为保有了过去文化遗产过多所致。这里是一堆古人吃饭游乐的用具，那里又是一堆古人思索辨难的工具，因此我们多数活人，把"如何方可以活下去的方法"也就完全忘掉了。明白了那些古典的名贵的与庄严，救不了目前四万万人的活命，为了生存，为了作者感到了自己与自己身后在这块地面还得继续活下去的人，如何方能够活下去那一些欲望，使文学贴进一般人生，在一个俨然"俗气"的情形中发展；然而这俗气也就正是所谓生气，文学中有它，无论如何总比没有它好一些！

不过因为每一个作者，每一篇作品，皆在"向社会即日兑现"意义下产生，由于批评者的阿谀与过分宽容，便很容易使人以为所有轻便的工作，便算是把握了时代，促进了时代，而且业已完成了这个时代的使命；——简单一点说来，便是写了，批评了，成功了。同时节自然还有一种以目前事功作为梯子，向物质与荣誉高峰爬上去的作家，在迎神赶会凑热闹情形下，也写了，批评了，成功了。虽时代真的进步后，被抛掷到时代后面历史所遗忘的，或许就正是这一群赶会迎神凑热闹者。但是目前，把坚致与结实看成为精神的浪费，不合时宜，也就很平常自然了。

本书的写作与付印，可以说明作者本人缺少攀援这个时代的能力，而俨然还向罪恶进取，所走的路又是一条怎样孤僻的小路，故这本书在新的或旧的观点下来分析批判，皆不会得到如何好感。这个作品从一般读者说来，则文字太奢侈了一点。惟本人意思，却以为目前明白了把自己一点力量搁放在为大众苦闷而有所写作的作者，已有很多人，——我尊敬这些人。也应当还有些敢担当罪恶，为这个民族理智与德性而来有所写作的作者——我爱这些人！不害怕罪恶为缘的读者，方是这一卷书最好的读者。

一九三四年五月二十七日《凤子》第一卷付印题记

凤　子

三月的北京，连翘花黄得如金子，清晨在湿露中向人微笑。春假刚还开始，园游会，男女交谊会，艺术同志远行团，……一切一切由于大学校年青大学生，同那种不缺少童心的男女教授们组织的集会，聚集了无数青年男女，互相用无限热情消磨到这有限春光。多少年轻男子，都莫不在一种与时俱来的机会上，于沉醉狂欢情形中，享受到身边年青女子小嘴长臂的温柔。同一时节，青年男子××，怀了与世长辞的心情，一个人离开了北京，上了××每早向南远远开去的火车。恰如龙朱故事所说：民族中积习，常折磨到天才与英雄；不是在事业上粉骨碎身，便应在爱情上退位落伍。这年轻男子，纯洁如美玉，俊拔如白鹤，为了那种对于女人方面的失意，尊重别人，牺牲自己，保持到一个有教育的男子的本分，便毫无言语，守着沉默，离开了××学校同北京。这年青人为龙朱的同乡，原来生长的地方，同后来转变的生活，形成了他的性格，那种性格，在智慧某一方面，培养了一种特殊处，在生活某一方面，便自然而然造成了一点悲剧。为了免避这悲剧折磨到自己，毁灭了自己，且为了另一人的安静与幸福设想，他用败北的意义而逃遁，向山东的海边走去。

一　寄居青岛的生活

到了山东青岛，借用了一个别名，作为青岛的长期寄居者后，除了一个在北京的哲学教授某某，代理他过某处去为他取那一点固定的收入，汇寄给这个人生败北的逃亡者，知道他的行踪外，其余就再也无一个人知道他的去处。既离开北京那么远，所在的地方又那么陌生，世界上一切仿佛正在把他忘却，每日继续发生无数新鲜事情，一切人忘了他，他慢慢的便把一切也同样忘去了。这一点，对于他自然是一种适当的改变。同一切充满了极难得的亲切友谊离远，也便可同一切由于那种友谊而来的误会与痛苦离远，这正是他所必须的一件事。一个新的世界，将使他可以好好休息一阵。青岛的不值钱的阳光，同那种花钱也不容易从别处买到的海上空气，治疗到他那一颗倦于周旋人事思索爱憎的心。过了一阵日子以后，在十分单纯寂寞生活里，间或从朋友那一方面，听到一点别处传来关于他离开 ×× 以后的流言，那种出于人类无知与好奇的创作，在他看来，也觉得十分平淡，正如所谈的种种，不大象是自己事情一样。从这些离奇不经传说上，大都只给了他一个微笑的机会。一堆日子悠悠的过去，青岛上的空气同日光，把他的性格开始加以改变，这年轻人某种受损害了的感情，为时不久就完全恢复过来了。

这年青人住的地方去海并不很远。他应感谢的，是他所生长那个湘西野蛮地方，溪涧同山头无数重叠，养成了在散步情形中，永远不知疲倦的习惯。为了那一片大海，有秩序的荡动，可以调整到他的呼吸。为了海边一片白色的沙滩，那么平坦，在潮水退过的湿沙上，留下无数放光的东西，全是那么美丽，因此这个人，差不多每一天总到那里去，在那将边留下一列长长的足樱无边的大海，扩张了他思索的范围，使他习惯了向人生更远一处去了望。螺蚌的尸骸，使他明白了历史，在他个人本身以外，作过了些什么事情。贴到透蓝天上的日头，温暖到这年青人的全身，血在管子里流得通畅而有秩序。在这种情形下，这年青人的心情，乃常如大海柔和，如沙滩平净。

默思的朴素的生活的继续，给他一种智慧的增益，灵魂的光辉。

他所住的地方，在一个坡上。青岛上的房子，原来就多位置在坡上的。那是一个孤独的房子，但离一堆整齐的建筑，××区立大学的校址，距离却并不很远。房子不大，位置极为适当。从外面看去，具备了青岛住宅区避暑游息别墅的一切条件。整齐的草坪，宽阔的走廊，可以接受充足阳光的窗户，以及其附近的无刺槐树林，同加拿大白杨林，皆配置得十分美丽。从内面看来，则稍稍显得简单朴素了一点。房东是一个单身男子，除了六月时从北方接回那个在女子大学念书的唯一女儿，同住两个月外，没有其他亲眷，也没有其他朋友。到后不知如何，把楼下六个房间全租给了××大学的教授们住下，因此一来，便仿佛成为一个寄宿舍了。他的住处同房东在楼上一层，东家一个年老仆人，照料到他饮食同一切，和照料他的主人一样的极有条理。作客人的又十分清简，无人往来，故主客十分相安。从他住处的窗户望出去，可以眺望到远远的海，每日无时不在那里变化颜色。一些散布在斜坡下不甚整齐的树林，冬天以来，落尽了叶子，矗着一片银色的树枝，在太阳下皆十分谧静安详。连同那个每日皆不缺少华洋绅士打高尔夫球的草坪一角，与无数参差不等排列在山下的红瓦白墙小房子，收入到这个人窗户时，便俨然一幅优美的图画。

自从住处成为××大学宿舍后，那房子里便稍稍热闹了一点。在甬道上或楼梯边，常常有炒菜的油气，同煤炉的磺黄气，还有咖啡气味，有烟卷气味。若照房东的仆人，自己先申明到他是"尊重他官能的感觉"的言语，"说得全不是谎话"，那么，甬道上另外还有一种气味，便应当是从那些胖大一点的教授们身体上留下来的。这里原住得有六个教授，一切的气味，不必说，自然是从那些编了号的房中溢出，才停顿到甬道上的。这些人似乎因为具有一种极高的知识，各人还都知道注意安静。冬天来时，各人无事，大致皆各关着房门，蹲守到自己房中火炉边，默思人生最艰深的问题，安静沉着如猫儿。在冬天，从甬通出去那个公共大门铜扭上头，被不知谁某，贴上了一个小小字条，很工整的写着："请您驾把门带上"的，那样客气的字句，于是大家都极小心的，进出时不忘却把门带上。因此一来，住到楼上的他，初初从外面进门时，在那甬道间，为了一种包含了各样味道的热气，不免略略感觉到一点头昏。

但冬天不久就过去了。种种情形，已被春天所消灭，同时他渐渐的也觉得习惯了。故本来预备在春天搬一个家，到后来，反而以为同这些哲人知人住在一个大房子里，别人对于他不着意，为很有意思了。

他住到这里也快有一年了。那个唯一朋友，因为听到他在这边日子过得很好，所以来信总赞助他到第二年再离开此地。且对于他完全放下所学的艺术，来在默思里读××哲学，尤加赞美。××哲学可以治疗到这年青人对男女爱情顽固的痼疾，故一面同意他的生活，一面还寄了不少关于×××的书来。

春天来时，不单通甬道那个门可以敞开，早晚之间，那些先生们的房子里一切，也间或可以从那些编了号的房门边，望得很清楚了。有些房里，一些书，几几乎从地板上起始，堆积将到楼顶，这显然是一个不怕压坏神经的教授房子。另外一些房里，又只随便那么几本书，用一种洒脱的风度，搁在桌头上，一张铁床斜斜的铺着，对准了床头，便挂了一幅月份牌。（月份牌上面，画一时装美人，红红的脸庞，象是在另外一些地方，譬如县公署的收发处，洗染公司的柜台里，小医院男看护的房间里，都曾经很适当的那么被人悬挂着，且被人极亲切的想着，一到了梦中，似乎这画中人，就会盈盈走下，傍近床边。）此外，间或也可以听到这些先生们元气十足的朗朗笑声，同低唱高歌声音了。那住处楼下一层，春天来仿佛已充满了人情，凡属所见所闻，同时令还不什么十分违悖，所以他一面算到他来此的日子，一面也似乎才憬然明白，虽说逃亡到了这里，无一个熟人，清静无为如道士，可仍然并没有完全同人间离开。

良好米饭可以增补人的气力，适当运动可以增加人的体重，书本能够使一个人智慧，金钱能够给世界上女人幸福：可是，大海同日光，并没有把人类某一种平庸与粗俗减少一点，这个年青人初初注意发现它时很惊讶的。不过这并不是人的错处。一切先生们，全是从别一个地方聘请来的！一切人都从那个俗气的社会里长大，"莲花从脏泥里开莲花，人在世界上还始终仍然是人。" ×× 哲学对于他有所启示。年青人既然有一双健康的脚，可以把他身体每天带到海边去，而那种幻想，又可以把他的灵魂带到大海另一端更远处去，关于人的种种问题，也就不必注意，骚扰到这个平静的心了。

二 一个黄昏

他的住处既然在山上，去海边时，若遵照大路走去，距离就约有一里远近。若放弃了那条大路的方便，行不由径，从白杨林一直下去，打一些人家的屋后，翻过一道篱笆，钻过一个灌木树林，再遵小道走下去，也可以走到海边。从这条道路走去，距离似乎还近了一点。这年青人为了一种趣味，一点附在年青人身上的孩子心情，总常常走那条小路。另外一个理由，便是因为从那条捷径走去，则应当由一家房子的围墙边过身，从低低的围墙上，可以望到一个布置得异常精美的庭园。同时那人家有两只黑色巨獒，身体庞大，却和气异常，一种很希奇的原因，这年青人同那两只狗在他同它的主人相熟以前，就先同它成为朋友了。他每次走那人家墙外过身时，两只狗若在园中，必赶忙跑到墙边来，轻轻的吠着，好象在说，"你进来，看看我们这个花园，这里并没有什么人。"

两只狗似乎是十分寂寞的。那屋里当真就没有什么人，永远只是一个老年绅士，穿了宽博的白衣，沉默的坐在屋前，望到那两只狗，在花园里跑着闹着，显得十分快乐的样子。似乎任何一天，这人都不离开那小屋同花园。似乎所有的亲人，就只身边那两只狗。

这隐士的生活，给了年青人一种特别的印象。有时候停顿在围墙外，那老绅士正在墙内草坪上，同那只黑狗玩着，互相皆望到时，便互相交换一度客气的微笑。但因为某种原因，这种善意的微笑，在这地方的住居者看来，也早成为一种普遍的敬礼，算不得什么希奇了。从这机会上，到成为两个朋友，还隔了一种东西，这一点年青人是明白的。

下面一件事，还应当把时间溯回去一点，发生到去年九月末十月初边。

有一天，一个黄昏里，落日如人世间巨人一样，最后的光明烧红了整个海面，大地给普遍镀成金色，天上返照到薄云成五色明霞，一切皆如为一只神的巨手所涂抹着，移动着，即如那已成为黑色了的一角，也依然具一种炫耀惊人的光影。

年青人在海滩边，感情上也俨然镀了落日的光明，与世界一同在沉静中，送着向海面沉坠的余影。

年青人幻想浴了黄昏的微明，驰骋到生活极辽远边界上去。一个其声低郁来自浮在海上小船的角声正掠着水面，摇荡在暮气里。沙滩上远近的人物，在紫色暮气中，已渐次消失了身体的轮廓。天上一隅，尚残留一线紫色，薄明媚人。晚潮微有声息，开始轻轻的啮咬到边岸。……那时节残秋已尽，各处来此的人皆多数已离开了此地，黄昏中到海滨沙上来消磨那个动人黄昏的，人数已不如半月前那么拥挤。因为舍不得这海边，故远远的山嘴上，海军学校兵营喇叭声音飘来时，他反而向更远一点的地方走去。他旋即休息到一只搁在沙上的小游艇边，孤独的眺望到天边那一线残余云彩。

只听到身近边，有一个低低的中年男子的声音，"你瞧，凤子。你瞧，天上的云，神的手腕，那么横横的一笔！"

一个女人一面笑着，一面很轻的说了一句话。没有听清楚说的是什么，但从那个情形里看来，两人是正向那一线紫色注意，年青人所注意的地方，同时另外还有四只眼睛望着的。

那两人似乎还刚从什么地方过来，坐到沙上不久，女人第二次很轻的说了一句话，就听到那男子又说："年青人的心永远是热的，这里的沙子可永远是凉爽的。"

女人仍然笑着。稍过一阵，那男子接着又说："先前一时，林杪斜阳的金光，使一个异教徒也不能不默想到上帝。这一线紫色，这一派角色，这一片海，无颜色可涂抹的画，无声音可模仿的歌，无文字可写成的诗！"

那女人，听到这个学究风度的描画，就又轻轻的笑了。从这种稍稍显得放肆了一点快乐笑声里，可以知道女人的年龄，还不应当过二十岁。

女人似乎还故意那么反复的说着："无文字的诗，无颜色的画，这是什么诗？我永远读不熟！"

那男子说："凤子，你是小孩子。这种诗原不是为你们预备的，这理由就是因为你们年轻了一点。一个人年轻并不是罪过，不过你们认识世界，就只用得着一双眼睛，所以我成天听到你说，这个好看，那个不好看。年青人的眼睛，中意一切放光热闹的东西，就因为自己也是一种放光热闹的东西！可是……"

"你要我承认一切是美的，我已承认了！"

男子就说，"你把一切自然的看得太平常，这不是一件很公平的事。"

女人仿佛仍然笑着，且从沙地站起来，距离是那么近，白色的衣服，在黑暗中便为女人身体画出一个十分苗条的轮廓。

因为站起了身子，所以说话声音也清楚多了，女人说，"我承认一切都是美的。甚至于你所称赞到的，那船上人吹的角声，摇荡在这空气里，也全是美的。可是什么美会成为惊人的东西？任什么我也不至于吃惊。一切都那么自然，都那么永远守着一种秩序，为什么要吃惊？"

男子声音，"一切都那么自然，就更加应当吃惊！为什么这样自然？匀称，和谐，统一，是谁的能力？……是的，是的，是自然的能力。但这自然的可惊能力，从神字以外，还可找寻什么适当其德性的名称？凤子，你是年青人，你正在生活，你就不会明白生活。你自己那么惊人的美丽，就从不会自己吃惊！你对镜子会觉得自己很美，但毫不出奇。你觉得一切都要美一点，但凡属于美的，总不至于使你惊讶。你是年青人，使你惊讶的，将是一种噩梦，或在将来一个年青男子的爱情，或是夏天柳树叶上的毛毛虫，这一切都并不同，可同样使你惊讶！"

女人说："我不明白，为什么原因，我们要惊讶我们成天看到的东西。"

男人便重复的说："凤子，你是小孩子，你不会明白的。"

女人没有再说什么，重新坐下去，说了几句话，声音太低，听不清楚了，最后只听到"浮在海上的小船，有一个人拉篷，那个小灯，却挂在桅上，"似乎正在那里，指点海面一切给男子知道。坐在两丈以内的年青人，同意了那中年男子对于女人的"小孩子"称呼，在暗中独自微笑了。

可是听到女人报告海面一切时，那中年男子，却似乎轻轻的叹息了一声，稍稍沉默了。过了一阵，才听到那男子换了一个方向，低低的说："你们年青人的眼睛，神的手段！"

女人一面笑着，一面便低低的喊叫起来，"天啊，什么神的手段，被你来解释！"

男人说，"为什么不是一件奇迹呢？老年人的眼睛，一种多么可怜的东西！枯竭的泉水，春天同夏天还可以重新再来，人一老去，一切官能都那么旧了。一切都得重新另作，一切都不在那个原来位置上重显奇迹。把老年人全都收回去，把年青人各安置一颗天真纯朴的心，一双清明无邪的眼睛，一副聪明完全的耳朵，以及一个可以消化任何食物的强健胃口，这一切一切，不容人类参加任何意见的自然。归谁来支配？归谁来负责？……"女人说，"我们自己在那里支配自己，这解释不够完全了么？"

男人说，"谁能够支配自己？凤子。……是的，哲学就正在那里告给我们思索一切，让我们明白：谁应当归神支配，谁应当由人支配。科学则正在那里支配人所有的一部分。但我说得是另外一件东西，你若多知道一点，便可以明白，我们并无能力支配自己。一切都还是有一只看不见的手在提弄，一切都近于凑巧。譬如说，我这样一个人，应当怎么样？能够怎么样？我愿意我年青一点，愿意同你一样，对一切都十分满意，日子过得快乐而健康，一个医生可以支配我吗？我愿意死了，因为你的存在，就不能死。……有一样东西就不许可我，即或我自己来否认我是一个老人，有一样东西……"女人似乎不说什么话，只傍到男子微笑，同时也就正永远用这种微笑否认着。男子把话说来，引起了一种灵魂上的骚扰，到后自己便沉默了。

一会，女子开始说着别一种话，男子回答着，听到几句以后，再说下去，又听不清楚了。

到后又听到那男子说，"……我不久就应当死了，就应当交卸了一切人事的恩怨，找寻一个地方，安安静静的，躺到那个湿湿的土坑里去，让小小虫子，吃我的一切。在我被虫子吃完以前，人家就已经开始忘掉我了。这是自然的。这是人人都不能够推辞的义务。历史上的巨人，无双的霸王，美丽如花的女子，积钱万贯的富翁，都是一样的。把这些巨人名人，同那些下贱的东西，安置到一个相同的结局，这种自然的公平与正直，就是一种神！还有，我要说的是还不应当收回去的，被收回去，愿意回去了的，还没有方法可以回去：这里有一种不许人类智慧干涉的东西存在。凤子，你是小孩子，你不知道。"

女人回答得很轻，男子接着又说，"是的，是的，你说得不错。生活过来的人思索到的事情，不应当要那些正在生活的人去明白。生活是年青人一种权利，而思索反省却是一个再没有生活权利了的老年人的义务。可是我正想到另外一件事情。……"女人似乎问到那男子，男子便略带着年长人的口吻，"凤子，你是小孩子，你不会知道的。"

两人大致还继续在说到那一件事情，另一处过来了两个俄国妇人，一面豪纵的笑着，一面说着俄语，这一边的言语便混乱了。等到那俄国妇人走过去后，这边两人也沉默了。那时海面小船上的角声，早已停止，山嘴上一个外国人饭店里，遥遥的送了一片音乐过来。

经过了一些时间，只听到女人仍然那么快乐的笑着，轻轻的说，"回去了罢，我饿了！"两个人于是全站起来，男子走近水边，望了一会，两人就向东边走去了。

两人关系既完全不象夫妇，又不大象父女，年龄思想全极不相称，却同两个最好的朋友一样那么亲切的谈到一切。而且各带了这样一种任性的神气，谈到各样问题。这种少见的友谊，引起了默坐在船傍的年青人一种注意，等到两个人走后，就无意中也跟到后面走去。他估量到在那边大路灯下，一定可以看清楚两人的脸貌。到了出口处，女人正傍到那个肩背微偻的男子走着，正因为从背后望去，在路灯下，那个女人身体背影异常动人，且行走时风度美极，这年青男子忽然感到一种不可言说的惆怅，便变更了计划，站定在路旁暗处，让那两个人走去了。

回到住处以后，为了一点古怪的原因，那女人的风度，竟保留到这个逃亡者记忆上没有擦去。同时，他觉得"凤子"这个名字，好象在耳朵边，不久就已十分熟习了。但这女人是谁？那中年男子是谁？他是无从知道的。好在青岛地方避暑的游人，自从八月以来，就渐渐的在减少，十月以后，每到黄昏时节，两人比肩来到海滩上，消磨这个黄昏的，人数已极有限了。他心里就估量着："第一次为黄昏所迷的人，第二次决不会忘记了这海滨。"他便期待着那个孪生的巧遇。

那一对不相识的男女，一点谈话引起了他一种兴味，这年青人希望认识那个有趣味的中年男子的欲望，似乎比想看看那年青女人的心情还深切。青岛十月以来，每一个黄昏，落日依然那么燃烧到海上同天空，使一切光景十分庄严华丽，眩人心目。可是同样的事，第二次始终没有机会得到。一点印象如一粒小小白石，投在他平静的心上，动荡成一个圆圆的圈儿，这圆圈，便跟随了每一个日子而散开，渐渐的平静下来。于是，一堆日子悄悄过去了。于是，冬天把雪同风从海上带来，接着新的春天也来了。

三 隐者朋友

四月的清晨，一切爽朗柔和。每个早晨日头从海面薄雾里浮出后，便有一万条金色飘带，在海上摇动。薄媚浅红的早霞，散布在天上成一片。远近小山同树林，皆镀上银红色早雾。新生的草木，在清新空气里，各湿湿的蒸发一种香气，且静静的立着，如云石镇上的妇人，等候男巫的样子，各在沉默里等待日头的上升。年青人拿了一枝竹枝，一路轻轻的鞭打到身旁左右的灌木，从那条小路向山下走去。走过了那一片树林，转过一片草地，从那孤单老绅士家矮围墙边过身时，正看到那个老绅士，穿了一件短短的条子绒汗衫，裸了一双臂膀，蹲到一株花树下面，用小铲撮土。那个方法一望而知就有了错误。那株花树应当照到原来的方向位置，那绅士并没安置得适当，照例这一株树是不会活的。那个时节那两只狗正在园中追逐，见到了墙外的年青人了，就跑过来，把前脚搭在墙上，同他表示亲昵。同时且轻轻的吠着，好象同他那么批评到它的主人："你瞧，花应当那么栽吗？你瞧，这花值几块钱吗？"年青人同时心里也就正那么想着："这花实在不应当那样栽的。"他便那么立着停顿不动了。他等候一个机会，将向这个主人作一种善意的建议。

那主人见到这一边情形了。他的狗对外人那么和气亲切，似乎极其满意，便对墙外的年青人和善的笑着，点了一下头。

"先生，天气真好！你说，空气不同很好的酒一样吗？"

年青人说："是的，先生，这早上空气当真同酒一样。不过我是一个平时不大喝酒的人，请你原谅，容许我另外找寻一个比喻。"但一时并没有较好的比喻可找寻，所以他接着就说："这空气比酒应当还好一点，我觉得它有甜味。"

"那么，蜜酒你觉得怎么样？"

"好吧，算它是蜜酒吧。先生，您这两只狗不坏，雄壮得简直是两只豹子。"

"这狗有豹子的身份，具绵羊的灵魂。"接着便站了起来，"我看你倒很早，每天你都……你精神倒真是一只豹子！"

"老先生，你也早！你不觉得你很象一个年青人吗？"

那老绅士听到人家对于他的健康，加以风趣的批评，就摇头笑了。"你应当明白你是豹子呀！"那时正有一群乌鸦在空中飞过去，引起了他的仰首，"不过，你瞧，老鸹比我们都早，这东西还会飞！"

一点放肆的，稍稍缺少庄重，不大合乎平常规矩的谈话，连接了两个人的友谊。不到一会，墙外那一个，便被主人请进花园里了。第一次作客，就是从那一道围墙跳进去的，这种主客洒脱处，证明了某种琐碎的礼节，不适用于他们此后的交谊。到了花园以后，那两只黑色巨獒，也显得十分快乐，扑到客人身上来，闹了一会，带了一种高兴的神气，满园各处跑去。他们已经谈到栽花的事情了，这客人一面说到一种栽移果树的规矩，说明那株花树应当取原来方向的理由，一面便为动手去改动。那绅士对于客人所说到的经验颔首不已，快乐的搓着两只手，带一点儿轻微的嘲弄的神气，轻轻的说："我看你是一个农业大学的学生。"

这话似乎并不是预备同客人说的。客人却说："叫我做农夫，我以为较相宜一点。"

老绅士就说："这是我的错误，因为把一个技师当成了学徒。"

"没有的，你这是把我估计错了。我并不是技师。"

因为绅士正象想到什么话，微笑着，没有说下去，客人又说："我是一个砍了少许大树，却栽过许多小树的人。……"

绅士把手很快乐的摇着，制止到客人言语的继续。"那莫管罢。你不作这件事，一定就作那件事。你不象一个平常人，也正如我不象一个更夫一样。你不要再说下去，我倒看出你是什么地方的人了。"这绅士随即就用一种确定的神气，说明了客人的籍贯。且接着那么说着："你并不谎我，你的确是一个农人，因为你那地方，除了这一种人没有别的职业。你是那地方生长的。可是，为什么原因，那地方会产出那么体面的手臂，体面的眼睛，和那不可企及的年青人的风度？……"

忽然听到一个陌生人，很冒昧的也很坚定的说到他是什么地方的人，且完全没有说错，这年青人为了一种意外的惊讶，显得有一点儿呆板了。他回答说，"先生，这是我难于相信的，因为你并没有说错！我听到你用我那地方人的言语，说我们那里的一切，我疑心是一个梦。"

绅士见到面前的人承认了，也显得十分快乐。"这应当是一个梦的，因为在此地我能碰到你！"

"我听人提到我那里一切，似乎……"

"是的，那是一样的，所生长的乡下，蚂蚁也比别处的美丽，托尔斯泰先就为我们说过了！"

"可是，我得问你，不许你推辞，你把我带走了五千里路，带回了十五年岁月，你得说明这个古怪地方，你从什么方面知道！"

"你瞧，你脸色全变了。一句话不如一个雷，值不得惊讶到这样子！"

绅士于是微微的笑着，把客人拉到屋前廊下，安置那年青人到一个椅子上坐上，自己就站在客人的面前。"用镇箪地方的比喻来说罢，我从一堆桃子里，检出一颗桃子，就明白它是我屋后树上的桃子。你会不会相信，我从你十句话里，听到了一个熟习的字眼，就知道你是镇箪的人？

"可是你不是我那里的人，你说话的文法并不全对！"

"你的，猜想并不错误，我并非生长在那地方的树，却是流过那小河的鱼。我到过你那里，吃过那地方井水，睡过那地方木床，这一切我都不能忘记！"

主人到后进屋里拿了一些水果出来，一面用一把小刀削去大梨的外面，一面就赞美镇筸的水果。

客人说，"先生，你明白我意思，我正在恭恭敬敬听你告诉我那地方的一切，我离开了那个地方有了十五年。我这怀乡病者的弱点，是不想瞒你也不能瞒你的！"

那绅士说："我盼望你告诉我的，是十五年以前一切的情形。多可怜的事，我二十年不见那个地方了！谁知道在梦里永远不变的，事实上将变成什么样子呢？好的风俗同好的水果，会不会为这个时代带走呢？假若你害的是一种怀乡病，我这一尾从那小河里过道的鱼，应当害得是一种什么样的疾病呢？"

一种希奇的遇合，把海滩上两粒细沙子粘合到了一处。一切不可能的，在一个意外的机会上，却这样发生了。当两人把话尽兴的说下去，直到分手时，两人都似乎各年轻了十岁。

为了纪念这一种巧遇，客人临走时节，那绅士，摘了屋前一朵黄色草花，一面插到年青客人帽子上去，一面却说："照你们镇筸的习惯，我们从此是同年了。这是一个故事，别忘了这故事是应当延长下去的。所以你随时都不妨到我这里来，任何时节你都是一位受欢迎的朋友。你若果觉得是一个镇筸人，等不及我来为你开门，就仍然得从墙上跳进来。我这大门原是为那些送牛奶人同信差预备的，接待你并不相称！"

那时候两只黑色大狗，正站在他们的身傍，听到大门边门铃响动，忙跑过去，瞻望了门边一下，就把邮差搁到石阶级上两封信同一卷报纸，衔到主人身边来了。那绅士把信件接到手上，吩咐那只较大的狗："傩送，去开门罢。以后不要忘记，一见了这个客人，就应当开门把客人接进来，知道了么？"那狗好象完全懂得到主人的意思，向客人望着，低低的吠了一声，假若它是会说话，将那么说："我全知道。"接着即刻就很敏捷的跑过去，咬着那大门前的铁把手，且用力一撞，把栅栏门便撞开了。

"难道这个有风趣的老人，是去年十月，在海边黄昏中说话那一个吗？"一个过去的影子，如一只黑色的鸟儿，掠过年青人的心头，在回家的路上，他不大相信他今天所遇见的事情。

四　某一个晚上绅士的客厅里

因为一个感觉使他心上温暖起来，所以他就想从这老绅士方面，知道去年海边那两个人，那一件事。但这个机会，似乎被年青人自己一种顾虑所阻拦了。一点不可解释的心情，使这年青人同这老绅士接近时，好一些日子，竟只能谈到两人皆念念不忘的那个边疆僻地。各人都仿佛为了某样忌讳，只能数说到过去，却对于如何就成了目前的种种，可不大提及。

并且说到过去，也多数是提到那一个地方，关于风俗与人情的美丽移人处，皆有意避开其他事情。照 ×× 地方人的习惯看来，这种交情并不妨碍友谊的诚实。两人把愿意说到的说去，互相都缺少都会上人那种探寻别人一切而自己却不开口的恶习。两人一切话语皆由自己说出，不说到的对方从不侦察，不欲说的即或对方无意中道及，也不妨不理。两人因为那一个 ×× 人的习惯，因此把年龄的差别忘掉，把友谊在另一默契下，极亲切的成立了。

但由于诚实的自白，两人不久却都知道了对方皆是孤独的住在此地，都不必作事，各凭了一定固定的收入，很从容的维持着生活。这一点点了解，把年青人另一种疑心除去了。

那老绅士的确不出大门的。一切生活都为一男仆处置。那男仆穿了干净的衣服，从不说话，按照规矩作一切事情。白天无事时，把屋外花园整理得如块精美地毡，不到花园作事，就在各处窗户边徘徊，把各个窗户里外，揩拭得异常洁净。即或主人要他作什么买什么时，也不见这男仆说话，只遵照主人吩咐去做。因此使人疑心，这人上街买什么时，一定也只是用手指指，不须乎说话。但从各方面看来，这主仆二人是毫无芥蒂过着日子的。老绅士生活，除了每天在太阳下走走，坐到屋前廊下，吃一点白水，命令那两只大狗，作一点可笑的动作以外，就在自己卧房里，看看旧书，抄些所欢喜的东西。那个布置得极其舒服的客厅，长年似乎就从无一个客人惠临。一间小书房，无数书籍重叠的堆积，用黄色绸子遮掩着。壁间空处挂一些古铜戈和古匕首，近窗书桌上陈列无数精致异常的笔墨同几件希有的磁器，附带说明这一家之主，对于本国艺术文物的鉴别力，如何超人一等。但这寂寞的人，年龄不可欺骗已过了五十，心情和外表都似乎为了一种过去的生活，磨折到成了一个老人。一种长时间的隐居生活，更使他同人世一切取了一种分离态度，与这个世界日益相远。但自从与年青人相熟以后，在这个绅士感情上，却见出仍然有一种极厚的人情味。这个绅士由他年青的友人看来，仍然不缺少一个年轻男子的精神。生命的光焰虽然由于体质上的衰老，不能再产生那种对于人生固执的热力，已转成为一种风趣而溢出，但隐藏在那个中年的躯壳中的，依然是一颗既不缺少幻想也不倦于幻想的心。长时间的隐居，正似乎是这个绅士，有意把他由于年龄而来的不可避免的拘束减少一点的手段，却在隐遁情形中，打量生活到那个过去已经生活过的年青时代里去的。从这件新的友谊上，恰证明了年青人对于他老友所加的观察，并没有如何错误。

绅士的沉默，只似乎平时无人可以说话的原因。他所需要的，是同一个人，来说他年轻时代的种种。最好还要这个人能有 × × 地方人民的风格，每一只脚不必穿一只合式的鞋子，每一句话却不能缺少一个恰当的比喻。这个人现在已于无意中得到，因此他自然忽然便年青起来，他的朋友，也自然而然把年龄为人所划出的界线，一同忘掉了。既然两人把友谊成立到那另一个世界里的一切，慢慢的，这被世人所不知的地方，被历史所遗忘的民族，两人便不能顾忌，渐渐的都要提到了。……稍后一点日子里，某一个晚上，便轮到那老年绅士，在他那布置得十分舒服的客厅中，柔软的灯光下，向年青人坦白的提到那个眷念 × × 地方的理由了！

那时节老年绅士坐到年青人的对面，正在用刀为他的朋友割切一个橘子。一面把切好了的橘子，亲热的递给了他的朋友，一面望到那年青人华丽优雅的仪表。绅士眼睛中有一种只应当在年青人眼睛中燃烧的光辉。绅士轻轻的几乎是无声的说，"真是怎样一个神的手段！"年青人没有听到，因为所吃的橘子十分佳美，只当是称赞到青岛的橘子。

绅士便说："镇筸地方壮大新鲜长年无缺的瓜果，养成我这种年龄的人有童心的嗜好。二十年来若每天没有一点水果伴到我，竟比没有书籍还似乎难于忍受。"

年青人说："这种嗜好也同读 ×× 差不多，不算一件坏事情。"

"是的，在一个大图书馆里去，看书是一件多么方便的事。到 ×× 去，瓜果并不值钱。可是这种嗜好在 ×× 为一种童心，在别处则常常为一种奢侈。正如用丰富的比喻说话一样，在 ×× 可以连接两人的友谊，在别处则成为一种浪费。×× 地方山中的桃李橘柚，与蕴藏在每一个人口中的甜蜜智慧言语，同这里海边的鱼蟹盐沙，原是同样不能论价的东西！"

年青人微笑着，同意了这个比拟。他不愿意用这十余年来日子所加于每一个人身上的变化，联想到这些日子在其他物质上的改革。他自己所梦想到的，一切也仍然是那么一个野蛮粗暴的世界。在那一片野蛮粗暴的地方，有若干精悍，朴厚，热情的灵魂，生气勃勃的过着每一个日子。二十年来新的一页历史，正消灭到中国旧的一切，然而这隐藏在天的一角，黑石瘦确群山之中，参天杉树与有毒草木下面，一点残余的人民，因为那种单纯，那种忍耐，那种多年来的由于地方所形成的某种固执，这时候已成了什么样的变化，谁能知道谁能说明呢？

因为提到了嗜好，绅士到后忽然叹喟起来，显然为那个嗜好的来源，略略感到了一点惆怅。绅士说，"××地方的栗树，为我留下一个不可磨灭的印象。"

年青人说："××栗树并不很美，正如××野猪并不很美。××最美的树当是杉树，常年披上深绿鸟羽形的叶子，凝静的立定，作成一种向天空极力伸去的风度。那种风度是那么雅致，那么有力，同时还那么高尚不可企及。按照××的山歌：情人为人中之杉，杉树为树中之王。那称呼毫不觉得溢美。"

绅士接到说："是的，我见过那种杉树，熟习那个名言。谁有能力来否认，身在那种大树面前，不感觉到自己的卑小与猥俗？我并不称扬栗树，以为那胜过杉树。我想起的是那栗树上所结的无数带刺圆球。八月九月，明黄的日头，疏疏地泼了一林阳光，在一切沉静里，山头伐树人的歌声，懒散的唱着，调节到他斧斤的次数。就是那种枝叶倔强朴野的栗树，带刺的球体自动继续爆炸，半圆形的硬壳果实，乌金色的光泽，落地时微小的声音，这是一种圣境！自然在成熟一切，在创造一切，伐树人的歌声，即在赞美这自然意义中，长久不歇。这境界二十年来没有被时间拭去，可是，我今年已五十五岁了，就记到这个，多明朗的一个印象！"

"时间使树木长大，江河更改，天地变色，少壮如狮子的人为尘为土，这个我们不能不承认。不过有多少事情，在其他方面极易消失的，在我们记忆上，却永远年青。譬如一个女人，不尽只能在钟情于她的男子心中永远年青，且留到诗人的诗歌上面以后，这女人在一组文字上，也永远有青春的光辉，如一朵花，如一片霞，照耀人的眼目……"老年绅士听到这个议论，因为正提到他心中所思量到的一个问题，似乎稍稍受了一点寒气，望到他年青朋友，把那个斑白的端整的头摇动不已，带点抗议性质说道："这是一件事实，我的朋友。只是这一句话不是你年青人说的。这是为老年而有所钟情的人一个说明。你是一个年青人，你不适宜于说这句话。"

年青人承认了这一点，显露出谦虚和坦白微笑，解释到这句话的来源。"这是从一本书上记下的。这话或者我将来还有用处，等到将来看去。至于现在，假若这句话适用于事实，我想象在我面前的老友，一定就有一点事情，行将同我说到。"

绅士瞥望到天花板，好象找寻一种帮助，"可惜得很，当我年青一点儿的时节，天并不吝惜给我一些机会，安置我到一种神奇故事里去。不过郭景纯那一枝生花妙笔，并没有借给过我，诗人的才气于我无分。一些不可忘却的印象，如今只能埋葬在那么一个敝旧的躯壳里，再过不久，这敝旧躯壳，便又将埋葬到黄土里了。"

"若我有幸福可以从老友口中听到这个故事，这故事行将同样的纯洁的保留到这一个年青一点的心上，重新放出一种光辉。"

"我愿意把它安置到一个年青人心上去，我愿意作这件事。而且没有比你更适当的一个人，使我极方便的说到这件事。不过杉树的叶子因对生而显得完美，我担心我的言语，不能如一首有韵的诗那么整齐。"

"对生的皂角未必比松树还美。松树的叶子，生来就十分紊乱，缺少秩序。"

"这松树老了，已经为岁月人事把心蚀空了。"

"为了位置一个与日俱增的经验，长江大河也正在让流水淘蚀。这是一种自然的规律。"

"可是一切改变皆使人不欢，秋天来时草木也十分忧郁。"

"假若草木能有知觉，它在希望或追忆里，为未来或过去那个春天，它应当是快乐的。"

绅士对于这个对白发生了一种思索的兴味，他愿意接续到这一点问题上，思想徘徊逍遥。他承认了年青人的议论，同时又有所否认。他说："是的，草木应当快乐，因为它有第二个春天可以等待。这一方面我们可仍然看出了人类的悲惨处，因为人类并没有未来。一个年青人在爱情中常常悬想到未来，便极胡涂的打发了现在。到了老年，明白未来永远不会来到了，想象的营养，便只好从过去那个仓库里支取他的储蓄。我就是只能取用昨天储蓄却不能希望明天的一个人。"

年青人在这个储蓄比喻上，放下另外一个意见。"一个有面粉同金块储蓄的人，永远不至于为生活艰难所困；一个不缺少人生经验的人，他那取之不竭的智慧，值得一切人给他一种最大的尊敬。"

"我的朋友，你说得对。从你的言语上，老年人应当得一种知足的慰藉。不过应当有一个转语，找回我们那个原来的问题。人和草木不能相同，我还有一点意见。就是草木既有过去，也有未来，同时还大都明白现在。阳光同雨露使它向人微笑，它常常是满意现在，而尽量享受现在。我们在今天这个日子里，所要谈到的，思索的，工作的，就常常只是为了明天或昨天，使我们度过这一个当前。我明天是什么呢？我问你。"

"我的老友，这是一个平安的休息。"年青人答后他老朋友的询问，同时记起了东方哲人胡大圣，曾经以一种最东方的感情，对这休息所发的一番明论，便复述出来。"若果一个人在今天还能用他的记忆，思索到他的青春，这人的青春，便于这个人身上依然存在，没有消失。我的老友，这个格言值得我们深思。我请你相信，在我眼睛里，你的雄辩，已证明了你的少壮，你的叙述，也行将把你青春恢复转来。万里的长江，当每次春水发后，那古旧的河床，洋洋洒洒挟巨流而东下时，它便依然是有力而年青的。我希望让一道回忆的河流经过你那还不衰弱的心上，在这温柔的灯光下，我还可以有那种荣幸，重新瞻仰你一度青春的风仪。"

老绅士低低的自言自语的说了一句"又是一个凤子"。年青人听到，脸色全变了。年青人显得十分激动，一点回忆激动了他的血流，却谨慎的节制到自己的冒失。因为从老绅士神色上看来，这一句话原不是为他而说，与年青人无关系的。

但年青人却从这句话上，把去年十月来那个黄昏中人，认清楚就是对面的一个了。

那种新的发现，使年青人不免稍稍矜持起来了，他将手无目的伸出了一会儿又缩回来，"我有点冒昧，想将一个隐藏在心中有半年了的印象，询问到我的朋友。去年十月里，一个体面的黄昏中，大海为落日所焚烧后，天边残余了一线微紫，在那个海边沙滩上，我曾经于无意中听到一个年高有德的人，对黄昏作过了一段描绘，对人生阐发了一种哲理。同时还有一个女人，倘若我的记忆力并不十分坏，这人的名字，应是凤子。……"老绅士听到这个话时，不即作答，只望到年青人微微的笑着，带一点儿惊愕，仍然似乎自言自语的说："啊，有一个凤子，那应当是一件真实的事情了。"接着稍稍沉静了一点，若果年青人过细注意一下，还可以看到绅士是为了这个询问，把要说的话给紊乱了的。那时绅士带一点长者的神气轻轻的说："……你用不着骗我，这女人你一定觉得很美。"说了望到年青人，又说："你坐过来一点，我将告你一些事情，使你明白一切。我们从另一个题目上说去，慢慢的会说到栗子，说到凤子，结束到你所不忘记的那个黄昏里。我们慢慢儿来说，让这一道行将枯竭的河流，愉快的重新再流一次。"

这老绅士把话说到这里止住了，站起了身子，按了一下电铃，顷刻之间，那个沉默的仆人，就恭恭敬敬的站到门边了。绅士吩咐他说："把那一篓柑子拿来，取一瓶樱桃甜酒，另外煮一点极浓的咖啡……"

"这一道枯竭的河流，行将流一个整夜，"年青人想到这一点，看着绅士，正斜斜的躺到沙发一边去，脸儿红红的，蒸发了一种青春的热力。两人在暂时的沉默中，互相交换了一个亲切的微笑。

五 一个被地图所遗忘的地方

被历史所遗忘的一天

一个好事的人，若从二百年前某种较旧一点的地图上去找寻，当可在黔北，川东，湘西，一处极偏僻的角隅上，发现了一个名为"镇筸"的小点。那里同别的小点一样，事实上应有一个城市，在那城市中，安顿了三五千人口。不过一切城市的存在，大部分皆在交通，物产，经济活动的情形下面，成为那个城市荣枯的因缘，这一个地方，却以另外一种意义无所依附而独立存在。试将那个用粗糙而坚实巨大石头砌成的圆城作为中心，向四方展开，围绕了这边疆僻地的孤城，约五百左右的碉堡，二百左右的营汛。碉堡各用大石块堆成，位置在山上，随了山岭的脉络蜿蜒各处走去；营汛各位置在驿路上，布置得极有秩序。这些东西在一百七十年前，是按照了一种精密的计划，各保持到相当距离，在周围数百里内，平均分配下来，解决了退守一隅常作"蠢动"的边苗"叛变"的。两世纪来满清人的暴政，以及因这暴政而引起的反抗，血染红了每一条官路同每一个碉堡。到如今，一切完事了，碉堡多数业已毁掉了，营汛多数成为民房了，人民已大半同化了。落日黄昏时节，站到那个巍然独在万山环绕的孤城高处，眺望那些远近残毁碉堡，还可依稀想见当时角鼓火炬传警告急的光景。这地方到今日，已因为变成另外一种军事重心，一切皆以一种迅速的姿势，在改变，在进步，同时这种进步也就正在消灭到过去一切隔阂和仇恨……凡是有机会，追随了屈原溯江而行那条常年澄清的沅水，向上走去的旅客和商人，若打量由陆路入黔入川，不经古夜郎国，不经永顺龙山，都应当明白"镇筸"是个可以安顿他的行李最可靠也最舒服的地方。那里土匪的名称不习惯于一般人的耳朵。兵卒纯善如平民，与人无侮无扰。农民勇敢而安分，且莫不敬神守法。商人各负担了花纱同货物，洒脱的向深山村庄里走去，同平民作有无交易，谋取什一之利。地方统治者分数种：最上为天神，其次为官，又其次才为村长同执行巫术的神的侍奉者。人人洁身信神，守法爱官。每家皆有兵役，可按月各自到营上领取一点银子，一份米粮，且可从官家领取二百年前被政府所没收的公田播种。城中人每年各按照家中有无，杀猪，宰羊，磔狗，献鸡，献鱼，求神保佑五谷的繁殖，六畜的兴旺，儿女的长成，以及疾病婚丧的禳解。人人皆很高兴担负官府所分派的捐款，又自动的捐钱给庙祝或单独执行巫术者。一切事保持一种淳朴习惯，遵从古礼。春秋二季农事起始与结束时，照例有年老人向各处人家敛钱，为社稷神唱木傀儡戏。旱叹祈雨，便有小孩子各抬了活狗，带上柳条，或扎成草龙，各处走去。春天常有春官，穿黄衣各处念农事歌词。岁暮年末，居民便装饰红衣傩神于家中正屋，捶大鼓如雷鸣，巫者穿鲜红如血衣服，吹镂银牛角，拿铜刀，踊跃歌舞娱神。城中的住民，多当时派遣移来的戍卒屯丁，此外则有江西人在此卖布，福建人在此卖烟，广东人在此卖药。地方由少数读书人与多数军官，在政治上与婚姻上两面的结合，产生一个上层阶级，这阶级一方面用一种保守稳健的政策，长时期管理政治，一方面支配了大部属于私有的土地；而这阶级的来源，却又仍然出于当年的戍卒屯叮地方山坡上产桐树杉树，矿坑中有朱砂水银，松林里生菌子，山洞中多硝。城乡全不缺少勇敢忠诚适于理想的兵士，与温柔耐劳适于家庭的妇人。在军校阶级厨房中，出异常可口的菜饭，在伐树砍柴人口中，出热情优美的歌声。

地方东南四十里近大河，一道河流肥沃了平衍的两岸，多米，多橘柚。西北二十里后，即已渐入高原，近抵苗乡，万山重叠。大小重叠的山中，大杉树以常年深绿逼人的颜色，蔓延各处。一道小河从高山绝涧中流出，汇集了万山细流，沿了两岸有杉树林的河沟奔驰而过，农民各就河边编缚竹子作成水车，引河中流水，灌溉高处的山田。河水长年清澈，其中多鳜鱼，鲫鱼，鲤鱼，大的比人脚板还大。河岸上那些人家里，常常可以见到白脸长身见人善作媚笑的女子。……

一个旅行的人，若沿了进苗乡的小河，向上游走去，过××，再离开河流往西，在某一时，便将发现一个村落，位置一带壮丽山脉的结束处，这旅行者就已到了边境上的矿地了。三千年来中国方士神仙所用作服食的宝贝，朱砂同水银，在那个地方，是以一个极平常的价值，在那里不断的生产和贸易的。

那个自己比作"在××河中流过的一尾鱼"的绅士，在某一年中，为了调查这特殊的矿产，用一个工程师的名分，的的确确曾经沿了这一道河流，作过一次有意义的旅行。在这一次旅行中，他发现了那个地方地下蕴藏了如何丰富的矿产，人民心中，却蕴藏更其如何丰富的热情。

历史留给活人一些记忆的义务，若我们不过于善忘，那么辛亥革命那一年，国内南方某一些地方，为了政局的变革，旧朝统治者与民众因对抗而起的杀戮，以及由于这杀戮而引起的混乱，应多少有一种印象，保留到年龄二十五岁以上的人们记忆中。这种政变在那个独立无依市民不过一万的城市里，大约前后有七千健康的农民，为了袭击城池，造反作乱，被割下头颅，排列到城墙雉堞上。然而为时不久，那地方也同其他地方一样，大势所趋，一切无辜而流的血还没有在河滩上冲尽，城中军队一变，统兵官乘夜挟了妻小一逃，地方革命了。当各地方谘议局、参政局继续出现，在省政府方面，也成立了矿政局、农矿厅一类机关后，隐者绅士，因为同那地方一个地主有一科友谊，就从那种建设机关方面，得到了一种委托，单独的深入了这个化外地方。因这种理由，便轮到下面的事情了。

某一日下午三点钟左右，在去"镇筸"已有了五十里左右的新寨苗乡山路上，有两匹健壮不凡的黑色牲口，驮了两个男子，后面还跟了两个仆人。那两匹黑马配上镂银镶牙的精美鞍子，赭色柔软的鞯皮，白铜的嚼口，紫铜的足镫。牲口上驮了两个像貌不同的男子，默默的向边境走去。两匹马先是前后走着，到后来路宽了一点，后边那匹马便上前了一点，再到后来两匹便并排走了。

稍前那匹马，在那小而性驯耐劳的云南种小马背上，坐的是一个红脸微胖中年男子，年纪约五十岁上下。从穿着上，从派头上，从别的方面，譬如说，即从那搁在紫铜马足镫上两只很体面的野猪皮大靴子看来，也都证明到这个有身分的人物，在任何聚落里，皆应是一地之长。稍后一点，是一个年在三十左右的城中绅士。这人和他的同伴比起来显得瘦了一些，骑马姿势却十分优美在行。这人一望而知就是个城里人，生活在城中很久，故湘西高原的风日，在这城里人的脸上同手上，皆以一种不同颜色留下一个记号，脸庞和手臂，反而似乎比乡下人更黑了一点。按照后面这个人物身分看来，则这男子所受的教育，使他不大容易有机会到这边僻地方来，和一位有酋长风范的人物同在一处。××的军官是常常有下乡的，这人又决不是一个军官。显然的，这个人在路上触目所见，一切皆不习惯，皆不免发生惊讶，故长途跋涉，疲劳到这个男子的身心，却因为一切陌生，触目成趣，常常露出微笑，极有兴致似的，去注意听那个同伴谈话。

那时正是八月时节，一个山中的新秋，天气晴而无风。地面一切皆显得饱满成熟。山田的早稻已经割去，只留下一些白色的根株。山中枫树叶子同其他叶子尚未变色。遍山桐油树果实大小如拳头，美丽如梨子。路上山果多黄如金子红如鲜血，山花皆五色夺目，远看成一片锦绣。

路上的光景，在那个有教育的男子头脑中不断的唤起惊讶的印象。曲折无尽的山路，一望无际的树林，古怪的石头，古怪的山田，路旁斜坡上的人家，以及从那些低低屋檐下面，露出一个微笑的脸儿的小孩们，都给了这个远方客人崭新的兴味。

看那一行人所取的方向，极明白的，他们今天是一早从大城走来，却应当把一顿晚饭同睡眠，在边境矿场附近安顿的。

这种估计并没有多少错误。这个一方之长的寨主，是正将接待他的朋友，到他那一个寨上去休息的。因为两匹马已并排走去，那风仪不俗的本地重要人物说话了。

"老师，你一定很累了！"

另一个把头摇摇，却微笑着。

那人便又接到说，"老师，读佛家所著的书，走 × × 地方的路，实在是一种讨厌的事，我以为你累了！"

城里那一个人回答这种询问，"总爷，我完全不累。在这段长长的路上，看到那么多新鲜东西，我眼睛是快乐的，听到你说那么多智慧言语，我耳朵是快乐的。"说过后自己就笑了。因为对比的言语，一种新的风格的谈话，已给这城市里人清新的趣味，同伴说了很久，自己却第一次学到那么说了。

在他们的谈话中，一则因为从远处来，一则因为是一地之长，那么互相尊敬到对面的身分，被称作"老师"同"总爷"，却用了异常亲切的口吻说到一切。那个城市中人，大半天来就对于同伴的说话，感到最大的兴味，第一次摹仿并不失败，于是第二次摹仿那种口吻，说到关于路的远近。他说："总爷，你是到过京里的，北京计算钱的数目，同你们这一边计算路程，都象不大准确。"

那个总爷对这问题解释了下面的话，"老师，你说的对。这两处的两样东西，都有点儿古怪。这原因只是那边为皇帝所管，我们这边却归天王所管。都会上钱太重要，所以在北京一个钱算作十个；这乡下路可太多了一点，所以三里路常常只算作一里。……另外说来，也是天王要我们'多劳苦少居功'的意思。这意思我完全同意！我们这里多少事全由神来很公正的支配，神的意思从不会和皇帝相同的！"

"你那么说来，你们这里一切都不同了！"

"是的，可以说有许多事常常不同。你已经看过很多了。再说，"那总爷说时用马鞭指到路旁一堆起虎斑花纹红色的草，"老师，你瞧，这个就将告给你野蛮地方的意义。这颜色值得称赞的草，它就从不许人用手去摸它折它。它的毒会咬烂一个人的手掌，却美丽到那种样子。"

"美丽的常常是有毒的，这句格言是我们城中人用惯了的。"

"是的，老师，我们也有一句相似的格言，说明这种真理。"

"这原是一句城里人平常话，恰恰适用到总爷所说的毒草罢了。至于别的……譬如说，从果树上摘下的果子，从人口中听到的话，决不会成为一种毒药！"

总爷最先就明白了城里人对于谈话，无有不为他那辞令拜倒的。听到这种大胆的赞美，他就笑了一下。这个在堡寨六十里内极有身分的人物，望到年纪尚青的远客，想起另外一点事情了。"老师，你的说明不很好。我仍然将拥护那一句格言。照我的预感，你到了那边，你会自己否认你这个估计的不当。言语实在就是一种有毒的东西！你那么年青，一到了那里，就不免为一些女孩子口里唱出的歌说出的话中毒发狂。我那堡子上的年轻女人，恰恰是那么美丽，也那么十分有毒的！"

城市中人听到这个稍带夸张的叙述，就在马上笑着，"那好极了！好烧酒能够醉人，好歌声也应当使人大醉；这中毒是理所当然的。"

"好看草木不通咬烂手掌，好看女人可得咬烂年青人心肝。"

"总爷，这个不坏。到了这儿，既然已经让你们这里的高山阔涧，劳累到我这城市中人的筋骨，自然也就不能拒绝你们这地方的女孩子，用白脸红唇困苦到我的灵魂！"

"是的，老师。我相信你是有勇气的，但我担心到你的勇气只能支持一时。"

"乡下人照例不怕老虎，城里人也照例不怕女人。我愿意有一个机会，遇到那顶危险的一个。"

"是的，老师。假若存心打猎，原应当打那极危险的老虎。"

"不过她们性情怎么样？"

"垄上的树木，高低即或一样，各个有不相同的心。"

"她们对于男子，危险到什么情形，我倒愿意听你说说。"

"爱你时有娼妓的放荡，不爱你时具命妇的庄严。"

"这并不危险！爱人时忘了她自己，不爱人时忘了那男子，多么公平和贞洁！"

"是的，老师，这是公平的。倘若你的话可以适用到这些女孩子方面，同时她们还是贞洁的。但一个男子，一个城里人，照我所知，对于这种个性常常不能同意。"

"我想为城里人而抗议，因为在爱情方面，城里人也并就不缺少那种尊敬女子自由的习惯。"

"是的，一面那么尊敬，一面还是不能忍受。照龙朱所说，镇筸女子是那么的：朱华不觉得骄人，白露不能够怜人。意思是有爱情时她不骄傲，没有爱情时她不怜悯。女孩子们对于爱情的观念，容易苦恼到你们年青男子。"

"总爷，我觉得十分荣幸，能够听到你引用两句如此动人的好诗。其实这种镇筸女子的美德，我以为就值得用诗歌来装饰的。我是一个与诗无缘的人，但我若有能力，我就将作这件事。"

"是的，老师。把一个镇筸的女孩子聪慧和热情，用一组文字来铺叙，不会十分庸俗难看。镇筸女孩子，用爱情装饰她的身体，用诗歌装饰她的人格，这似乎也是必需的。作这件事你是并不缺少这种能力的，我却希望你有勇气。不过假若这种诗歌送给城市中先生小姐们去读，结果有什么益处？他们将觉得稀奇，那是一定的，完全没有益处！"

"总爷，我不同意这个推测。我以为这种诗歌，将帮助他们先生小姐们思索一下，让他们明白他们以外还有些什么东西，尽他们多知道一点。"

"是的，老师。我先向你告罪，当到你城里人我要说城里人几句坏话。我以为城里人是要礼节不要真实的，要常识不要智慧的，要婚姻不要爱情的。城市中的女子仍然是女子，同样还是易于感动富于幻想，那种由于男子命运为命运的家婆观念，或者并不妨碍到对她对这种诗歌的理解。但实在说来，她们只需要一本化装同烹饪的书，这种诗歌并不是她们最需要的。至于男子，大家不是都在革命么？那是更不需要的！并且我同你说，你若和一个广东人描写冰雪，那是一种极费力的说明，他们不相信的。你同城市中人说到我们这里一切，也不能使他们相信。一切经验才能击碎人类的顽固，因为直到此时为止，你就还不十分相信我所说的女人热情有毒的意义，就因为你到如今还不曾经验那种女子。"

那时节，城里人被那个总爷的几句话，说得稍稍害羞起来了，就只回答着，"是的，我承认你一切的话语。我希望有一种机会，让我发现蕴藏在镇箪地下矿产以前，就能发现蕴藏在镇箪女人胸中的秘密。"

那总爷说："是的，老师，一到了这里，自然不会缺少机会。宝石矿许可我们随时发现宝石。你看看，上了那个小坡，前面就可以到一个小小客店里歇歇了，我们或者就可以发现一点东西。"

两人一面说着一面把马加快了一点，不到一会就上了那个小坡，进抵一个小村庄的街头了。到了客店，下了马，跟到马后的用人，把马牵到街外休息去了。他们于是进了一个客店的堂屋里，接受了一个年老妇人的款待。

客店里另外还有一个过路的少妇，也在那休息，年纪约二十二三岁，一张黑黑的脸庞，一条圆圆的鼻子，眉眼长长的尾梢向上飞去，穿了一身蓝色布衣，头上包了一块白布。两个人进去时，那妇人正低下头坐在一条板凳上吃米糕。见到了两个新来的客人，从总爷的马认识了这一方之主，所以糕饼还不吃完，站起了身来就想走去。那客店老妇人就说："天气还早，为什么不稍歇歇？日头还不忙到下山，你忙什么？"

那妇人听到客店主人说的话，微微的一笑，就又坐下了。

妇人像貌并不如何美丽，五官都异常端整秀气，看来使人十分舒服。惟神气微带惨怛，好象居丧不久的样子。

那总爷轻轻的向城里人说："老师，的确宝石矿是随处可拾宝石的。照镇箪地方的礼仪，凡属远方来客，逢到果树可以随意摘取果子，逢到女人可以随意问讯女人：你不妨问问那个大嫂，有什么忧愁烦扰到她。"

城里人望到妇人，想了一会，才想出两句极得体的话，问到那个妇人，因什么事情，神气很不高兴。

按照镇箪地方的规矩，一个女子不能拒绝远方客人善意的殷勤。妇人听到城里人的问候，把头稍稍抬起，轻轻的说："芝兰不易再开，欢乐不易再来。"说后恐怕客人不明白所说的意思，又把手指着悬挂在门外那个红布口袋，望到客人，带了一点害羞的神气，"这是一个已经离开了世界的人。在那个布口袋里，装得是他的骨灰；在一个妇人的心胸里，装得是他的爱情。"说过后，低下头凄凉的笑着，眼睛却潮湿了。

总爷就说："玫瑰要雨水灌溉，爱情要眼泪灌溉。不知为什么事情，年纪轻轻的就会死去？"

妇人便告着这男子生前的一切。才知道这男子是一个士兵，

在 ×××无意中被一个人杀死的，死时年龄还不到二十五岁，妇人住在镇箄附近，听到了这事，赶过×××去，因为不能把死尸带回，才把男子烧成灰，装在一个口袋里。话说到末尾，那妇人用一种动人的风度，望到两个男子，把这个叙述结束到下面句子里："流星太捷，他去的不是正路，虹霓极美，可惜他性命不长！"

说完后，重复把头低下去，用袖口擦到眼角。

那客店妇人，见到这情形，便把两只手互相揑着，走过来了一点，站在他们的中间，劝慰到那个年青妇人："一切皆属无常：谁见过月亮长圆？谁能要星子永远放光？好花终究会谢，记忆永远不老。"可是那年青妇人，听到那个话，正因为被那种"在一切无常中永远不老"的记忆所苦，觉得十分伤心，就哭过一会儿后，这妇人背了门外那个口袋走了，客店人站到门边向妇人所去一方，望了许久，才回过身来，向两个客人轻轻的吁着，还轻轻的念着神巫传说一个歌词上的两句歌："年青人，不是你的事你莫管，你的路在前途离此还远。"

那个城里人沉默了半天没有说话。

到后这一行人又重新上路了。

他们当天落黑时，还应当赶到总爷那个位置在××山一片嘉树成荫的石头堡寨上，同在一个大木盆里，用滚热的水洗脚，喝何首乌泡成的药酒，用手拉蒸鹅下酒，在那血椿木作成的大床上，拥了薄薄的有干果香味的新棉被睡觉，休养到这一整天的疲乏的。

六　矿场

　　边境地方一地之主的城堡，位置在边境山岭的北方支脉上，由发源于边境山中那一道溪流，弯弯的环抱了这个石头小城。城堡前面一点，下了一个并不费力的斜坡，地形渐次扩张，便如一把扇子展开了一片平田。秋天节候华丽了这一片大坪，农事收获才告终结，田中各处皆金黄颜色的草积，同用白木作成的临时仓库，这田坪在阳光下便如一块东方刺绣。

　　城堡后面所依据的一支山脉，大树千章，葱笼郁合，王杉向天空矗去，远看成一片墨绿。巨松盘旋空际，如龙蛇昂首奋起。古银杏树木叶，已开始变成黄色，艳冶动人，于众树中如穿黄袍之贵人。城堡前有平田，后依高山，边境大山脉曲折蜿蜒而西去，堡墙上爬满了薜萝与葡萄藤，角楼上竖一高桅，角楼旁安置了四尊古铜炮，一切调子庄严而兼古朴。这城堡是常常在一些城市中人想象中，却很少机会为都会市民目击身经的。

　　这城堡一望而知是有了年龄的。这是一个古土司的官殿所在地。一个在历史上有了一点儿声名的"王杉堡垒"。山后的杉树，各有五百年以上的岁数。堡主从祖父的祖父就有了这边境的土地和农夫，第七世才到了昨天那一位陪了城市中人下乡的有仪貌善辞令的总爷。这总爷除了在堡内据了那个位置略南的古官殿，安置他的一家外，围绕了这古官殿，堡内尚住下了一百家左右的农户。每一家屋子里各有他的牲畜家禽和妇人儿女，各人皆和平安分的住下，按照农夫的本分，春天来把从堡主所分配得到的田亩播种，夏天拔草，秋时收获，冬天则一家十分快乐的过一个年。每一家皆有相当的积蓄，这积蓄除了婚丧所耗以外没有用处。就常常买下用大铁筒装好的水银，负了上城去换取银器首饰同生活所必需的棉纱。每家皆有一张机床，每一个妇人皆能织棉布同麻布。凡属在这古堡表面所看到的古典的美丽处，每一个农户的生活与观念，每一个农人的灵魂，都恰恰与这古堡相调合一致。

矿场去堡上约有二里左右，从堡上过矿场，只沿了那条绕过堡垒的小河而东走，过一山嘴，经过四个与王杉城堡成犄角形势的小石碉，在最后一个石碉下斜坡上，就可望到那一片荒山乱石下面的村落了。

堡内农户房屋，多黑色屋顶，黄泥墙垣，且秩序井井有条，远远望去显明如一种图案。矿场村落却恰恰相反，一切房子多就了方便，用荒石砌成，墙壁是石头的，屋顶不是石头的也压上无数石块，且房屋地位高下不等，各据了山地作成房屋的基础，远看不会知道那里有多少人家。矿场除了一些小商人以外，其余就多数是依靠了那一带石山为生活的人。远远望去，只见各处皆堆积荒石成小阜，各处都是制汞灶炉的白烟，各处皆听到有一种锤子敲打石头的声音。间不久时候，又可以听到訇的一声炮响。一个陌生的人，到了这种地方，见到此种情景，他最先就将在他自己感觉上发生一个问题："这就是那个产生宝贝，供给神仙粮食的所在地方吗？"他会不大相信这个地方，朱砂同水银，是那么吓人平常的一种东西，但他只要下去一点，他就可以见到那些人，用大秤钩挂了竹筐同铁筒所称量的，就正是朱砂和水银。这实在是一个古怪地方，隐藏在地下，同靠到了那地下的东西而生存的人，全是古怪的。

这矿还是在最近不久才恢复过来的。当各处革命兴起时节，矿场中因为官坑占了一部分，曾驻了一连军队，保护到矿场的秩序，正当城中杀戮紧急时，这一面边境上游民和工人也有了一次暴动。一千余游民工人集合在一处，夺取兵士的枪械，发生了一种战争。结果死了一些人，烧去了无数小屋同草棚，所有官坑私坑也就完全炸毁了。革命结束以后，一切平定了，城中军队经过改编，皆改驻其他地方，官私坑既已炸毁，官家一时不能顾及这点矿地，私人方面各存观望不敢冒险来此，商人则因为下游尚未知道消息，货物即有来源也无去路，因此地方人心秩序恢复以后，矿地种种一时还无从恢复。这件事除了堡上的总爷来努力以外，别无可希望了。

这总爷因此到城中去商洽，把新军请来，且保证到军民之间的无事，又向城中商人接洽，为他们物质上方面的债务作一种信用担保，在一极短时期中，用魄力与金钱恢复了矿地原来的秩序。到后官坑重新开了工，私人的小山头也渐次开了工，一切都恢复了原来的旧观，各处皆可以听到炮声同敲打石头的声音，石工也越来越多，山下作朱砂水银交易的市集，也恢复了五日一集的习惯，于是许多被焚烧过的地方，有人重新斫了树木搭盖茅棚，预备复兴家室。有人重新砌墙打灶，预备烧锅制酒。有人从各处奔来做生意，小商人也敢留住在场上小客店里放账作期货交易了。

因为官方有大坑，在场积上住得有军队，同一个位置不大收入可观的监督，且常常可见到从城中骑马来的小官员了。

那些收砂买水银的小商人，有些住在矿地自己的小店里，有时住到本地人所开的客店里，照例同厂方同官吏都得有一种交谊，相互的酬酢，因此按照风气，在矿地方面，还开了一间很值得城市中人试试的馆子。这馆子里的一切必需用品，全从城中带来的，那一位守在锅边的大司务，烹调手段也是不下于城中军校厨房中人物的。

矿地有些是露坑，有些又是地下坑，因为开采的时间已极久远，故各处碎石皆堆积如山陵。大部分男子多按照一定价格为矿坑所有人作工，小部分男子，同那些妇人小孩，便提了竹篮，每日到正在开采的矿坑边上荒石所在处，爬找荒砂。矿坑除了划定区域的正坑以外，任何地方的荒石，皆尚有残砂可得。这些人从荒石中捡出有砂的石头。回到家中蹲坐到屋门前，用锤子砸出那些红色的颗粒，再把这些东西好好的装到竹筒中去。这些零碎的货物，同到正坑里工人私自带出的货物，另外一时，自然就有那种收荒的商人，排家去收买，收买这种东西时，自然比应当得到价钱要少一点，有时用钱收买，有时用一点糖，或一点妇人所需要的东西，就可以把它掉换到手了。

制汞处多用泥灶，上面覆盖一个锅子，把成色较差的砂石，用泥瓶装好放到灶中去烧炼，冷却后，就从泥瓶同锅上以及作灶的泥砖里得到那种白色流动的毒物。制汞工人脸色多是苍白的，都死得很早。但这种工人因为必不可少的技术，照例收入也比较多，地位也比较好。

当那个城市中人来到矿场时，××地方的矿场，刚恢复了三个月，但去年来的一切焚杀痕迹皆不可找寻，看到那种热闹而安静的情形，且使人不大相信这地方也有过这类事情发生了。

七 去矿山的路上

王杉古堡的总爷，安置了他的城中朋友在一间小而清静的房间，使他的朋友在那有香草同干果味道的新棉被里极舒服的睡了一晚。第二天，先打发了人来看看，见朋友已醒了，就走了过来，问候这朋友，晚上是不是睡得还好。那时城市中人正从窗口望到堡外的原野，朝日金光映照到一切，空气清新而滋润。

那城市中人望到总爷笑着："一切都太好了。我有生以来，还是第一次睡得那么甜熟舒适，第一次醒来那么快乐。"

总爷说："安静同良好空气，使老师觉得高兴，我这作主人的倒太容易作主人了。乡下一切都是那么简陋，不比城中方便，你欢喜早上吃点什么，请你告给我。"

"随便一点罢……"

"是的，就随便作一点，××地方的神就是极洒脱的，让我去告他们预备一点东西，吃过后我们到矿场去看看吧。"

总爷今天把身上的装束同口中的言语皆换了一下，因为他明白了他的朋友在那种谈话风格上，有些费事费力。

两人把早饭吃过后，骑了马过矿场去。一出堡外，为了天气太好，实在不好意思骑马，就要跟身的人把马牵到后面跟着，两人缓缓的沿了下坡的路步行走去。早晨的美丽，照例不许形容的，因为人世的文字，还缺少描写清晨阳光下一切的能力。单只路旁草尖上，蛛网上露水所结成的珠子，在晨光中闪耀的五色，那种轻盈与灵活，是微笑，是羞怯，是谁作成又为谁而作？这个并不止不许人去描写，连想象也近于冒失的。这东西就只许人惊讶，使人感动。那个一地之长的总爷，对这件事有了一个最好的说明。当两人皆注意到那露珠时，总爷就说："老师，神是聪明的，他把一切创造得那么美丽，却要人自己去创造赞美言语。即或那么一小点露水，也使我们全历史上所有诗人拙于言语来阿谀。从这事上我们可以见出人类的无能与人类的贫乏。人类固然能够酿造烧酒，发明飞机，但不会对自然的创作有所批评，说一句适当的话。"

那城市中人说："创造一切美，却不许人用恰当的言语文字去颂扬，那么说来神是自私的了！"

"老师，我不能承认你这点主张。神不是自私的。因为他创造一切，同时在人类中他也并不忘记创造德性颜貌一切完全的人。但在这种高尚的灵魂同美丽的身体上，却没有可安置我们称誉的地方。这不是神的自私，却是神的公正。由于人力以外而成的东西，原用不着赞美而存在的。一切美处使人无从阿谀，就因为神不须乎赞美。"

"这样说来，诗人有时是一种罪人了。因为每一个诗人，皆是用言语来阿谀美丽诋毁罪恶的。"

"老师，很抱歉，我不大明白诗也不大尊敬诗人，因为我是一个在自然里生活的人。但照到你所说的诗人，我懂得你对于这种人的意思。在人类刑法中，有许多条款使人犯罪，作诗现在还不是犯罪的一种。但毫无可疑，他们所作的事，却实在是多数人同那唯一的神都无从了解的。由于他们的冒失，用一点七拼八凑而成的文字，过分的大胆去赞美一切，说明一切，所以他们各得了他们应得的惩罚，就是永远孤独。但社会在另一方面又常常是尊重他们鼓励他们的，就因为他们用惯了那几千符号，还能保存一点历史的影子，以及为那些过分愚蠢的人，过分褊狭的人，告给一些自然的美同德性的美。这些事在一个乡下人可有可无，一个都市中人是十分需要的。一个好诗人象一个神的舌人，他能用贫乏的文字，翻出宇宙一角一点的光辉。但他工作常常遭遇失败，甚至于常常玷污到他所尊敬的不能稍稍凝固的生命，那是不必怀疑了的。"

"你这种神即自然的见解，会不会同你对科学的信仰相矛盾？"

"老师，你问得对。但我应当告你，这不会有什么矛盾的。我们这地方的神不象基督教那个上帝那么顽固的。神的意义在我们这里只是'自然'，一切生成的现象，不是人为的，由于他来处置。他常常是合理的，宽容的，美的。人作不到的算是他所作，人作得的归人去作。人类更聪明一点，也永远不妨碍到他的权力。科学只能同迷信相冲突，或被迷信所阻碍，或消灭迷信。我这里的神并无迷信，他不拒绝知识，他同科学无关。科学即或能在空中创造一条虹霓，但不过是人类因为历史进步聪明了一点，明白如何可以成一条虹，但原来那一条非人力的虹的价值还依然存在。人能模仿神迹，神应当同意而快乐的。"

"但科学是在毁灭自然神学的。"

"老师，这有什么要紧？人是要为一种自己所不知的权力来制服的，皇帝力量不能到这偏僻地方，所以大家相信神在主宰一切。在科学还没有使人人能相信自己以前，仍然尽他们为神所管束，到科学发达够支配一切人的灵魂时候，神慢慢的隐藏消灭，这一切都不须我们担心。但神在××人感情上占的地位，除了他支配自然以外，只是一个抽象的东西，是正直和诚实和爱。科学第一件事就是真，这就是从神性中抽出的遗产，科学如何发达也不会抛弃正直和爱，所以我这里的神又是永远存在，不会消灭的。"

那城市中人在这理论上，显然同意了。那个神的说明，却不愿意完全承认完全同意的。在朋友说完以后，他接着就说："总爷，从另外一个见解上看来，科学虽是求真的事情，他的否认力量和破坏力量，对以神为依据的民族所生的影响，在接受时，转换时，人民的感情上和习惯上，是会发生骚乱不安的。我想请你在这一点上，稍稍注意一下。我对这问题在平时缺少思索，我现在似乎作着抛砖引玉的事情。"

那总爷说："老师，你太客气了点。你明白，这些空话，是只有你来到这里，才给我一个机会谈到的。平常时节，我不作兴把思想徘徊到这个理论上面。你意思是以为我们聪明了一点，从别个民族进步上看来，已到了不能够相信神的程度，但同时自己能力却太薄弱了，又薄弱得没有力量去单独相信我们自己，结果将发生一点社会的悲剧，结果一切秩序会因此而混乱，结果将有一时期不安。老师，这是一定的，不可免的。但这个悲剧，只会产生于都会上，同农村无关。预言是无味的，不可靠的，但这预言若根据老师那个理由，则我们不妨预言，中国的革命，表面上的统一不足乐观。中国是信神的，少数受了点科学富国强种教育的人，从国外回来，在能够应用科学以前，先来否认神的统治，且以为改变组织即可以改变信仰，社会因此在分解，发生不断的冲突，这种冲突，恐怕将给我们三十年混乱的教训。这预言我大胆的同你谈到，我们可以看看此后是什么样子。"

城市中人微笑着，总爷从他朋友的微笑上，看得出那个预言，是被"太大胆了一点的假定"那种意思否认到的，他于是继续了下面的推理。

"老师，照这预言看来，农村的和平自然会有一日失去的。农民的动摇不是在信仰上，应当是在经济上。可是这不过我们一点预言，这预言从一点露水而来，我们不妨还归到露水的讨论吧。请你注意那边，那一丛白色的禾梗旁，那点黄花，如何惊人！是谁说过这样体面的言语：自然不随意在一朵花上多生一根毫毛。你瞧，真是……"两人合并起来应有八十年的寿命，但却为那点生命不过数日、在晨光积露中的草花颜色与配置吸引了过去，徘徊了约十分钟左右。两人一面望到这黄花作了一些愉快而又坦白的谈话，另外远处一个女人的歌声，才把他们带回到"人事"上来。

歌声如一线光明，清新快乐浮荡在微湿空气中，使人神往情移。

城市中人说："总爷，××地方使人言语华丽的理由，我如今可明白了，因为你们这地方有一切，还有这种悦耳的歌声！"

总爷微微笑着，望到歌声所在一方，"老师，你这句话应当留下来说给那些唱歌人听的，这是一句诚实的话。可是你得谨慎一点，因为每一滴放光的露珠，都可以湿了你的鞋子，莫让每一句歌声，在你情感上中毒，是一件要紧的事。"

城市中人说："我盼望你告我在这些事上，神所持的见解。"

"神对此事毫无成见，神之子对此事却有一种意见。当××族神巫独身各处走去替边境上人民禳鬼悦神时节，走过我们这里的长岭，在岭上却说下了那么两句话：好烧酒醉人三天，好歌声醉人三年。这个稍嫌夸张的形容，增加了本地的光荣。但这是一个笑话，因为那体面人并没有被歌声所醉，却爱上了哑子的。"

"我愿意明白这个神巫留在王杉堡上的一切传说。"

于是总爷把这个神巫的一切，为他的朋友一一述说，到后他们上了长坂，便望到矿山一切，且听到矿山方面石工的歌声同敲打石头声音了，他们不久就进到那个古怪地方，让一个石洞所吞灭了。

八　在栗林中

秋天为一切圆熟的时节。从各处人家的屋檐下，从农夫脸上，从原野，从水中，从任何一处，皆可看到自然正在完成种种，行将结束这一年，用那个严肃的冬来休息这全世界。

但一切事物在成熟的秋天，凝寒把湿露结为白霜以前，反用一种动人的几乎是妩媚的风姿，照耀人的眼目。春天是小孩一般微笑，秋天近于慈母一般微笑。在这种时节，照例一切极华丽而雅致，长时期天气皆极清和干爽，蔚蓝作底的天上，可常见到候鸟排成人字或一字长阵写在虚空。晚来时有月，月光常如白水打湿了一切；无月时繁星各依青天，列宿成行有序。草间任何一处皆是虫声，虫声皆各如有所陈诉，繁杂而微带凄凉。薄露湿人衣裳，使人在"夏天已去"的回忆上略感惆怅。天上纤云早晚皆为日光反照成薄红霞彩，树木叶子皆镀上各种适当其德性的颜色。在这种情形下，在××堡墙上，每日皆可听到××人镂银漆朱的羊角，芦叶卷成的竖笛，应和到××青年男女唱歌的声音，这声音浮荡在绣了花朵的平原上，徘徊在疏疏的树林里。

用那么声音那么颜色装饰了这原野，应是谁的手笔？华丽了这原野，应是谁出的主意？

若按照矿地那个一方之主的言语说来，×× 一切皆为镇篁地方天神所支配，则这种神的处置，是使任何远方来客皆只有赞美和感谢言语的。

各处歌声所在处，皆有大而黑的眼睛，同一张为日光所炙颜色微黑的秀美脸庞。各处皆不缺少微带忧郁的缠绵，各处都泛溢到欢乐与热情。各处歌声所在处，到另一时节，皆可发现一堆散乱的干草，草上撒满了各色的野花。

年岁去时没有踪迹，忧愁来时没有方向。城市中人在这种情形中，微觉得有种不安，扰乱到这个端谨自爱的城市中人的心情。每日骑了马到 ×× 附近各处去，常常就为那个地方随处可遇的现象所摇动，先是常常因此而微笑，到后来却间或变成苦笑了。这个远方客人他缺少什么呢？没有的，这城市中人并不缺少什么，不过来到此间，得到些不当得到的与平时不相称的环境，心中稍稍不安罢了。

在新寨路上同总爷所说的话，有些地方他没有完全忘记，但这个一地之长原有一半当成笑话同他朋友说到的。他知道他朋友的为人，正直而守分，不大相信 ×× 的女人会扰乱这个远客的心绪，也不担心那种笑话有如何影响。一个城里绅士，在平时常常行为放荡言语拘谨，这种人平时照例不说女人的。但另外还有一种人，常常在某一时，言语很放肆随便，照那种陌生人看来，还几几乎可以说是稍轻佻一点，但这种人行为却端谨自爱，是一个不折不扣的君子。×× 的堡上的主人，把他的朋友的身分，安置在较后一种人的身分上。正因为估计到这城里人不会有什么问题，故遇到并辔出游时，总指点到那些歌声所在处，带着笑谑，一一告给他的朋友，这里那里全是有放光的眼睛同跳动的心的地方。或者遇到他朋友独自从外边骑马散步归来时，总不免带了亲切蕴藉的神气，问到这个朋友："从城里来打猎的人，遇到有值得你射一箭的老虎没有？"

城里这一个，便微微笑着，把头摇摇，作了一个比平常时节活泼了点的表示，也带了点诙谐神气，回答他的朋友："在出产宝石的宝石坑边，这人照例是空手的。因为他还不能知道哪一颗宝石比其余宝石更好！"

那寨主便说："花须用雨水灌溉，爱须用爱情培养。在这里，过分小心是不行的，过分拘持则简直是一种罪过。"

"我记得你前一次在路上所引那两句诗：朱华不觉得骄人，白露不能够怜人。胆小心怯的理由，便是还不忘记这两句诗。"

"是的，老师，龙朱说过的两句话，画出了××女人灵魂的轮廓。可是照到他另一个歌上的见解，却有下面的意思：爱花并不是爱花的美，只为自己年青，爱人不徒得女人的爱，还应当把你自己的青春赠给她。爱是权利同义务相纠结揉杂的。凡打量逃避这义务的人，神不能保佑他。"

"可是宝石是五色的，谁应当算最好的一颗？"

"一切你觉得好的，照到这里规矩，你都可以用手去拾取？"

"我不知道如何……"

"是的，老师，我明白你的意思，在城市里，你应当用谦卑装饰你女人的骄傲，用绫罗包裹你女人的身体，这是城里的规矩。你得守到这种规矩，方可以得到女人。可是这里一切都用不着！这是边境地方，是××，是神所处置的地方。这里年青女人，除了爱情以及因爱情而得的智慧和真实，其余旁的全无用处。你不妨去冒一次险，遇到什么好看的脸庞同好看的手臂时，大胆一点，同她说说话，你将可以听到她好听的声音。只要莫忘了这地方规矩，在女人面前不能说谎；她问到你时，你得照到她要明白的意思一一答应，你使她知道了你一切以后，就让她同时也知道你对于她的美丽所有的尊敬。一切后事尽天去铺排好了。你去试试吧，老师，让那些放光的手臂，燃烧你的眼睛吧。不要担心明天，好好处置今天吧。你在城市时，我不反对你为过去的历史和未来的希望而生活，到这里却应当为生活而生活。一个读书人只知道明天和昨天，我要你明白今天。"

城市中人听到这种说教，就大笑了："这种游戏，可不成了……"那寨主不许他的朋友有说下去的机会，就忙说："老师，我问你，猎虎是什么？猎虎也是游戏！一切游戏都只看你在那个情形中，是不是用全生命去处置。忠于你的生命：注意一下这一去不来的日子，春天时对花赞美，到了秋天再去对月光惆怅吧。一切皆不能永远固定，证明你是个活人，就是你能在这些不固定的一小点上，留下你自己的可追忆的一点生活，别的完全无用！"

两人虽那么热烈的讨论到这件事情，但两人仍然是当作一种笑话，并不希望这事将成为一种认真事件的。但在另一时，却因此有些小问题，使城里这一个费了些思索。笑话不会有多少偏见，却并不缺少某种真理。当寨主的笑话，到城里那一个独自反复想到时，这些笑话在年青人感情上发了酵，起了小小中毒的现象。一面听到××人的歌声，一面就常在自己的灵魂上，听到一种呼唤，"学科学的人，你是不行的。你不能欣赏历史，就应当自己造成一点历史！"一个人为了明白自己将来还有一段长长的寂寞日子，就为了这点原因，在他年青时忽然决定了他自己，在自己生活中造作出一种惊人的历史，这样事情应当是可能的。

可是这历史如何去创造呢？谁给他那点狂热？谁能使他在一个微笑上发抖？谁够得上占领这个从城市里来的年青人的尊贵的心？

"一切草木皆在日光下才能发育，××人的爱情也常存在日光中。"城市中人怀了一种期待，上了××石堡的角楼上，眺望原野的风光。一片温柔的歌声摇撼到这个人的灵魂，这歌声不久就把他带出了城堡，到山下栗林去了。

栗林位置在石堡前面坡下约半里，沿了那一片栗林，向南走去，便重新上了通过边界大岭的道路。向东为去矿场的路。向西为大岭一支脉，斜斜的拖成长陇，约有二里左右。陇坡上有桐茶漆梓，有王杉，有分成小畦栽种红薯同黍米的山田。大岭那一面，遍岭皆生可以造纸的篁筱，长年作一片深绿，早晚在雾里则多变成黑色。堡前平田里，有穿了白衣背负稻草的女人，同家中的狗慢慢走着，这女人是正在预唱的。

在陇坂山田上，同大岭篁筱里，皆有女人的歌声。栗林里有人吹羊角，声音低郁温柔如羊鸣。

城市中人到了栗林附近，为那个羊角声音所吸引，所感动，便向栗林走去。黄黄的日头，把光线从叶中透过去，落叶铺在地下有如一张美丽毡毯。在栗林里，一个手臂裸出的小孩子，正倚着一株老栗树边，很快乐的吹他那个漆有朱红花纹的羊角，应和到远处的歌声，一见了生人，便用一种小兽物见生人后受惊的样子，望到这个不相识的人一笑，把角声止住了。城市中人说："小同年，你吹得不坏。"

小孩子如一个山精神气，对到陌生人狡猾的摇着头，并不回答。

城市中人就说，"你把那个给我看看。"小孩子仍然不说什么，只望到这生人，望了一会，明白这陌生人不可怕了，就把手上的羊角递给了他。原来这羊角的制作是同巫师用的牛角一样的，形制玲珑精巧，刮磨得十分光滑，在羊角下部，还用朱红漆绘了极美丽的曲线和鱼形花纹。角端却用芦竹作成的簧，角上较前一部分还凿了三个小孔，故吹来声音较之牛角悦耳。城市中人见到这美丽东西，放在自己口上去吹出了几个单音，小孩见到就笑了。小孩"哪、哪、哪"的喊着笑着，把羊角攫回来，很得意的在客人面前吹了起来。且为了陇上的歌声变了调子，又在那个简单乐器上，用一只手捂到小孔，一只手捂了角底，很巧妙的吹出一个新鲜调子，应和到那远处的歌声。

一会儿，一样东西从头上掉落下来，吓了城市中人一跳，小孩子见到这个却大笑了。原来头上掉下的是自己爆落的栗子。小孩子见到这个，记起对于客人的尊敬了，把羊角塞到腰间，一会儿就爬上了栗树，摘了好些较嫩的刺球从树上抛下来，旋即同一只小猴子一般溜下来，为客人用小石槌出刺球中半褐半白的栗子，捧了一手献给客人，且用口咬着栗子，且告给客人，"这样吃，这样吃，你会觉得有桂花味道哪。"

城市中人于是便同小孩坐到树下吃那有桂花风味的栗子，一面听陇坂上动人的歌声。过一会，却见到小孩忙把羊角取出，重新吹了几下，另外地方有人喊着，小孩锐声回答着，"呦……来了！"到后便向客人笑了一下，同一只逃走的小獐鹿一样，很便捷的跑去，即刻就消失了。

栗林中从小孩走后，忽然清静了。城市中人便坐下来，望到树林中那个神奇美妙的日光，微笑着，且轻轻叹息着。

忽然近处一个女子的歌声，如一只会唱的鸟，啭动了它清丽的喉咙。这歌声且似乎越唱越近，若照他的估计没有错误，则这女人应是一个从陇上回到矿场的人，这时正打量从栗林中一条捷路穿过去，不到一会儿就应当从他身边走过的。

他便望到歌声泛溢的那一方。不过一刻，果然就见到一条蓝色的裙同一双裸露着长长的腿子，在栗林尽头灌木丛中出现了。再一会儿全身出现后，城市中人望到了她，她也望到了城市中人，就陡然把歌声止住，站定不动了。一个××天神的女儿，一个精怪，一个模型！那种略感惊讶的神情，仍然同一只獐鹿见了生人神情一样。但这个半人半兽的她并不打量逃跑，略迟疑了一下，就抿了嘴仍然走过来了。

城市中人立起挡着了这女人的去路，因为见到女子手腕上挂了一个竹篮，篮内有些花朵同一点紫色的芝菌，就遵守了××人语言的习惯，说："你月下如仙日下如神的女人，你既不是流星，一个远方来的客人，愿意知道你打哪儿来，上哪儿去，并且是不是可以稍稍停住一下？"

女孩子望到面前拦阻了她去路的男子，穿着一种不常见的装束，却用了异方人充满了谦卑的悦耳声音，向自己致辞，实在是一点意外的事，因此不免稍稍显得惊愕，退了两步，把一双秀美宜人的眼睛，大胆的固执的望到面前的男子，眼光中有种疑问的表情，好象在那么说着："你是谁？谁派你来到这地方，用这种同你身分不大相称的言语，来同一个乡下女人说话？"可是看到面前男子的神气，到后忽然似乎又明白了，就露出一排白白的细细的牙齿笑了。

因为那种透明的聪慧，城市中人反而有些腼腆了，记起了那个一地之长所说的种种，重新用温柔的调子，说了下面几句话。

"平常我只听说有毒的菌子，今天我亲自听到有毒的歌，"……

他意思还要那么说下去的，"有毒的菌子使人头眩，有毒的歌声使人发抖。"

女孩子用 ×× 年青女孩特有的风度，把头摇摇作了一个否认的表示，就用言语截断了他的空话："好菌子不过湿气蒸成，谁知道明后日应雨应晴？好声音也不过一阵风，风过后这声音留不了什么脚踪。"

城市中人记起了酒的比喻，就说：

"好烧酒能够醉人三天，好歌声应当醉人三年。"

女孩子听到这个，把三个指头伸出，似乎从指头上看出三年的意义，望到自己指头好笑，随口接下去说："不见过虎的人见猫也退，不吃过酒的人见糟也醉。"

说完时且大笑了。这笑声同丽态在一个男子当前，是危险的，有毒的，这一来，城市中人稍稍受了一点儿窘，仿佛明白这次事情要糟了，低下头去，重新得到一个意思，便把头抬起，对到女孩，为自己作了一句转语："我愿作朝阳花永远向日头脸对脸，你不拘向哪边我也向哪边转。"

一线日光在女孩脸上正作了一种神奇的光辉，女孩子晃动那个美丽的头颅，听到这个话后，这边转转，那边转转，逃避到那一线日光，到后忽然就停住了，便轻轻的说："风车儿成天团团转，风过后它也就板着脸。"

说了又自言自语的说：

"朝阳花可不容易作，风车儿未免太活泼。"

但一切事情却并不那么完全弄糟，女孩子的机智和天真是同样在人格上放光的东西，一面那么制止到这个客人对于她的荒唐妄想，一面却依照了陌生人的要求，在那栗树浮起的根上，很安静的坐下了。她坐在陌生人面前，神气也那么见得十分自然，毫不慌张，因此使城市中人在说话的音调上，便有一点儿发抖。等到这陌生男子把话说过后，不能再说了，就把嘴角缩拢，对陌生的客人作了一个有所惑疑的记号。低低的说道："好看的云从不落雨，好看的花从不结实。"

见陌生人不作声，以为不大明白那意思了，就解释着："好听的话使人开心，好听的话不能认真。"

城市中人便作了一些年青男子向一个女子的陈诉；这陈诉带了××人所许可的华丽与夸张，自然是十分动人的。他把女人比作精致如美玉，聪明若冰雪，温和如棉絮。他又把女人歌声比作补药，眼光比作福祐。女人在微笑中听完了这远方人混和热情与聪明的陈诉，却轻轻的说："客人口上华丽的空话，豹子身上华丽的空花；一面使人承认你的美，一面使人疑心你有点儿诡。"

说到末了时，便又把头点点，似乎在说："我明白，我一切明白，我不相信！"这种情形激动了城市中人的血流，想了一会，他望到天，望到地，有话说了。他为那个华丽而辩护："若华丽是一种罪过，天边不应挂五彩的虹；不应有绿草，绣上黄色的花朵；不应有苍白星子，嵌到透蓝的天空！"

女孩子不间断的把头摇着，表示异议。那个美丽精致的头颅，在细细的纤秀颈项上，如同一朵百合花在它的花柄上扭动。

"谁见过天边有永远的虹？问星子星子也不会承认。我听过多少虫声多少鸟声，谎话够多了我全不相信。"

城市中人说：

"若天上无日头同雨水，五彩虹自然不会长在眼前，若我见到你的眼睛和手臂，赞美的语言将永远在我的口边。"

女孩子低声的说了一句"呵，永远在口边，也不过是永远在口边！"自己说完了，又望望面前陌生客人，看清楚客人并不注意到这句话，就把手指屈着数下来，一面计数一面说："日头是要落的，花即刻就要谢去，脸儿同嘴儿也容易干枯，"数完了这四项，于是把两只圆圆的天工制作的美丽臂膀摊开，用一个异常优美风度，向陌生人笑了一下，结束了她的意见，说了下面的话："我明白一切无常，一切不定，无常的谎谁愿意认真去听？"

一个蜂子取了直线由西向东从他们头上飞过去，到后却又飞回来，绕了女孩子头上盘旋一会，停顿在一旁竹篮的花上了。这蜂子帮助了城市中人的想象。

"正因为一切无常，一切在成，一切要毁。

一个女人的美丽，最好就是保存在她朋友的记忆里。

不管黄花朱花，从不拒绝蜂子的亲近，

不拘生人熟人，也不应当拒绝男子的尊敬。"

女孩子就说：

"花朵上涂蜜想逗蜂子的欢喜，

言语上涂蜜想逗女子的欢喜；

可惜得很——

大屋后青青竹子它没有心，

四月里黄梅天气它不会晴。"

城市中人就又引了龙朱的一些金言，巫师的一些歌词，以及从那个一地之长的总爷方面听来的××人许多成语，从天上地下河中解释到他对于她所有的尊敬，这种动人的诉说，却只得到下面的反响。

"菠菜桐篙长到田坪一样青，这时有心过一会儿也就没有心。"

把话说过后，乘到陌生人低下头去思索那种回答的言语时，这女孩子站了起来，把篮子挂在手腕上，好象一枝箭一样，轻便的，迅速的，向栗林射去，一会儿便消灭了。

城市中人望到那个女孩子所去的方向，完全痴了。可是他到后却笑了，他望过无数放光的星子，无数放光的宝石，今天却看到了一个放光的灵魂。他先是还坐到栗林里渗透了灿烂阳光的落叶上面，到后来却到那干燥吱吱作响的落叶上面了。

"家养的鸟飞不远，"这句话使他沉入深邃的思索里去。

九　日与夜

那个从城市中来此的人，对于王杉古堡总爷口说的神，同他自己在栗林中眼见的人，皆给他一种反省的刺激，都市的脉搏，很显然是受了极大影响的。这边境陌生的一切，正有力的摇动他的灵魂。即或这种安静与和平，因为它能给人以许多机会，同一种看来仿佛极多的暇裕，尽人思索自己，也可以说这要安静就是极怕人的。边境的大山壮观而沉默，人类皆各按照长远以来所排定的秩序生活下去。日光温暖到一切，雨雪覆被到一切，每个人民皆正直而安分，永远想尽力帮助到比邻熟人，永远皆只见到他们互相微笑。从这个一切皆为一种道德的良好习惯上，青年男女的心头，皆孕育到无量热情与智慧，这热情与智慧，使每一个人感情言语皆绚丽如锦，清明如水。向善为一种自然的努力，虚伪在此地没有它的位置。人民皆在朴素生活中长成，却不缺少人类各种高贵的德性，城市中人因此常常那么想着：若这里一切一切全是很好的，很对的，那么，在另外许多地方，是不是有了一点什么错误？这种思想自然是无结果的，因为一个城市中人来过分赞美原始部落民族生活的美德，也仍然不免成为一种偏见！

到了这地方后，暂时忘了都市那一面是必须的。忘掉了那种生活，那种习气，那种道德，但这个城市中人，把一切忘掉以后，还不能忘记一个住在都市的好友。那朋友是一个植物学者，又对于自然宗教历史与仪式这种问题发生了极大的兴味。这城市中人还没有到 ×× 地方以前，就听到那个知识品德皆超于一切的总爷，谈到许多有毒的草木，以及 ×× 地方信神的态度，以及神与人间居间者的巫觋种种仪式，因此在一点点空闲中，便写了一个很长的信，告给他朋友种种情形。在这个信里述说到许多琐碎事情，甚至于把前些日子在栗林中所发生的奇遇也提到了。那信上后面一点那么说：……老友，我们应当承认我们一同在那个政府里办公厅的角上时，我们每个日子的生活，都被事务和责任所支配；我们所见的只是无数标本，无量表格，一些数目，一堆历史。在我们那一群同事的脸上，间或也许还可以发现一个微笑，但那算什么呢？那种微笑实在说来是悲惨的，无味的，那种微笑不过说明每一个活人在事务上过分疲倦以后，无聊和空虚的自觉罢了。在那种情形下，我们自然而然也变成一个表格，和一个很小的数目了。可是这地方到处都是活的，到处都是生命，这生命洋溢于每一个最僻静的角隅，泛滥到各个人的心上。一切永远是安静的，但只需要一个人一点点歌声，这歌声就生了无形的翅膀各处飞去，凡属歌声所及处，就有光辉与快乐。我到了这里我才明白我是一个活人，且明白许多书上永远说得糊涂的种种。

老友，我这报告自然是简单的，疏略的，就因为若果容许我说得明白一点，这样的叙述，没有三十页信纸是说不够的。王杉堡上的总爷说的不错，照他意思，文字是不能对于神所统治神所手创的一切，加以诔词而得其当的。我现在所住地方，每一块石头，每一茎草，每一种声音，就不许可我在文字中找寻同它们德性相称的文字。让我慢慢的来看罢，让我们候着，等一会儿再说。

我住到这里，请你不必为我担心，因为照到我未来此以前，我们原是为了这里的一切习俗传说而不安的，但这不安可以说完全是一件无益的过虑。还请你替我告给几个最好的同事，不妨说我正生活在一个想象的桃源里。

那个矿洞我同那个总爷已看过了。这是一个旧矿，开采的年代，恐怕应当在耶稣降生前后。照地层大势看来，地下的埋藏量还十分可观。不过他们用得全是一种土法开采，迟缓而十分耗费，这种方法初初见到使我发笑，这方法，当汉朝帝王相信方士需用朱砂水银时，一定就应当已经知道运用了。他们那种耗费说来实在使我吃惊。可是，在这里我却应当告给我的老友，这地方耗费矿砂，可从不耗费生命。他们比我们明白生命价值，生活得比我们得法。他们的身体十分健康，他们的灵魂也莫不十分健康。在智慧一方面，譬如说，他们对于生命的解释，生活的意义，比起我们的哲学家来，似乎也更明慧一点。

……

这完完全全是一个投降的自白！使这城市中来人那么倾心，一部分原因由于自己的眼见目及，一部分原因却是那个地位高于一切代表了××地方智慧与德性发展完全的总爷。

数日来××地方环境征服了这个城市中人，另外那一个人，却因为他的言语，把城市中人观念也改造了。

他们那次第一回看过了矿坑以后，又到过了许多矿工家中去参观了一会的。末了且在那荒石堆上谈了许久，才骑了牲口，从大岭脚下，绕了一点山路，走过王杉古堡的后面树林中去。在大岭下他们看了本地制纸工厂，在树林中欣赏了那有历史记号的各种古树。两人休息到一株极大的杉树下面大青石板上时，王杉古堡的总爷，就为他的朋友，说到这树林同城堡的历史，且同时极详尽的指点了一下各处的道路。这城市中人，因此一到不久，堡上附近地方就都完全熟习了。

可是在矿地他遇见了一件新鲜事情。

矿地附近的市集是极可观的，每逢一六两日，这地方聚集了边境二十五里以内各个小村落的人民，到这里来作一切有无交易。一到了那个日子，很早很早就有人赶来了，从这里就可以见到各色各样的货物，且可以认识各色各样的人物。

来到集上的，有以打猎为生的猎户，有双手粗大异常的伐树人，有肩膊上挂了扣花搭裢从城中赶来的谷米商人，有穿小牛皮衣裤的牛羊商人，有大胆宽脸的屠户，有玩狗熊耍刀的江湖卖艺人——还有用草绳缚了小猪颈项，自己颈项手腕却带了白银项圈同钏镯，那种长眉秀目的苗族女子，有骑了小小烟色母马，马项下挂了白铜铃铛，骑在马上进街的小地主。

总之各样有所买卖的人，到了时候莫不来此，混在一个大坪里，各作自己所当作的事情。到了时候，这里就成为一个畜生与人拥挤扰攘混杂不分的地方，一切是那么纷乱，却有一种鲜明的个性，留在一个异乡人印象上。

场坪内作生意的，皆互相大声吵闹着，争论着，急剧的交换到一种以神为凭的咒语。卖小猪的商人，从大竹笼里，拉了小猪耳朵，或提起小猪两只后脚，向他的主顾用边境口音大声讨论到价钱，小猪便锐声叫着，似乎有意混淆到这种不利于己的讨论。卖米的田主太太，包了白色首帕，站到篱前看经纪过斗。卖鸡的妇人，多蹲到地上，用草绳兜了母鸡公鸡，如卖儿卖女一样，在一个极小的价钱上常常有所争持，做出十分生气的神气。卖牛的卖去以后皆把头上缠一红布。牲畜场上经纪人，皆在肚前挂上极大的麂羊皮抱兜，成束的票据，成封的银元，皆尽自向抱兜里塞去。忙到各处走动，忙到用口说话，忙到用手作势，在一种不可形容的忙碌里处置一切。在成交以后，大家就喘着，嚷着，大笑着，向卖烧酒的棚子里走去，一面在那地方交钱，一面就在那里喝酒。

场坪中任何一处，还可以见到出色的农庄年青姑娘们，生长得苗条洁白，秀目小口，两乳高肿，穿了新浆洗过的浅色土布衣裳，背了黔中苗人用极细篾丝织成的竹笼，从这里小商人摊上，购买水粉同头绳，又从那里另一个小摊上，购取小剪刀同别的东西。

一切一切皆如同一幅新感觉派的动人的彩色图画，由无数小点儿，无数长片儿，聚集综合而成，是那么复杂，那么眩目，同时却又仍然那么和谐一致，不可思议。

还有一个古怪处所，为了那些猎户，那些矿工，那些带耳环的苗人，以及一些特殊人们而预备的，就是为了决斗留下的一个空坪。

××地方照边境一地之长的堡上总爷说来，似乎是从无流血事情的。但这个总爷，当时却忘记告给他朋友这一件事了。堡内外农民，有家眷的矿工，以及伐竹制纸工人，多数是和平无争的。但矿地从各处飘流而来的独身工人，大岭上的猎户，各苗乡的强悍苗人，却因了他们的勇敢、真实以及男性的刚强，常常容易发生争斗。横亘边境一带大岭上的猎户，性格尤其不同平常，一个男子生下来就似乎只有两件事情可作，一是去深山中打猎，二是来场集上打架。当打猎时节，这些人带了火枪、地网、长矛子、解首刀、绳索、竹弩以及分量适当的药物同饮食，离了家中向更深的山里走去，一去就十天八天，若打得了虎豹，同时也死去同伴时，就把死去的同伴掘坑埋好，却扛了死虎死豹还家。另一时，这些人又下了大岭来到这五日一集的场上，把所得到的兽皮同大蛇皮卖给那些由城里赶来收买山货的商人。仍然也是叫嚷同无数的发誓，才可以把交易说好。交易作成以后，得到了钱，于是这些人，一同跑到可以喝一杯的地方去，各据了桌子的一角，尽量把酒喝够了，再到一个在场头和驻军保护下设立的赌博摊上去，很迈豪也极公正的同人来开始赌博。再后一时，这些豪杰的钱，照例就从自己的荷包里，转移到那些穿了风浆硬朗衣服，把钱紧紧的捏着，行为十分谨慎的乡下人手上去。等到把钱输光以后，一切事都似乎业已作过，凭了一点点酒兴，一点点由于赌博而来的愤怒，使每一个人皆在心上有一个小小火把，无论触着什么皆可燃烧。猎户既多数是那么情形，单身工人中不乏身强力大嗜酒心躁的分子，苗人中则多有部落的世仇，因此在矿山场坪外，牛场与杂牲畜交易场后面，便不得不转为这些人预备下一片空地，这空地上，每一场也照例要发生一两次流血战争了。

这战争在此是极合理的，同时又实在极公正的。猎户的刀无时不随身带上，工人多有锤子同铁凿，苗人每一只裹腿上常常就插有一把小匕首。有时这流血的事为两种生活不同的人，为了求得其平，各人放下自己的东西，还可以借用酒馆中特为备妥分量相等的武器，或是两把刀，或是两条扁担。

这些事情发生时，凡属对于这件事情关心注意，希望看出结果的，都可以跑到那一边去看看。人尽管站到一个较高较远地方去，泰然坦然，看那些放光的锐利的刀，那么乱砍乱劈，长长的扁担，那么横来斜去。为了策略一类原因，两人有时还跑着追着，在沉默里来解决一切，他们都有他们的规矩，决不会对于旁边人有所损害。这些人在这时血莫不是极热的，但头脑还是极清楚的。在场的照例还有保证甲长之类，他们承认这种办法，容许这种风气，就为得是地方上人都认为在法律以外的争执，只有在刀光下能得其平，这种解决既然是公正的，也就应当得到神的同意。

照通常情形，这战争等到一个人倒下以后，便应当告了结束。那时节，甲长或近于这一类有点儿身分的人物，见到了一个人已倒下，失去了自主防御能力时，就大声的喊着，制止了这件事情，于是一切人皆用声音援助到受伤者："虎豹不吃打下的人，英雄也不打受伤的虎豹！"照 ×× 风气，向一个受伤的东西攻击，应是自己一种耻辱，所以一切当然了事了。

大家一面喊着一面即刻包围拢去，救护那个受伤的人，得胜的那一个，这时一句话不说，却慢慢的从容的把刀上的血在草鞋底上擦拭，或者丢下了刀，走到田里去浣洗手上血污。酒馆中主人，平常时节卖给这些人最酽烈的烧酒，这时便施舍给他们最好的药。他有一切合用的药和药酒，还大多数在端午时按了古方制好的，平时放到小口磁瓶中，挂到那酒馆墙壁上，预备随时可以应用。一个受刀伤的人，伤口上得用药粉，而另外一点，还得稍稍喝一杯压惊！在这件事情上，那酒馆主人显得十分关心又十分慷慨，从不向谁需索一个小钱。到后来受伤者走了，酒馆主人无事了，把刀提回来挂好，就一面为主顾向大缸中舀取烧酒，一面同主顾谈到使用他那刀时的得失，作一种纯然客观无私的批评，从他那种安适态度上看来，他是不忘记每一次使用过他那两把刀的战争，却不甚高兴去注意到那些人所受的痛苦的。

这种希奇的习俗，为这个城市中人见到以后，他从那小酒馆问明白了一切。回到堡上吃晚饭时，见到了××堡上总爷，就说给那个总爷知道，在那城市中人意见上看来，过分的流血，是一件危险事情，应当有一种办法，加以裁判。

"老师，我疏忽的很，忘了把这件事先告给你，倒为你自己先发现了。"总爷为他朋友说明那个习俗保存的理由。"第一件事，你应当觉得那热心的老板是一个完美无疵的好人，因为他不借此取利；其次你应当承认那种搏击极合乎规矩，因为其中无取巧处。……是的，是的，你将说：既然××地方神是公平的，为什么不让神来处置呢？我可以告你，他们不能因为有神即无流血的理由。××的神是能主持一切的，但若有所争持，法律不能得其平，把这个裁判委托于神，在神前发誓，需要一只公鸡，测验公理则少不了一锅热油。这些人有许多争持只是为了一点名誉，有些争持价值又并不比一只鸡或一锅油为多。老师，你想想，除了那么很公平来解决两方的愤怒，还有什么更好方法没有？按照一个猎户，或一个单身工人，以及一个单纯直率的苗人男性气质而言，他们行为是很对的。"

那城市中人说："初初见到这件事情时，我不能隐藏我的惊讶。"

"那是当然的，老师。但这件事是必然的，我已经说过那必然的道理了。"

城市中人对于那两把备好的武器，稍稍显出了一点城市中人的气分，总爷望到他的朋友有可嘲笑的弱点，所以在谈话之间，略微露了一点怜悯神气。城市中人明白这个，却毫不以为侮，因为他就并不否认这种习惯。他说："若我们还想知道一点这个民族业已消灭的固有的高尚和勇敢精神，这种习俗原有它存在的价值。"

"老师，我同意你这句话。这是决斗！这是种与中国一切原始的文明同时也可称为极美丽的习俗，行将一律消灭的点点东西！都市用陷害和谋杀代替了这件事，所以欧洲的文明，也渐少这种正直的决斗了。"

"总爷，你的意见我不能完全相同，谋杀同陷害是新发明的吗？决对不是。中国的谋杀和陷害，通行到有身份那个阶级中，同中国别方面文明一样极早的就发达了，所有历史，就充满了这种记载。还有，若果我们对这件事还不缺少兴味，这件事……喔，喔，我想起来了，××地方的蛊毒，一切关于边地的记载，皆不疏忽到这一点，总爷，你是不是能够允许我从你方面知道一点详细情形？"

"关于这件事，我不明白应当用什么话来答复你了，因为我活到这里五十年，就没有见到过一次这样以毒人为职业的怪物。从一些旅行者以及足迹尚不经过 ×× 地方的好事者各样记载上，我却看了许多荒唐的叙述。那些俨然目睹的记录，实在十分荒唐可笑。但我得说：毒虫毒草在这里是并不少的。那些猎户装在小小弩机竹箭上的东西，需要毒药方能将虎射倒的，那些生在路旁的草，可以死人也可以生人。但这些天生的毒物，决不是款待远客而预备的！"

"我的朋友之一，曾说过这不可信的传说，应溯之于历史'反陷害'谣言那方面去。江充用这方法使一个皇帝杀了一个太子，草蛊的谣言，则在另一时，或发生过不少民族流血的事情。"

"老师，贵友这点意见我以为十分正确，使我极端佩服。不过我们既不是历史专家，说这个不能得到结果吧。我相信蛊毒真实的存在，却是另外一种迷惑，那是不可当的，无救药的。因为据我所知，边界地方女孩子的手臂同声音，对于一个外乡年青人，实在成为一种致命的毒药。"

"总爷，一切的水皆得向海里流去，我们的问题又转到这个上面来了。我不欲向你多所隐瞒，我前日实在遇了一件希奇事情。"这城市中人就为他的朋友，说到在栗林中所见所闻，那个女子在他印象上，占了一个如何位置。他以为极可怪处，并不因为那女子的美丽，却为了那女子的聪明。由于女子的影响，他自己也俨然在那时节智慧了许多，这是他所不能理解的。

他说得那么坦白，说到后来，使那个堡上总爷忍不住他的快乐的笑容。

那时两个人正站到院落中一株梧桐下面，还刚吃完了晚饭不久，一同昂首望到天空。白日西匿，朗月初上，天空青碧无际。稍前一时，以堡后树林作为住处的鹰类同鸦雀，为了招引晚归的同伴，凭了一种本能的集群性，在王杉古堡的高空中，各用身体作一流动小点，聚集了无数羽禽，画了一个极大圆圈，这圆圈向各方推动，到后皆消灭到树林中去了。代替了这密集的流动黑点的，便是贴在太空浅白的星宿。总爷询问他的朋友，是不是还有兴味，同到堡外去走走。

不久他们就出了这古堡，下了斜坡，到平田一角的大路上了。

平田远近皆正开始昆虫的合奏，各处皆有乳白色的薄雾浮动，草积上有人休憩，空气中有一种甜香气息。通过边地大岭的长坂上，有从矿地散场晚归乘了月色赶过大岭的商人，马项下铜铃声音十分清澈。平田尽头有火光一团，火光下尚隐约可听到人语。边界大岭如一条长蛇，背部极黑，岭脚镶了薄雾成银灰色。回过头去，看看那个城堡，月光已把这城堡变了颜色，一面桃灰，一面深紫，背后为一片黑色的森林，衬托出这城堡的庞大轮廓，增加了它的神秘意味，如在梦中或其他一世界始能遇到的境界。

一切皆证明这里黄昏也有黄昏的特色。城市中人把身体安置到这个地方，正如同另一时把灵魂安顿到一片音乐里样子，各物皆极清明而又极模糊，各事皆如存在如不存在，一面走着一面不由得从心中吐出一个轻微叹息。这不又恰恰是城市中人的弱点了吗？总爷已注意到他的朋友了。

"老师，你瞧，这种天气，给我们应是一点什么意义！"

"从一个城市中人见地说来，若我们装成聪明一点，就应当作诗，若我们当真聪明，就应当沉默。"

"是的，是的，老师。你记起我上一次所说那个话，你同意我那种解释了。在这情形下面，文字是糟粕之糟粕。在这情形里口上沉默是必需的，正因为口上沉默，心灵才能欢呼。（他望了一下月光）不过这时还稍早了一点，等一等，你会听到那些年青喉咙对于这良夜诉出的感谢与因此而起爱悦。若果我们可以坐到前面一点那个草积上去，我们不妨听到二更或三更。在这些歌声所止处，有的是放光的眼睛，柔软的手臂，以及那个同夜一样柔和的心。我们还应当各处走去，因为可以从各种鸟声里，停顿在最悦耳那一个鸟身边。"

"在新鲜的有香味的稻草积上，躺下来看天上四隅抛掷的流星，我梦里曾经过那么一次。"

"老师，快乐是孪生的，你不妨温习一下旧梦。"

两人于是就休息到平田中一个大草积上面，仰面躺下了。

深蓝而沉静的天空，嵌了一些稀稀的苍白色星子，覆在头上美丽温柔如一床绣花的被盖，月光照及地方与黑暗相比称，如同巧匠作成的图案。身旁除草虫合奏外，只听到虫类在夜气中振翅，如有无数生了小小翅膀的精灵往来。

那城市中人说："总爷，恢复了你 × × 人的风格，用你那华丽的语言，为这景色下的传说，给一张美丽图画罢。"

堡上总爷便为他的朋友说了一些 × × 人在月光下所常唱的歌，以及这歌的原来产生传说。那种叙述是值得一听的，叙述的本身同时就是一首诗歌，城市中人听来忘了时间的过去。

若不为了远处那点快乐而又健康的男子歌声截断了谈话，两个人一定还不会急于把这谈话结束。

> 我不问乌巢河有多少长，
> 我不问萤火虫能放多少光。
> 你要去你莫骑流星去，
> 你有热你永远是太阳。
> 你莫问我将向那儿飞，
> 天上的宕鹰雅雀都各有巢归。
> 既是太阳到时候也应回山后，
> 你只问月亮"明夜里你来不来？"

这歌声只是一片无量无质滑动在月光中的东西，经过了堡上总爷的解释，城市中人才明白这是黄昏中男女分手时节对唱的歌，才明白那歌词的意义。总爷等候歌声止了以后，又说："老师，你注意一下这歌尾曳长的'些'字，这是跟了神巫各处跑去那个仆人口中唱出的，三十年来歌词还鲜明如画！这是《楚辞》的遗音，足供那些专门研究家去讨论的。这种歌在 × ×

农庄男女看来是一点补剂，因为它可以使人忘了过分的疲倦。"

城市中人则说因了总爷的叙述，使听者实在就忘了疲倦。

且说他明白了一种真理，就是从那些吃肉喝酒的都会人口里，只会说出粗俗鄙俚的言语，从成日吃糙米饭的人口中，听出缠绵典雅的歌声，这种巧妙的处置，使他为神而心折。

他们离开草积后，走过了上次城市中人独自来过的栗林，上了长陇，在陇脊平路上慢慢的走着，游目四瞩，大地如在休息，一匹大而飞行迅速的萤火虫，打两人的头上掠过去，城市中人说："这个携灯夜行者，那么显得匆忙。"

总爷说："这不过是一个跑差赶路的萤火虫罢了。你瞧那一边，凤尾草同山栀子那一方面，不是正有许多同我们一样从容盘桓的小火炬吗？它们似乎并不为照自己的路而放光，它们只为得是引导精灵游行。"

两人那么说着笑着，把长陇已走尽了，若再过去，便应向堡后森林走去了。城市中人担心在那些大树下面遇着大蛇，因此请求他的朋友向原来的路走回。他们在栗林前听到平田内有芦管奏曲的声音，两人缓缓的向那个声音所在处走去，到近身时在月光下就看到一个穿了白色衣裤的农庄汉子，翻天仰卧在一个草积上，极高兴的吹他那个由两枝芦竹做成的管，两人不欲惊动这个快乐的人，不欲扫他的兴，就无声无息，站到月光下，听了许久。

月光中露水润湿了一切，那个芦管声音，到半夜后，在月下似乎为露水所湿，向四方飞散而去，也微微沉重一点。

十 神之再现

那个城里来的客人，拥着有干草香味的薄棉被，躺在细麻布帐子里，思索自己当前的地位，觉得来到这个古怪地方，真是一种奇遇。人的生活与观念，一切和大都市不同，又恰恰如此更接近自然。一切是诗，一切如画，一切鲜明凸出，然而看来又如何绝顶荒谬！是真有个神造就这一切，还是这里一群人造就了一个神？本身所在既不是天堂，也不象地狱，倒是一个类乎抽象的境界。我们和某种音乐对面时，常常如同从抽象感到实体的存在，综合兴奋，悦乐，和一点轻微忧郁作成张无形的摇椅，情感或灵魂，就俨然在这张无形椅子上摇荡。目前却从现实中转入迷离。一切不是梦，唯其如此，所得正是与梦无异的迷离。

感官崭新的经验，仿佛正在启发他，教育他。他漫无头绪这样那样的想：……是谁派定的事？倘若我当真来到这个古怪地方，爱上了一个女孩子，我是留在这里享受荒唐的热情，听这个神之子支配一生，还是把她带走，带她到那个被财富，权势，和都市中的礼貌，道德，成衣人，理发匠，所扭曲的人间去，虐待这半原始的生物肉体与灵魂？

他不由得不笑将起来，因为这种想象散步所走的路似乎远了一点，不能不稍稍回头。一线阳光映在木条子窗格上。远处有人打水摇辘轳，声音伊伊呀呀，犹如一个歌者在那里独唱，又似乎一个妇人在那里唤人。窗前大竹子叶梢上正滴着湿露。他注意转移到这些耳目所及的事实上来了。明白时候不早，他应当起床了。

他打量再去矿山看看，单独去那里和几个厂家谈谈，询问一下事变以前矿区的情形。他想"下地"也不拒绝"上天"。因为他估计栗林中和他谈话那个女孩子应当住在矿区附近，倘若无意中再和那女孩子碰头，他愿意再多知道一点点那女人的身世。这憧憬与其说是恋爱，不如说是好奇。一个科学家的性格是在发掘和发现，从发掘到发现过程中就包含了价值的意义。他好象原谅了他自己，认为这种对于一个生物的灵魂发掘，原是一点无邪的私心。

起床后有个脸庞红红的青年小伙子给他提了一桶温水，侍候他洗脸。到后又把早饭拿来，请他用饭。不见主人。问问那小伙子，才知道天毛毛亮时已出发，过长岭办事去了，过午方能回来。城里来客见那侍候他的小伙子，为人乐观而欢喜说话，就和那小伙子谈天。问他乡下什么是顶有趣的东西，他会些什么玩意儿。小伙子只是笑。到不能不开口时，却说他会唱点歌逗引女子，也会装套捕捉山猫和放臭屁的黄鼬鼠。

他进过两次城，还在城中看过一次戏，演的是武松打虎。又说二三月里乡下也有戏，有时从远处请人来唱，有时本地人自己扮演，矿上卖荞麦面的老板扮秦琼，寨子里一个农户扮尉迟恭，他伏在地下扮秦琼卖马时那匹黄骠马。十冬腊月还愿时也有戏，巫师起腔大家和声，常常整晚整夜唱，到天亮前才休息。且杀猪宰羊，把羊肉放在露天大锅里白煮，末了大家就割肉蘸盐水下酒，把肉吃光，把羊头羊尾送给巫师。……

城市里的来客很满意这个新伙伴，问他可不可以陪过矿场去走走。小伙子说总爷原是要他陪客人的。

两人过矿场去时，从堡后绕了一点山路走去。从松林里过身，到处有小毛兔乱窜。长尾山雉谷谷的在林中叫着。树林同新洗过后一样清爽。

小伙子一路走一路对草木人事表示他的意见，用双关语气唱歌给城里客人听，一首歌俨然可得到两首歌的效果。

小伙子又很高兴的告给客人，今年满十五岁，过五年才能够讨媳妇。媳妇倒早已看妥了，就是寨子里那个扮尉迟恭黑脸农户的女儿。女的今年也十五岁，全寨子里五十六个女孩子，唯她辫子黑，眼睛亮，织麻最快，歌声最柔软。到成家时堡上总爷会送他一只母黄牛，四只小猪，一套做田的用具，以便独立门户。因为他无父无母，尉迟恭意思倒要他招赘，他可不干。他将来还想开油坊。开油坊在乡下是大事业，如同城里人立志要做督抚兵备道，所以说到这里时，说的笑了，听的也笑了。

城里人说，"凡事有心总会办好。"

小伙子说，"一个是木头，一个是竹子，你有心，他无心，可不容易办好。"

"别说竹子，竹子不是还可以作箫吗？"

"尉迟恭是个什么样的人你可不知道。"

山脚下一个小牧童伏在一只大而黑的水牯牛背上唱歌，声音懒懒的。小伙子打趣那牧童，接口唱道：你歌没有我歌多，我歌共有三只牛毛多，唱了三年六个月，（唱多少？）刚刚唱完我那白水牛一只牛耳朵！

小牧童认识那小伙子，便呼啸着，取笑小伙子说，"你是黄骠马，不是白毛牛。"

小伙子快快乐乐的回答说，"我不是白毛牛，过三年我就要请你看我那只水牯牛了。我不许你吃牛屎，不许牛吃李子。"

小牧童笑着说，"担短扁担进城，你撇你自己。"吼着牛走下水田去了。

城里客人问，"不许牛吃李子是什么意思？"

小伙子只是笑。过了一会却说，"太上老君姓李，天地间从无牛吃主人儿子的道理。"

到得矿场山脚下那条小街上时，只见许多妇女们坐在门前捶石头敲荒砂，各处是钉钉铛铛声音。且有矿工当街拉风箱，烧淬钢钻头。（这些钻头照例每天都得烧淬一次。）前几天有人在被焚烧过的空地上砍木头建造新屋，几天来已完功了。一切都显得有一种生气，但同时使城里人看来也不可免发生一点感慨。因为朱砂水银已从二千年前方士手中转入现代科学家手中，延寿，辟邪，种种用途也转变作精细仪器作猛烈炸药，不料从地下石头里采取这个东西的人，使用的工具和方法，以及生活的情况，竟完全和两千年前的工人差不多。

看过矿山，天气很好。城里客人想，总爷一时不会回来，不如各处走走。就问那随身小伙子，附近还有什么地方，譬如大庙，大洞穴，可带他去看看。小伙子说这地方几个庙都玩过了，只有岭上还有几个石头砌的庙，不过距离远，来回要大半天。要去最好骑马去，山洞倒不少，大一点有意思一点的也在岭上，来回十多里路，同样得骑马去。洞穴里说不定有豹子，因为山上这些洞穴，照例不是有人住就是有野兽住，去时带一枝枪方便些。

小伙子想了一阵，问城里客人愿不愿看水井。井在矿山西头，水从平地沙里涌出，长年不冻不干，很有意思。于是他们到水泉边去看水井。

两人到得井边时，才知道原来水源不小。接连三个红石砌就的方井，一个比一个大，最小的不过方桌大，最大的已大到对径两丈左右。透明的水从白沙里向上泛，流出去成一道小溪。（这溪水就是环绕总爷堡寨那个小溪！）井边放了七八个大木桶，桶上盖着草垫，一个老头子不断的浇水到桶中去，问问才知道是做豆芽菜，因为水性极好，豆芽菜生长得特别肥嫩。溪岸两旁和井栏同样是用本地产大红石条子砌就的。临水有十来株大柳树，叶子泛黄了，细狭的叶子落满溪上，在阳光下如同漂浮无数小鱼。柳树下正蹲了十多个年轻妇女，头包青绸首帕，带着大银耳环，一面洗衣洗菜一面谈笑。一切光景都不坏。

妇女们中有些前几天在矿区小街上见过他，知道是城里来的"委员"，就互相轻轻的谈说，且把一双一双黑光光的眼睛对来人瞅着。他却别有用意，想在若干宝石中捡出一颗宝石。几个年纪轻的女子，好象知道他的心事，见他眼睛在众人中搜寻那面善的人，没有见到，就相互低声笑语。城里客人看看情形不大妥，心想，这不成，自己单独一人，对面倒是一大群，谈话或唱歌，都不是敌手，还是早早走开好。一离开那井泉边，几个年事极青的女子就唱起歌来了。小伙子听这歌声后，忍笑不住。

"她们唱什么？"

"她们歌唱得很好。井边杨柳多画眉鸟也多。"

城里客人要小伙子解释一下，他推说他听不懂唱的是什么歌。

井边女子的歌原来就是堡上总爷前不久告给他那个当地传说上的情歌。那歌辞是——笼中畜养的鸟它飞不远，家中生长的人可不容易寻见。我若是有爱情交把女子的人，纵半夜三更也得敲她的门。

城里客人知道这歌有取笑他的意思，就要小伙子唱个歌回答她们。小伙子不肯开口，因为知道人多口多，双拳难敌四手，还是走路好。可是那边又唱了一个歌，有点取笑小伙子意思。小伙子喉咙痒痒的，走到一株大樟树下坐着，放喉咙唱了一个歌：水源头豆芽菜又白又多，全靠挤着让井水来浇灌，受了热就会瘦瘪瘪，看外表倒比一切菜好看。

所说的虽是豆芽菜，意思却在讽刺女人。女的回答依然是一支旧歌，箭是对小伙子而发的。

跟随凤凰飞的小乌鸦，你上来，你上来，让我问问你这件事情的黑白。别人的事情你不能忘，不能忘，你自己的女人究竟在什么地方？

小伙子笑着说，"她笑起我来了，再来一回吧。"他于是又唱了一个，把女的比作画眉鸟，只能在柳树下唱歌，一到冬天来，就什么也不成了。女的听过后又回答了一个，依然引用传说上的旧歌。

小伙子从结尾上知道这里有"歌师傅"，不敢再接声下去，向城里客人说，"好汉不吃眼前亏，我战不过她们。"

两个人于是向堡垒走去，翻过小山时，水泉边歌声还在耳边。两人坐在一株针叶松树下听歌，字句不甚清楚，腔调却异常优美。城里客人心想，"这种骂人笑人，哪能使人生气？"

又问小伙子跑开不敢接口回唱的理由，才知道这地方有个习惯，每年谁最会唱歌，谁最会引用旧歌，就可得到歌师傅的称呼。他听出了先前唱歌的声音正是今年歌师傅的声音，所以甘愿投降。末了却笑着说，"罩鱼得用大鸡笼，唱歌还让歌师傅，不走不成！"

回转堡中，两人又爬上那碉楼玩了一会，谈论当地唱歌的体裁，城里客人才从小伙子方面知道这里有三种常用的歌，一种是七字四句头或五句一转头的，看牛，砍柴，割猪草小孩子随意乱唱。一种骈偶体有双关意思或引古语古事的，给成年男女表示爱慕时唱。一种字少音长的，在颂神致哀情形下唱。第一种要敏捷，第二种要热情，第三种要好喉咙。

将近日午时，远远的听得马项下串铃响，小伙子说是总爷的马串铃声。两人到堡下溪边去看，总爷果然回来了。

总爷一见他的朋友，就跳下马表示歉意。"老师，对不起你，我有事，大清早就出了门。你到不到那边去了？"总爷说时把马鞭梢向矿山方面指指，指的恰好是矿山前水源头那个方向！

城里客人想起刚才唱歌事情，脸上不免有点发烧。向总爷说，"你们这地方会唱歌的雀鸟可真多！"

总爷明白朋友意思指的是什么，笑着说道，"蜂子有刺才会酿蜜，神把这两样东西放在一块也有它的用意。不过，老师，有刺的不一定用它螫人，吃蜜的也不会怕刺，——你别心虚！"

"我倒并不存心取什么蜜。"

"那就更用不着心虚了。我们这小地方一切中毒都有解药，至于一个女孩的事情那又当别论。不过还是有办法，蛇咬人有蛇医，歌声中毒时可用歌声消解。"

总爷看看话也许说玄远了一点，与当前事实不合，又转口说，"老师，你想看热闹吗？今晚上你不怕远，我们骑了马走五里路，往黄狗冲一个庄子上去看还愿去。我刚从那边过身，那里人还邀我吃饭，我告他们有客，道谢了。你高兴晚半天陪你去看看。"

城里客人说，"我来到这里，除了场上那个流血决斗，什么都高兴看！"

晚饭后两人果然就骑了马过黄狗冲，到得庄子前面大松树下时，已快黄昏。只见庄前一片田坪里，打扫得干干净净，许多人正在安排敬神仪式的场面：有人用白灰画地界，出五方八格；有人缚扎竹竿，竖立拱形竹门；有人安斗，斗中装满五谷；有人劈油柴缚大火燎。另外一方面还有人露天烧了大锅沸水，刮除供祭品用的猪羊毛，把收拾好了的猪羊挂在梯子上，开膛破腹，掏取内脏。大家都为这仪式准备而忙碌着。一个中年巫师和两个助手，头上裹缠红巾，也来回忙着。

庄主人是个小地主，穿上月蓝色家机布大衫，青宁绸短裤，在场指挥。许多小孩子和妇人都在近旁谈笑。附近大稻草堆积上，到处都有人。另外还有好几条狗，也光着眼睛很专心似的蹲在大路上看热闹。

预备的原来是一种谢土仪式。等待一切铺排停当时，已将近戌刻了。那时节从总爷堡寨里和矿山上邀约来的和歌帮手，也都换了新浆洗过的裤裤，来到场上了。场中火燎全点燃时，忽然显得场面庄严起来。

巫师换上了鲜红如血的缎袍，穿上青绒鞋，拿一把铜剑，一个牛角，一件用杂色缯帛作成的法物，（每一条彩帛代表一个人名，凡拜寄这个神之子作义父的孩子，都献上那么一条彩帛，可望延寿多祜。）助手擂鼓鸣金，放了三个土炮，巫师就全幅披挂的上了常起始吹角，吹动那个呼风唤雨召鬼乐神的镂花牛角，声音凄厉而激扬，散播原野，上通天庭。用一种缓慢而严肃的姿势，向斗坛跪拜舞踊。且用一种低郁的歌声，应和雄壮的金鼓声，且舞且唱。

第一段表演仪式的起始，准备迎神从天下降，享受地上人旨酒美食，以及人民对神表示敬意的种种娱乐。大约经过一点钟久，方告完毕。法事中用牛角作主要乐器，因为角声不特是向神呼号，同时事实上还招邀了远近村庄男女老幼约三百人，前来参加这个盛会！

法事完毕时主人请巫师到预定座位上去休息。参加的观众越来越多，人语转嘈杂，在较黑暗地方到处是青年女子的首帕，放光的眼睛，和清朗的笑语声。王杉堡的主人和城里来客，其时也已经把马匹交给随从，坐在田坪一角，成为上宾，喝着主人献上的蜜糖茶了。城里有人觉得已被他朋友引导到了一个极端荒唐的梦境里，所以对当前一切都发生兴味。

就一切铺排看来，准知道这仪式将越来越有意思，所以兴致很好的等待下去。

第二趟法事是迎神，由两个巫师助手表演。诸神既从各方面前来参加，所以两个助手各换上一件短短绣花衣服，象征天空云彩，在场中用各种轻便优美姿势前后翻着斤斗，表示神之前进时五彩祥云的流动。一面引喉唱歌娱神，且提出种种神名。（多数是历史上的英雄贤士，每提出一个名字时，场坪四隅和声的必用欢呼表示敬意。）又唱出各种灵山胜境的名称，且颂扬它的好处，然而归结却以为一切好处都不及当地人对神的亲洽和敬爱，乘好天良夜来这里人神同悦更有意思。歌辞虽不及《楚辞温雅》，情绪却同样缠绵。乐器已换上小铜钹和小小鼗鼓，音调欢悦中微带凄凉。慢慢的，男女诸神各已就位，第二趟法事在一曲短短和声歌后就结束了。

休息一阵，坛上坪中各种蜡烛火燎全着了火，接连而来是一场庄严的法事。献牲，奠酒，上表。大巫师和两个助手着上华丽法服，手执法宝，用各种姿势舞蹈。主人如架上牺牲一样，覆在巫师身后，背负尊严的黄表。场中光明如昼。观众静默无声。到后巫师把黄表取上，唱完表中颂歌，用火把它焚化。

上表法事完毕，休息期间较长。时间已过子夜，月白风清，良夜迢迢。主人命四个壮实男子，抬来两大缸甜米酒来到场坪中，请在场众人解渴。吃过甜米酒后，人人兴致转豪，精神奋发。因为知道上表法事过后，接着就是娱神场面，仪式由庄严转入轻快，轻快中还不缺少诙谐成分。前三趟法事都是独唱间舞蹈，这一次却应当是戏剧式的对白。由巫师两个助手和五个老少庄稼汉子组成，在神前表演。意义虽是娱神，但神在当前地位，已恰如一贵宾，一有年龄的亲长，来此与民同乐。真正的对象反而由神转到三百以上的观众方面。

这种娱神戏剧第一段表演爱情喜剧，剧情是老丈人和女婿赌博，定下口头契约，来赌输赢。若丈人输了，嫁女儿时给一公牛一母牛作妆奁；若女婿输了，招赘到丈人家，不许即刻成亲，得自己铸犁头耕完一个山，种一山油桐，四十八根树木，等到油桐结子大树成荫时，就砍下树木做成一只船，再提了油瓶去油船，船油好了，一切要用的东西都由女婿努力办完备了，老丈人才笑嘻嘻的坐了船顺流而下，预备到桃源洞去访仙人，求延年益寿之方。到得桃源洞时，见所有仙人都皱着双眉，大不快乐。询问是何因缘，才知道事情原来相同，仙人也因为想作女婿，给老丈人派了许多办不了的事，一搁下来就是大几千年！这表演扮女儿的不必出场，可是扮女婿的却照例是当真想作女婿，事被老丈人耽搁下来的青年男子。

第二段表演小歌剧，由预先约定的三对青年男女参加，男的异口同声唱情歌，对女子表示爱慕，致献殷勤，女的也同样逃避，拒绝，而又想方设法接近这男子，诱引男子，使男的不至于完全绝望。到后三个男子在各种不同机会下不幸都死掉了。（一个是水中救人死掉的，一个是仗义复仇死掉的，一个是因病死掉的。）女子就轮流各用种种比喻唱出心上的忏悔和爱情，解释自己种种可原谅处，希望死者重生，希望死者的爱在另外一方面重生。

第三段表演的是战争故事，把战士所有勇气都归之于神的赐予，但所谓神也就恰恰是自己。战争的对方是愚蠢，自私，和贪得，与人情相违反的贪得。结果对方当然失败灭亡。

三个插曲完毕后，巫师重新穿上大红法服，上场献牲献酒，为主人和观众向神祈福。用白米糍粑象征银子，小米糍粑象征金子，分给所有在场者。众人齐唱"金满仓，银满仓，尽地力，繁牛羊"颂祝主人。送神时，巫师亢声高唱送神曲，众人齐声相和。

歌声止了，火燎半熄，月亮已沉，冷露下降。荒草中寒蛩齐鸣，正如同在努力缀系先前一时业已消失的歌声，重组一部清音复奏，准备遣送归客。蓝空中嵌上大而光芒有角的星子。美丽流星却曳着长长的悦目线路，消失在天末。场坪中人语杂乱，小孩子骤然发觉失去了保护人，锐声呼喊起来。

观众四散，陆续还家，远近大路上，田塍上，到处有笑语声。

堡中雄鸡已作第三次啼唤，人人都知道，过不久，就会天明了。

总爷见法事完毕，不欲惊动主人，就拉他的朋友离开了田坪，向返回王杉堡大路走去。一面走一面问城里客人是不是累了一点。

两人走到那大松树下后，跟来的人已把两匹马牵到，请两人上马，且燃了两个长大火炬，预备还家。总爷说，"骑马不用火炬，吹熄了它，别让天上星子笑人！"城里来客却提议不用骑马，还是点上火把走路有意思些。总爷自然对这件事同意。火把依旧燃着，爆炸着，在两人前后映照着。两人一面走一面谈话。

城里的客人耳朵边尚嗡嗡咿咿的响着平田中的鼓声和歌声。总爷似乎知道他的朋友情感还迷失在先前一时光景里，就向他说，"老师，你对于这种简单朴实的仪式，有何意见？让我听听。"

城里客人说，"我觉得太美丽了。"

"美丽也有许多种，即便是同样那一种，你和我看来也就大大不同。药要蜜炙，病要艾（爱）炙；这事是什么一种美？此外还有什么印象？"

城里的客人很兴奋的说，

"你前天和我说神在你们这里是不可少的，我不无怀疑，现在可明白了。我自以为是个新人，一个尊重理性反抗迷信的人，平时厌恶和尚，轻视庙宇，把这两件东西外加上一群到庙宇对偶像许愿的角色，总扰来以为简直是一出恶劣不堪的戏文。在哲学观念上，我认为'神'之一字在人生方面虽有它的意义，但它已成历史的，已给都市文明弄下流，不必需存在，不能够存在了。在都市里它竟可说是虚伪的象征，保护人类的愚昧，遮饰人类的残忍，更从而增加人类的丑恶。但看看刚才的仪式，我才明白神之存在，依然如故。不过它的庄严和美丽，是需要某种条件的，这条件就是人生情感的素朴，观念的单纯，以及环境的牧歌性。神仰赖这种条件方能产生，方能增加人生的美丽。缺少了这些条件，神就灭亡。我刚才看到的并不是什么敬神谢神，完全是一出好戏，一出不可形容不可描绘的好戏。是诗和戏剧音乐的源泉，也是它的本身。声音颜色光影的交错，织就一片云锦，神就存在于全体。在那光影中我俨然见到了你们那个神。我心想，这是一种如何奇迹！我现在才明白你口中不离神的理由。你有理由。我现在才明白为什么二千年前中国会产生一个屈原，写出那么一些美丽神奇的诗歌，原来他不过是一个来到这地方的风景纪录人罢了。屈原虽死了两千年，《九歌》的本事还依然如故。若有人好事，我相信还可从这口古井中，汲取新鲜透明的泉水！"

总爷听着城里客人的一番议论，正如同新征服一个异邦人，接受那坦白的自供，很快乐的笑着。

"你一定不再反对我们这种对于神的迷信了。因为这并不是迷信！以为神能够左右人，且接受人的贿赂和谄谀，因之向神祈请不可能的福祐，与不可免的灾患，这只是都市中人愚夫愚妇才有的事。神在我们完全是另一种观念，上次我就说过了。我们并不向神有何苛求，不过把已得到的——非人力而得到的，当它作神的赐予，对这赐予作一种感谢或崇拜表示。今夜的仪式，就是感谢或崇拜表示之一种。至于这仪式产生戏剧的效果，或竟当真如你外路人所说，完全是戏，那也极自然。不过你说的神的灭亡，我倒想重复引申一下我的意见，我以为这是过虑。神不会灭亡。我们在城市向和尚找神性，虽然失望，可是到一个科学研究室里去，面对着那由人类耐心和秩序产生的庄严工作，我以为多少总可以发生一点神的意念。只是那方面旧有的诗和戏剧的情绪，恐怕难于并存罢了。"

"总爷，你以为那是神吗？"

"我以为'神'之一字我们如果还想望把它保存下去，认为值得保存下去，当然那些地方是和神性最接近的。神的对面原是所谓人类的宗教情绪，人类若能把'科学'当成宗教情绪的尾闾，长足进步是必然的。不幸之至却是人类选上了'政治'寄托他们的宗教情绪，即在征服自然努力中，也为的是找寻原料完成政治上所信仰的胜利！因此有革命，继续战争和屠杀，他的代价是人命和物力不可衡量的损失，它的所得是自私与愚昧的扩张，是复古，政体也由民主式的自由竞争而恢复专制垄断。这不幸假若还必需找个负责者，我认为目前一般人认为伟大人物都应当负一点责。因为这些人思索一切，反抗一切，却不敢思索这个问题，也不敢反抗这个现象。"

城里客人说，"真是的！目前的人崇拜政治上的伟人，不过是偶像崇拜情绪之转变。"

总爷说，"这种崇拜当然也有好处，因为在人方面建造神性，它可以推陈出新，修正一切制度的谬误和习惯的惰性，对一个民族而言未尝不是好事。但它最大限度也必然终止于民族主义，再向前就不可能。所以谈世界大同，一句空话。原因是征服自然的应分得到的崇敬，给世界上野心家全抢去了。挽救它唯一办法是哲学之再造，引导人类观念转移。若求永生，应了解自然和征服自然，不是征服另一种族或消灭另一族。"

一颗流星在眼前划空而下，消失在虚无里。城里客人说，"总爷你说的话我完全同意！可是还是让我们在比较近一点的天地内看看罢。改造人类观念的事正如改造银河系统，大不容易！"

王杉堡的主人知道他朋友的意思，转移了他口气，"老师，慢慢的来！你看过了我们这里的还愿，人和自然的默契。过些日子还可上山去看打大虫，到时将告给你另外一件事，就是人和兽的争斗。你在城市里看惯了河南人玩狗熊，弄猴子，不妨来看看这里人和兽在山中情景。没有诗，不是画，倒还壮丽！"

照习惯下大围得在十月以后，因此总爷邀请他的朋友在乡下多住些日子，等待猎虎时上山去看看。且允许向猎户把那虎皮购来，赠给他朋友作为纪念。

因为露水太重，且常有长蛇横路，总爷明白这两件东西对于他的朋友都不大受用，劝他上了马。两人将入堡寨时，天忽转黑，将近天明那一阵黑。等到回归住处，盥洗一过，重新躺进那细麻布帐子里闭上眼睛时，天已大明了。

城里的客人心里迷迷胡胡，似乎先前一时歌声火燎都异样鲜明的留在印象上，弄不分明这一夜看到的究竟是敬神还是演戏。

他想，怎不见栗林中那女孩子？他有点希奇。他又想，天上星子移动虽极快，一秒钟跑十里或五十里，但距离我们这个人住的世界实在太远，所以我们要寻找它时，倒容易发现。

人和人相处太近，虽不移动也多间阻，一堵墙或一个山就隔开了，所以一切碰头都近于偶然，不可把握的偶然。……

他嘴角酿着微笑，被过度疲倦所征服，睡着了。

此集第一至第九章完成于一九三二年，第十章作于一九三七年